W0183166

# LA GRIFFE DE L'OURS

*« Tout homme ouvrant un livre y trouve une aile et peut*
*Planer là-haut où l'âme en liberté se meut. »*
Victor Hugo

Remerciements à celles et ceux qui m'ont aidé à écrire cet ouvrage, en particulier :
Sylvie M., Astrid, Laurine, Nicole, Vincent, Sylvie C.

Maquette et composition des Ateliers du Poutan
(Célia Chauvet)

Couverture de Célia Chauvet

Imprimé en UE



ISBN : 978-2-37553-142-6

Jean-Louis Bourgeois

# LA GRIFFE DE L'OURS

Éditions du Poutan

# RÉSUMÉ DU DON DE L'OURS

*Ce livre est disponible au format papier et Kindle sur le site d'Amazon.*

Dans le désert arctique canadien, vit un peuple discret et oublié du reste du monde, le peuple de l'ours. Malgré les conditions climatiques difficiles, et grâce au don qu'ils ont développé, ils assurent leur subsistance au fil des saisons et veulent rester farouchement à l'écart de toute autre civilisation.

Ce don (Tunixananooq) hérité de l'ours, d'après une légende, permet d'échanger des émotions et des intentions simples. Le chaman est capable d'amplifier ces signaux et de les relayer vers plusieurs personnes. Mais le Tunixananooq se montre encore plus puissant pour les chamans qui le maîtrisent totalement. Ils acquièrent alors la faculté d'influencer le comportement des animaux, de projeter des images mentales et, en cas de nécessité, de bloquer des souvenirs. C'est cette dernière faculté qui leur a permis de rester ignorés lors des rencontres avec des individus étrangers.

Sitchwaan, orpheline et enfant des deux civilisations, y grandit sous la protection de son grand-père Sakukak, chef du clan, et du chaman Mogrük.

John, journaliste à Montréal Today, enquête sur l'assassinat d'un étrange travailleur du grand nord. Ses pas le conduisent, malgré lui, au-delà d'Iqaluit dans l'arctique canadien, sur les traces d'exploiteurs brutaux au service d'une sombre organisation «Le Rempart». John perd son guide Ututak et s'égare. Il est sauvé in extremis par le clan de Sitchwaan qui se déplace pour la fête annuelle du peuple de l'ours.

En échangeant leurs informations, le clan et John se rendent compte que l'absence inexpliquée d'un village est liée aux agissements d'une bande de mercenaires attirée par un mythique gisement. L'expédition qui s'ensuit, composée de Sitchwaan, Mogrük, John et de quelques chasseurs découvre l'exploitation inhumaine de ce village. Le combat pour les libérer est brutal et grâce au Tunixananooq, les malfaiteurs sont éliminés. Ces événements tragiques révèlent les sentiments profonds qui unissent Sitchwaan et John.

À leur retour du rassemblement, l'assemblée des chamans et des chefs se réunit et décide, afin d'assurer la protection de leur peuple, de se révéler au monde. C'est à John qu'est confiée cette délicate mission…

John contemplait la baie de Frobisher au soleil levant. Le spectacle était magique. Les faibles rayons teintaient la banquise d'un léger rose orangé. Ses compagnons du peuple de l'ours l'avaient accompagné jusque-là puis ils étaient repartis, discrets, vers leur village. Il se remit en marche et descendit d'un pas alerte vers la ville d'Iqaluit. Il n'avait aucune nouvelle des dangereux criminels qui l'avaient agressé lors de son précédent passage. Aussi décida-t-il de se rendre directement au journal local «Nunatsiaq News» pour bénéficier à la fois d'une protection médiatique et physique et d'une liberté totale de mouvement. Il marcha le long des rues enneigées et se retrouva devant le bâtiment préfabriqué du journal. Quelle ne fut pas la surprise des deux journalistes présents quand ils virent débarquer un homme vêtu de fourrures et de peaux de phoques. Lorsque John déclina son identité, ils restèrent sans voix devant ce revenant. Ils écoutèrent, médusés, son histoire. John leur en dit juste assez pour qu'ils puissent rédiger un premier article qui éveillerait l'attention de l'opinion. Les détails, il les conservait pour son journal le «Montréal Today».

— Puis-je passer un coup de téléphone à mon directeur, demanda-t-il ?

Avec empressement les deux hommes le firent entrer dans un bureau où trônait un téléphone fixe. John composa le numéro de Richard, son boss et ami.

— Allo.

— Bonjour Richard, c'est John !

Il sentit son interlocuteur marquer une pause.

— John ? Dieu soit béni, c'est toi ? Tu es vivant ?

— Je ne parle pas d'outre-tombe, Richard, tu es bien au téléphone, le taquina John, et je suis à Iqaluit.
— Mais comment est-ce possible ?
— C'est une longue histoire. Je te la raconterai ainsi qu'au «Montréal Today». Mais pour l'instant j'ai besoin de ton aide, je n'ai plus de papier, plus d'argent, plus rien, est-ce que le journal peut intervenir ?
— Bien sûr, je préviens la direction. Ils vont être survoltés, tu t'en doutes ? Mais que s'est-il passé au juste ? Es-tu en bonne santé ?

John lui donna un rapide aperçu de sa situation.
— Incroyable ! Et tu reviens quand à Montréal ?
— Demain, la police voudra me voir, tu connais l'inspecteur Sardier, il ne lâche rien, il va me rapatrier illico !
— Je fais le nécessaire pour les papiers.
— Et dis bien à la direction que je garde l'exclusivité des détails pour le journal.

Il raccrocha et alla rejoindre les deux hommes qui avaient déjà commencé la rédaction de leur papier.
— L'un de vous peut-il m'accompagner ? J'ai besoin de voir une amie.

La vue de la maison qui lui avait servi brièvement de refuge lui serra le cœur. Il se rappela l'effroi qui le tenaillait alors. Il sonna à la porte. Juditha lui ouvrit. Quand elle le vit, elle s'effondra en pleurs. Elle se doutait de la terrible nouvelle mais elle lut sa confirmation dans les yeux de John. Il la serra dans ses bras, sa gorge nouée l'empêchait de parler. Ils allèrent au salon et s'assirent. John prit tout le temps nécessaire pour lui décrire les circonstances de la mort de son mari, Yulongak. Il avait été atteint par les balles des hommes du Rempart puis emporté par une avalanche. Il lui raconta sa fuite avec Ututak blessé, la mort de celui-ci quelques jours plus tard. La détresse dans laquelle il s'était retrouvé sans guide, son sauvetage par le peuple de l'ours, le massacre de la mine, les images terribles qui le hantaient. Il lui raconta aussi Sitchwaan, lui, sa vie harmonieuse avec le peuple de l'ours. Il se confia sur les sentiments qui l'avaient traversé tout au long de cette aventure : la peur, la rage, le dégoût, l'enthousiasme, l'amitié, l'amour, la sérénité. Ce fut comme une délivrance.

— Je te promets Juditha, lui dit-il en lui serrant affectueusement les mains, je ramènerai la dépouille de ton mari dès que possible afin qu'il repose parmi les siens. Mais maintenant je dois absolument me rendre aux autorités.

— Je t'accompagne, décida Juditha, je ne veux pas te laisser seul, ni rester seule.

Elle sortit de la pièce et revint quelques minutes plus tard avec les vêtements de son défunt mari.

— Mets-les, ça lui aurait fait tant plaisir !

Leur arrivée à l'immeuble de la police d'Iqaluit provoqua une sorte de frénésie. La disparition des trois hommes, il y a six mois de cela, puis l'arrivée des forces fédérales avaient bouleversé le quotidien tranquille du détachement. Et voici qu'un des disparus était de retour.

Juditha fut interrogée puis on la pria de rentrer chez elle. John passa le restant de la journée à répondre à la police d'Iqaluit. Celle-ci se mit rapidement en contact avec la police de Montréal et John eut l'inévitable inspecteur Sardier au téléphone :

— Heureux de vous revoir Monsieur Auliner, vous nous avez faussé compagnie à un bien mauvais moment !

— Des urgences journalistiques bien compréhensibles, inspecteur, répondit John.

Il savait l'inspecteur d'un tempérament entier et bouillant. Aussi ne fut-il pas surpris de la réponse tranchée de ce dernier :

— L'enquête criminelle est toujours prioritaire, combien de morts votre initiative a-t-elle provoquée ? rugit-il, je vous veux dans mon bureau demain et nous réglerons cela, il y a des crimes et des disparitions à élucider !

Il répondit aux questions incisives de l'inspecteur. Enfin un représentant de l'ordre l'emmena dans un hôtel. Dans sa chambre, allongé sur le lit, il songea…

Trop de morts avaient jalonné son parcours. En six mois il avait l'impression d'avoir vécu plusieurs vies. Il avait traversé l'horreur puis avait découvert un peuple plein d'humanité, de sérénité et cela avait apaisé ses tourments intérieurs. Et il y avait Sitchwaan… elle lui manquait déjà. Elle était éblouissante et tellement passionnée. Il l'aimait et maintenant qu'ils étaient séparés et sans possibilité de communiquer, il se sentait désemparé. Il pensa à sa petite fille Lydie… Deux mondes, deux amours et deux vies qu'il aurait à concilier, un avenir en équilibre instable et il n'avait aucune idée de la façon dont il allait s'y prendre.

Il alluma la télévision et passa sur une chaîne d'information. Il tomba immédiatement sur son image dans les actualités. La machine médiatique était lancée. Il ne pouvait reculer. Il se décida à appeler Claudia.

— Allô ?

— Bonjour, c'est John.

— Oh John, tu nous as fait une sacrée peur. On perdait espoir. J'ai appris ton retour à la radio. Comment te sens-tu ?

— Les dieux m'ont épargné !

Il retrouvait son ancien réflexe, ne pas s'épancher devant son ex-épouse et mère de son enfant. Il ne pouvait s'empêcher de rester évasif.

— Ou alors, reprit-il, c'est la mort qui ne voulait pas de moi, trop coriace. Tu sauras tout, bientôt, dans les médias.

Claudia n'insista pas.

— Ta fille te réclame, je lui ai dit que tu étais de retour de voyage.

— Tu peux me la passer ?

Il prit une inspiration, un silence… Puis.

— Allô Papa ? Tu es parti longtemps !

— Oui je sais ma chérie, trop longtemps, j'ai été retenu.
— Alors, tu n'étais pas parti au ciel ?
— Mais non, mais dans un pays très lointain.
— Tu sais que j'ai cinq ans maintenant ?
— Comme tu dois avoir grandi ma chérie !
— Oui, et j'ai eu une robe de princesse, elle brille !
— Tu me l'apporteras pour que je la voie, après l'école, demain ?
— Oh oui, maman tu es d'accord ?
— Bien sûr, ma chérie, repasse-moi ton papa.
— John, je pense qu'il serait préférable que tu viennes ici pour la voir, non ? Le plus tôt serait le mieux. Tu dois être un peu désorienté ?
— Merci Claudia, je viendrai demain, je serai de retour à Montréal. C'est vrai que c'est difficile de reprendre pied après une telle coupure, je me sens… décalé. Lydie va me remettre les pendules à l'heure avec ses préoccupations bien concrètes. Je pourrai l'avoir ce week-end pour commencer ma thérapie ? plaisanta-t-il.
— Oui, c'est de la thérapie bien solide et bien répétitive. Profites-en maintenant car tu vas vite être occupé, tu deviens une célébrité.

Ils plaisantèrent encore quelque temps, tous les trois. Puis il raccrocha. Il était surpris de la légèreté retrouvée avec Claudia. Le malaise qu'il ressentait habituellement avait disparu. Tout avait été balayé.

Il prit longuement une douche presque brûlante, se délectant de la sensation de bien-être. Sa vie austère dans le grand nord lui révélait le luxe inouï de disposer d'eau chaude à profusion. Puis il se rasa et s'observa. Le résultat était satisfaisant, ses cheveux étaient coupés courts et il avait l'air en forme bien que fatigué. Il remit les vêtements que Juditha lui avait fournis tout en regardant, avec un pincement, ses habits de fourrure et de peau pliés dans des sacs en plastique. Il achevait sa transformation et redevenait John Auliner le journaliste. Une nouvelle page s'ouvrait, incertaine.

Le village était calme. Elle s'était levée tôt et habillée chaudement, passant un pantalon en peau d'ours et une parka directement sur ses vêtements de nuit. Des bottes fourrées en peau de phoque la protégeaient du froid sec de ce matin de printemps. Les jours gagnaient rapidement en longueur mais le froid polaire persistait encore. En journée, son rôle de chamane était intense, elle percevait toutes les sensations des habitants du village et relayait les messages mentaux, elle intervenait pour soigner les maux des uns et des autres. De plus, elle continuait de suivre les enseignements de Mogrük, de pratiquer les exercices pour perfectionner sa pratique du Tunixananooq. Le vrai calme, c'était quand le village était encore endormi et qu'elle avait besoin de réfléchir. Elle pensa à John, il était parti depuis plus d'une lune maintenant. Que devenait-il? L'attente était longue et les jours s'écoulaient sans la saveur d'antan.

Elle n'était plus «Une», la part d'elle qui s'était fondue dans l'âme de John avait disparu avec lui. Son départ restait un déchirement, une douloureuse nécessité. Le peuple de l'ours n'avait pas les moyens de se protéger des monstres qui les avaient assaillis. Ils reviendraient plus nombreux, encore mieux armés et ils se montreraient sans pitié. L'horreur recommencerait. Alors John était parti chercher la protection de son peuple, plus puissant que leurs agresseurs à ce qu'il disait. Elle lui faisait confiance, tous lui faisaient confiance, ils voulaient juste vivre libres et en sécurité. Mais dans son cœur le vide était toujours là.

Elle venait de franchir la barre de hummocks glacés qui marquait le début de la banquise. Le soleil se levait à l'horizon, teintant de mauve la surface enneigée et traçant de longs sillons orangés dans le ciel immense. Il éclairait le visage de Sitchwaan. Elle avait mûri. Certes elle avait conservé son doux visage en forme de lune, ses yeux noirs et brillants, et ses hautes pommettes que les rayons rasants rehaussaient d'un éclat cuivré. Mais les joues s'étaient légèrement creusées, abandonnant l'insouciance juvénile pour laisser place à l'énergie d'une femme accomplie. Perdue dans ses pensées, elle porta la main à son visage et caressa machinalement l'estafilade fraîche qui courait de sa pommette à ses lèvres pleines. Elle se souvint de ce jour glacé où son chemin avait croisé à nouveau le seigneur de la banquise. C'était quelques jours après le départ de John. Elle tenait l'ours sous son emprise mais le lien mental s'était détendu. Il avait alors pivoté et la lourde patte avait balayé l'air. La pointe de la griffe avait juste éraflé son visage. Comment avait-il pu échapper à son contrôle? Cela restait un mystère. Peut-être un bref relâchement ou... Elle se souvint avec effroi de Jarus, le chef de bande des agresseurs. Lui aussi avait échappé à l'influence du don de l'ours. Le Tunixananooq ne pouvait les protéger suffisamment. La mission de John était indispensable.

Une brise légère fit bouger ses cheveux de jais où apparaissaient déjà quelques fibres blanches. Elle se souvint de sa mère lui caressant affectueusement la tête, de cette rue bruyante d'Iqaluit, de l'envie de courir pour se mêler au chahut de la rue, de la main ferme et protectrice qui la retenait. Elle chercha à revoir son visage en laissant son regard intérieur remonter le long du bras mais tout devenait flou... Il y avait si longtemps. Elle sentit un léger effleurement, elle sourit. Si sa mère avait été là, elle aurait été heureuse aussi. Elle murmura en posant sa main sur son ventre:

— Bienvenue graine d'homme, je t'espérais et tu es venu. Que Hillak l'astre solaire te donne une âme étincelante. Tu seras comme moi un enfant des deux mondes, tu vivras libre et heureux, je t'en fais le serment !

John serait surpris. Quand allait-il revenir ? Avec qui ? Serait-ce par la terre, par les airs ou par la mer ? A cette idée elle s'assombrit, les eaux ne seraient pas totalement libres avant deux lunes, ce serait long. Il lui manquait tellement mais elle restait confiante. Ils seraient ensemble pour affronter le futur.

Dès le lendemain matin, John fut placé dans le premier vol en partance pour Montréal, toujours accompagné par le même policier taciturne. Il s'appelait Harvey et dégageait une autorité naturelle avec sa carrure imposante. Il semblait malgré tout débonnaire. Une fois installé dans l'avion, John engagea la conversation. L'homme se montra peu loquace. John remarqua que le policier nourrissait une passion certaine pour les fermetures éclairs des jupes très ajustées des hôtesses de l'air. N'ayant pas d'attirance particulière pour la couture, John le laissa tranquille. Il attrapa le journal et prit connaissance des actualités. Il y avait un article qui relatait son retour et évoquait le mystère des six mois de disparition. Quelques hypothèses basées sur les informations parcellaires qu'il avait fournies étaient échafaudées. Parfait! C'était un bon article qui piquait la curiosité. Il avait besoin de l'opinion publique et susciter son intérêt était la première étape. Il parcourut le reste des nouvelles mais bien vite, il reposa le journal, lassé: toujours la litanie sans fin d'informations superficielles, de l'écume alors qu'en eaux profondes se tramaient des ambitions bien plus dangereuses qu'il avait pu entrevoir...

À Montréal, la police fédérale du Canada le retint quelques heures. Il fut en grande partie interrogé par l'inspecteur Sardier qui ne digérait toujours pas la dissimulation d'informations cruciales pour son enquête et l'escapade de John.

— Et en plus, vociféra Sardier, la presse est déjà au courant!

John fit profil bas et raconta, à nouveau, son aventure se limitant aux éléments en lien avec les crimes. Il répondit avec

patience aux questions de l'inspecteur et annonça :
— Et voici ce que j'ai récupéré sur les corps des tortionnaires. Des photos et des documents, ça permettra peut-être d'identifier les individus du Rempart.
John s'abstint néanmoins de fournir le papier retrouvé sur le corps de Jarus, un numéro de téléphone et des initiales énigmatiques RVDL…
— Rien d'autre ? interrogea Sardier, c'est bizarre non ?
— Non, à l'évidence ce sont des professionnels.
L'inspecteur ragea et conclut :
— Vous pouvez partir, mais restez à la disposition de la police !

Avant de quitter le bâtiment, John appela Richard à son journal :
— Richard, je suis au Quartier général de la Division C, tu peux passer me chercher ?
— Je t'envoie un taxi, j'ai hâte de te revoir ! Tu es déjà une célébrité, on ne parle que de toi !

À son arrivée devant l'immeuble du «Montréal Today», Richard l'attendait. Il régla la course puis l'observa :
— Tu as l'air en forme, quel miracle de te revoir ! On va directement chez Kevin, tu as le tapis rouge !

Kevin Lange, le directeur de la division des Grands reportages et investigations, n'était pas né de la dernière pluie et avait le flair d'un beagle. C'est lui avait conseillé de foncer il y a six mois. Et il ne s'était pas trompé. Richard lui tapa sur l'épaule :
— Je m'occupe de toute la paperasse, ne t'en fais pas. Ce soir, on te garde à la maison. J'ai prévenu mon épouse, tu la connais, si tu refuses tu vas la mettre dans une colère noire.
John sourit, il n'avait ni la force, ni l'envie de refuser :
— Je viendrai, après avoir vu Lydie.

En pénétrant dans le bureau de Kevin, John se rendit compte que la majorité de la direction était présente.

— Heureux de te revoir John, lui dit Kevin en lui serrant chaleureusement la main, nous sommes tellement soulagés de ton retour. Je suppose que ce ne doit pas être simple.

— C'est très compliqué, soupira John, tout va très vite mais je m'adapte.

— Bien, bien, c'est une aventure rare et marquante je suppose.

John enchaîna d'une voix tremblante

— Oui, j'ai vu la barbarie dans sa plus brute réalité et j'ai vu le courage et la générosité d'un peuple à qui je dois la vie. Cette expérience m'a profondément changé.

— L'expérience que vous avez vécue est unique, intervint Ruth, directrice de publication. Elle a déjà des répercussions dans les plus hautes sphères de l'état. Imaginez un nouveau peuple, un territoire à partager, des enjeux politiques, beaucoup s'interrogent. Grâce à vous, John, nous allons pouvoir tirer des articles fabuleux !

John la sentit poindre à nouveau, la cupidité, comme là-bas dans le cirque de glace, la cupidité qui avait été source d'atrocités. Il se raidit, prêt à exploser. Il respira et se remémora sa mission. Il enchaîna d'une voix froide

— Effectivement il y a, d'où je reviens, un peuple qui a besoin de protection mais aussi que l'on respecte son territoire et son mode de vie. Si je suis ici parmi vous, prêt à vous aider, ce sera dans cet unique objectif, en ce qui me concerne. J'ai conscience que les enjeux sont importants même si nous ne les partageons pas tous.

Il appuya cette phrase en fixant la directrice. Il reprit :

— En échange des détails de mes aventures, je veux avoir une tribune libre dans le journal pour exposer les attentes du peuple de l'ours à nos lecteurs et à nos dirigeants.

— Vous aurez tout ce que vous voudrez, acquiesça Kevin, il faut se mettre au travail dès maintenant pour un premier article. Vous aurez Idriss pour vous aider.

— J'aurais besoin, aussi, de retourner au plus vite là-bas afin de les tenir informés, dit-il, je suis en quelque sorte leur ambassadeur chargé d'établir les contacts. Je pourrai ainsi vous faire parvenir des articles.

Il vit les deux directeurs échanger un regard, Kevin acquiesça :

— Cela me semble raisonnable. Nous mettrons les moyens nécessaires à disposition. Mais la presse n'attend pas, au travail ! Nous devons sortir un premier papier pour la prochaine édition.

John sortit du bureau et vit qu'Idriss l'attendait dans le couloir. Après une accolade chaleureuse, ils se regardèrent longuement, les souvenirs d'Iqaluit défilaient.

— Tu t'en es sorti toi aussi, dit John, il lui prit sa main suppliciée. Comment vas-tu ?

— Je ne récupérerai jamais complètement l'usage de mes doigts, ils m'ont salement amoché à Iqaluit. Sans toi je ne serais pas là. On m'avait dit «Le Moyen-Orient c'est dangereux» mais là c'était encore plus chaud !

— Mettons-nous au travail et essayons de coincer ces tortionnaires. C'est bien le moins que l'on puisse faire.

John raconta son aventure à nouveau. Les émotions revenaient, déferlantes. Idriss avait du mal à prendre des notes, secoué lui aussi par les bouleversantes révélations. Les heures passaient et il remarqua le teint pâle de John :

— Nous en avons assez pour l'instant, annonça Idris, j'ai largement de quoi écrire le premier article. Tu m'as l'air fatigué, c'est pas bon de ressasser toute cette horreur. Il est temps de passer à autre chose, retourne vers Richard !

Idriss accompagna ses paroles d'un geste explicite. En se rendant vers son ami, John passa devant son ancien bureau. Il n'avait pas changé, il était là dans le grand «open space» bourdonnant. Quelqu'un occupait sa place. «The show must go on» pensa-t-il.

Il entra dans le bureau de Richard.

— John, bonne nouvelle. Côté administratif tout est débloqué, dit-il en consultant sa messagerie, tu dois passer à ta banque maintenant. Sors par le garage, tu sais que les concurrents ne vont pas tarder à débarquer. Tu connais la pugnacité des journalistes alors si veux les éviter... à ce soir

John suivit son conseil. Ce n'était pas le moment d'être harcelé.

Il marchait maintenant en direction de son appartement. Il avait récupéré une carte de crédit temporaire à sa banque. Son compte était crédité de tous les salaires non perçus ces derniers temps. Il se réhabituait aux bruits de la ville, à l'odeur, à la densité urbaine, plus rapidement qu'il ne l'aurait cru. Il ne s'était pas absenté assez longtemps pour que des habitudes aussi enracinées disparaissent. Ses sentiments restaient confus. Il était satisfait de réintégrer son monde, de retrouver son chez-soi, impatient d'embrasser Lydie. Mais il y avait un manque qu'il pressentait comme persistant, une vision qui restait présente continuellement à la lisière de sa conscience : les infinies nuances de blanc et de bleu de l'arctique, le contact direct avec les éléments naturels et Sitchwaan son amour. Il avait laissé une part intime de son être, là-bas, dans le grand nord.

Arrivé à l'entrée de son immeuble, John rencontra le concierge.

— Bonjour Bob.

— Hello Mister John, de retour ? C'est bien de vous dont on a parlé à la radio ?

— J'ai bien peur que oui et vous comprendrez que j'ai besoin de repos après tout ça. Vous avez toujours le double de mes clefs ?

— Bien sûr, attendez-moi, je vais les chercher.

Il réapparut quelques minutes plus tard.

— Les voici, et n'oubliez pas de me redonner un double, dit Bob en le scrutant de la tête aux pieds. Alors qu'est-ce que vous avez fait pendant tout ce temps ?

— Trop long à raconter, Bob. Demain, vous saurez tout si vous achetez le Montréal Today, lui répondit John avec un clin d'œil.

Et il se dirigea vers les escaliers.

Le soleil était maintenant levé et faisait miroiter la neige glacée d'une lumière argentée. Sitchwaan sentit Mogrük se réveiller. Elle lui vouait une affection et une reconnaissance éternelle. C'est lui qui l'avait guidée et instruite à son arrivée dans le peuple de l'ours, avec patience et douceur. Il était reconnu comme le plus puissant chaman de son peuple et c'était une chance inouïe de bénéficier encore et toujours de ses conseils. Il lui disait, malicieusement, qu'elle le dépassait maintenant dans de nombreux domaines sauf ceux de la sagesse et de la tempérance. Elle savait qu'il avait encore tant à lui apprendre et chaque jour elle progressait sous sa conduite éclairée. Mais, imperceptiblement, elle avait senti des hésitations, de légers flottements, rien d'alarmant, le temps marquait aussi de son empreinte le vieux sage.

Elle se tourna vers le large et balaya du regard la banquise, rien ne bougeait. Elle se concentra et étendit son esprit, au-delà des glaces figées, là où l'eau recommençait à couler librement en chenaux, elle en suivit le dédale, cherchant la mer libre. Il y avait, quelque part, une présence. Elle attendit, guettant la moindre vibration… Elle sentit comme un mouvement au large. Un oiseau passa dans le ciel et elle perdit le fil. Elle resta un long moment immobile, fermant les yeux, cherchant à retrouver un frémissement, une pulsation… Rien. Elle devait rejoindre Mogrük, avec leurs deux esprits réunis, ils seraient alors plus puissants. Elle le prévint mentalement de son arrivée et marcha rapidement vers le village.

Elle pénétra vivement dans l'igloo communautaire. Mogrük, silhouette frêle comparée aux chasseurs du clan, était assis silencieux. La lampe à huile faisait luire ses yeux de braise surmontés d'un front dégarni. Ses cheveux noirs retombaient en mèches clairsemées sur ses épaules. Son visage s'était ridé et les joues creusées. Le temps avait patiemment raviné le visage du vieux chaman. La préparation qui assurait force mentale et longévité à ceux qui la supportaient avait ses limites. Elle sentit les ondes mentales l'envelopper et la solliciter. Mogrük entama la mélopée envoûtante aux consonances graves. Il utilisait la langue ancienne des Higdoeens, les veilleurs, langage transmis de génération en génération et retranscrit sur les rouleaux qu'il conservait. Elle s'assit à ses côtés et entama le chant. Sa concentration fut rapide et elle joignit son esprit. Ils ne faisaient qu'un. Elle se vit sortir de l'igloo, flottant et progressant lentement au rythme de la litanie. Puis tout s'accéléra, elle traversa le village et prit de l'altitude, survola la banquise. Elle revit les chenaux longeant les icebergs qui attendaient leur prochaine libération. Elle se retrouva au-dessus de la mer, frôlant les vagues régulières, cherchant toujours. Elle sentait une résistance comme une main invisible qui les freinait et tentait de les ramener à l'igloo. Les deux chamans devaient redoubler d'efforts pour aller explorer plus loin encore. Quand cela devenait trop pénible, ils revenaient puis repartaient dans une autre direction, toujours fouillant l'eau. Et soudain elle les sentit, proches, mouvantes. Après un dernier effort, elle les vit enfin. Elles étaient là, splendides créatures nageant en rangs serrés que, Hillak, l'astre solaire leur envoyait. Ils choisirent un mâle à la peau noire tachetée de blanc. Sa corne mesurait au moins deux pas. Ils ressentirent sa riche activité cérébrale, s'accordèrent à ses vibrations et en prirent possession.

Le contact fut brutal. Sitchwaan fut submergée d'émotions nouvelles. L'eau glissait sur son corps musclé et fuselé. Elle ressentait la puissance et la fluidité des mouvements. L'univers était mouvant, liquide et tournoyant. Elle plongea et se retrouva dans un monde émeraude entouré d'une vie grouillante de poissons. Elle remonta et fila sous un bloc de glace bleutée, le soleil miroitait, elle replongea et frôla les rochers recouverts d'algues. À ses côtés, nageaient avec élégance d'autres narvals aux corps magnifiques. Elle aurait voulu continuer, ressentir la liberté de se mouvoir dans un espace changeant continuellement de forme, affranchie de la pesanteur, filant sans effort mais elle discerna l'impatience d'un Mogrük fatigué. Elle s'éloigna du groupe et nagea vigoureusement vers le village. Elle comprit alors que Mogrük se détachait, il la laissait guider seule le narval.

Mogrük émit un signal vers les chasseurs. Il les connaissait, désordonnés à l'extrême mais capables d'être prêts en quelques minutes, en particulier en cette période de chasse où la mer commençait à se libérer. Ils furent les plus rapides, Naagak, l'oncle de Sitchwaan accompagné d'Ullik son aîné. Il y avait aussi sortant d'un autre igloo, harpon à la main, Argok qui se précipitait vers son traîneau. Les kayaks étaient déjà fixés en prévision de cette chasse. Les chiens furent rapidement attachés et ils partirent en direction de la banquise, claquant leur fouet joyeusement. Arrivé sur place, Naagak décrocha son kayak et expliqua à Ullik :

— Regarde, je prépare le harpon, il a une tête détachable qui restera dans l'animal avec la ligne. Et cette ligne je l'attache à la peau de phoque gonflée avec laquelle vous avez joué quand j'avais le dos tourné, n'est-ce pas ?

Ullik rougit et acquiesça. Naagak lui frotta affectueusement la tête et continua :

— Ensuite j'attache la ligne au frein, dit-il en désignant un cadre tendu d'une toile, ça fatigue l'animal touché.

De son côté, Argok exécutait les mêmes gestes. Il lovait soigneusement la ligne sur l'avant de son kayak. Ils étaient prêts. La longue attente commençait. Les chiens tiraient sur leur harnais sans succès, les traîneaux étaient solidement arrimés au sol.

Ils regardèrent la mer, rien ne bougeait.

— Il va venir, murmura Argok
— Et si c'est rapide, dit Naagak, nous serons deux pour cette chasse.

Il avait pleinement confiance en leurs guides spirituels pour amener le narval auprès d'eux. Il avait toujours connu Mogrük dans le village aussi loin que ses souvenirs portaient. Le breuvage du Tunixananooq lui avait rendu la vie bien longue. Et maintenant Sitchwaan était parmi eux. Elle avait montré son courage et sa maîtrise du don de l'ours. Hillak avait béni son village en leur accordant deux puissants chamans.

Le narval continuait sa course vers le village, Sitchwaan restait concentrée. Maintenant elle contrôlait parfaitement l'animal. La beauté du monde sous-marin qu'elle traversait était inimaginable et indescriptible. Elle entendait les cris aigus des autres cétacés du groupe qui se rapprochaient, ils avaient donc décidé de les suivre. Sitchwaan informa Mogrük, ils arriveraient bientôt dans les eaux libres bordant la banquise.

Les derniers chasseurs rejoignaient maintenant Naagak, Ullik et Argok sur la banquise.

— Vous en avez mis du temps, de vrais morses sur la terre ferme, lança Argok gaiement, on pensait bien chasser seuls !
— Un bon chasseur est toujours là à temps, répondit l'homme le plus proche en s'affairant sur son matériel, d'ailleurs je vais mettre mon kayak à l'eau sans attendre.

Il s'installa dans l'ouverture du bateau. Il ajusta la jupe d'étanchéité et s'éloigna sans un bruit, pagayant avec aisance et glissant sur l'onde.

Tous le suivirent et bientôt six kayaks s'avançaient entre les chenaux vers l'eau libre. La mer était calme et le froid persistant. Ils s'étaient habillés chaudement de leurs parkas en peau de phoque fourrée et de leurs pantalons en peau d'ours. Ils pagayaient autant pour se réchauffer que pour simuler leur chasse tenant le harpon haut tout en stabilisant le kayak. C'est alors qu'ils reçurent le signal :

— Des narvals, plusieurs !

Ils se placèrent en éventail et attendirent, regardant dans toutes les directions.

Sitchwaan força le narval à remonter en surface, elle se dirigeait vers la banquise bordant le village, ralentissant sa course. Plus la distance entre elle et le cétacé s'amenuisait et plus puissant était son contrôle. À l'inverse, l'instinct du narval pressentant un danger rendait le contrôle plus difficile, il cherchait à se libérer pour fuir. Elle affermit son emprise et concentra son énergie sur les fonctions motrices. L'animal s'approcha du groupe de chasseurs.

La douleur fut terrible quand le harpon traversa les chairs et elle fut expulsée de l'esprit du narval. Elle se retrouva, hébétée, dans l'igloo au côté de Mogrük. Il remarqua son profond trouble.

— Pour que nous vivions, lui murmura le chaman affectueusement, il faut qu'ils meurent. Ce sont de magnifiques créatures, très évoluées.

— Mais cette douleur ?

— Tu aurais dû libérer le narval à peine plus tôt. Reste-là quelques instants pour te reprendre. Nous allons remercier Hillak d'avoir guidé ces nobles créatures vers nous. Ce soir, lors de la cérémonie du partage, nous lui demanderons de les accueillir dignement en lui.

Sitchwaan sortit de l'igloo et décida de retourner dans sa demeure qu'elle partageait avec sa tante, Calulik, son ongle Naagak fils du chef du village, son grand-père Sakukak et leurs trois enfants. Calulik était assise sur les peaux de phoque, cousant un anorak pour Sakhu, son dernier fils. Une faible lumière provenant d'un hublot opaque l'éclairait. Des morceaux de phoque mijotaient sur des lampes à huile, dégageant une forte odeur qui stagnait dans la pièce peu ventilée. Sitchwaan ressentait toujours le calme et la sérénité du lieu comme la première fois où elle avait été accueillie chaleureusement et s'était installée dans sa nouvelle famille.

— Tu me sembles ailleurs, que se passe-t-il ? lui demanda Calulik tranquillement.

— Nous avons ramené des narvals vers les eaux du village. L'expérience m'a décontenancée. Que le monde est fabuleux et cruel à la fois.

— J'aimerais pouvoir ressentir tout cela. Être chaman est exigeant, votre monde est chargée d'émotions, il y a tant à vivre et à ressentir, dit-elle en lui saisissant les mains, et puis tu es dans une période de bouleversements. Tout te touche plus profondément. Il y a John qui est au loin et il y a cette vie qui démarre…

Un silence se fit, Sitchwaan interloquée reprit :

— Tu le savais ?

— Lorsque que tu as franchi le seuil de cet igloo pour la première fois, dès l'instant où je t'ai vue, tu es devenue ma fille. Malgré tes dons de chaman et ta capacité à voiler tes émotions, que pourrait cacher une fille à sa mère ? et bientôt tu ne pourras plus tromper le village.

— Cette graine de vie que je porte est un don du ciel mais je me sens perdue et seule… murmura Sitchwaan hésitante.

— Je le sais, à chaque fois qu'une vie gigotait dans mon ventre, je ressentais un grand bonheur mais il était toujours accompagné d'une sourde angoisse. Pourtant, Naagak était à mes côtés - Calulik lui caressa tendrement les cheveux -, nous serons avec toi.

— Oui, j'ai tellement besoin de votre amour et de votre soutien. Le péril est grand lorsqu'une vie démarre, comment ne pas se tromper ?

— Je serai présente, la rassura Calulik, et n'oublie pas le pouvoir de Mogrük. Il interprète les signes et sait agir promptement, il sera présent aussi.

— Et John ? il aurait déjà dû revenir, je ne peux ressentir son âme, il est trop loin. Que se passe-t-il ?

Calulik n'avait pas de réponse alors, tendrement, elle ramena la tête de Sitchwaan dans le creux de son épaule. Elle lui fredonna doucement la chanson avec laquelle elle l'avait apaisée lorsque, enfant, elle était revenue vivre parmi eux. Il y avait huit années de cela.

John était à bord d'un hélicoptère Bel 206 JetRanger de l'armée canadienne en direction du village de Sitchwaan. Il avait pris un avion régulier de Montréal vers Iqaluit. Sur le tarmac de l'aéroport, l'hélicoptère l'attendait et il avait décollé à 8h30 du matin ce dix mai. Il était enfin de retour après un temps qui lui avait paru interminable. Le pilote était un pro et il restait concentré, très concentré sur sa mission, impossible d'avoir une conversation suivie avec lui. Heureusement sur le siège arrière de la cabine, Mary Perkins était plus avenante. Elle travaillait aussi pour le gouvernement comme attachée au ministère des affaires autochtones et l'accompagnait. C'était une femme d'une quarantaine d'années, pleine d'énergie et très organisée d'après ce qu'il avait vu. Elle l'aiderait à préparer la venue du groupe de travail dans ce coin isolé. Côté logistique elle avait tout prévu pour vivre quelques semaines en autonomie, comme elle disait. De discrètes taches de rousseur saupoudraient sa peau blanche, en tout cas les mains et le visage, les seules parties visibles qui restaient en dehors des vêtements chauds qu'elle portait. Elle serait son point de contact avec les autorités et semblait rompue aux rigueurs de l'hiver canadien. L'hélicoptère survolait à une vitesse folle les paysages désertiques et enneigés qu'il avait mis des jours à traverser. John était aux anges, il allait enfin revoir Sitchwaan, la serrer dans ses bras, la couvrir de baisers passionnés. Il pourrait lui raconter les dernières semaines qu'il avait vécues : surréalistes, exténuantes, palpitantes, interminables.

L'emballement médiatique avait bien eu lieu et avait surpassé toutes ses prévisions. John avait donné interview sur interview, il avait raconté son aventure, son sauvetage miraculeux, la découverte du peuple de l'ours avec son incroyable cohésion. Il avait décrit la tragédie que ce peuple avait traversée, la mine, ses horreurs et l'urgence d'une protection pour prévenir toute récidive, hypothèse probable au vu des richesses minérales disponibles et de la cupidité de ses semblables.

Il avait savamment entretenu le mystère qui entourait le don de l'ours… laissant filtrer çà et là quelques remarques et les médias avaient fait le reste, analysant, conjecturant, brodant à l'envi. L'opinion publique avait chaviré et s'était déchirée entre emballement mystique, scepticisme et opposition farouche.

Dans ce déferlement, John avait pu préserver des plages hors du temps avec Lydie.

— Dis papa, pourquoi tu passes toujours à la télévision maintenant, lui avait-elle demandé
— Ma chérie, c'est une longue histoire. Quand je suis parti, il y a bien longtemps pour toi, j'ai été sauvé par un peuple qui vit très très au nord, un peuple très secret. Et ils sont devenus mes frères et mes sœurs, dit-il en portant la main à son cœur
— Et tu as une amoureuse là-bas ?

John marqua un temps, surpris par la question.

— Oui, j'ai une amoureuse là-bas mais tu conserveras toujours la même place dans mon cœur.
— Alors tu vas y retourner ?
— Bientôt, si tout se passe bien puis je reviendrai ne t'en fais pas.
— Tu m'emmèneras ?
— Pas cette fois-ci. Mais un jour quand tu seras plus grande.

Lydie réfléchit puis elle lui passa ses bras délicats autour du cou. Comment pouvait-elle saisir les déchirements que John vivait ? Elle était rassurée et ça lui suffisait.

Sur les réseaux sociaux, les rumeurs poursuivaient leurs insensés emballements. Le mystère du don de l'ours et ses promesses avaient déjà rassemblé des cohortes d'adorateurs. Le modèle de communauté, largement fantasmé, était adopté par des mouvements politiques libertaires, écologiques, anarchistes. Cette prise de conscience que John jugeait comme prématurée et exagérée avait précipité la réaction du gouvernement.

L'événement était d'importance et John avait rencontré le secrétaire du ministre des affaires autochtones Chuck Johnson, accompagné du premier ministre du Nunavut Georges Kasioak à Ottawa. Ce dernier était fort préoccupé car l'état fédéral, qu'il représentait, possédait le territoire du peuple de l'ours.

— Nous serons les premiers impactés en cas de reconnaissance d'une nouvelle première nation et de ses droits territoriaux, avait-il dit, mais nous devons avoir une connaissance plus approfondie de ce peuple avant toute décision. C'est pourquoi je suggère d'envoyer sur place une équipe pluridisciplinaire pour évaluer la situation.

— Si tout cela est réel, ajouta Chuck Johnson de sa voix grave et profonde si reconnaissable, l'histoire se répète et se joue des peuples.

— Nous aurons à accueillir plus rapidement et dignement un nouveau peuple et devrons éviter les outrages que nous, Inuit, avons eu à subir.

John les comprenait. Son aventure ne pouvait être prise pour argent comptant. Comment imaginer que l'existence de plus de mille individus soit restée ignorée à notre époque. Cela dépassait l'entendement même s'il était vrai que l'on avait découvert des peuples premiers en Amérique du sud, en Asie, en Afrique ces dernières décennies. Il fallait donc des certitudes avant que la diplomatie et le politique ne se mettent en route.

— Je propose de partir rapidement afin d'annoncer la venue de l'équipe et préparer son accueil, proposa John.

— Cela va de soi mais vous ne partirez pas seul, vous serez accompagné d'une personne de confiance. Elle sera votre contact avec nous !

— Bien. Puis-je vous demander une faveur ? répondit John.

Georges eut un haussement de sourcils et lui proposa de formuler sa requête.

— J'ai promis de ramener le corps de mon ami Ututak qui est enterré près de la mine de diamant. Notre visite à cette mine pourrait me permettre de tenir cet engagement.

— Ututak était un citoyen du Nunavut, vous avez notre permission.

Et c'est ainsi qu'il se retrouvait dans l'hélicoptère avec Mary Perkins. Elle s'était équipée de téléphones satellites, de balises et de tout un attirail de survie. Le pilote interrompit ses pensées :

— Nous approchons de l'objectif. Je fais un premier survol et vous m'indiquerez où me poser !

Le temps était clair, John vit défiler les falaises qui surplombaient le village, les igloos et au loin la banquise avec une bande d'un bleu plus sombre. Sitchwaan était proche maintenant. Il sentit sa gorge se nouer et il eut du mal à répondre.

— Posez-vous à une centaine de mètres à l'est sur ce replat.

Au deuxième passage, il distingua de minuscules silhouettes qui sortaient des habitations. L'hélicoptère toucha le sol en soulevant une tornade de neige. Il ôta son casque, le bruit était assourdissant. Mary ouvrit la porte, jeta les sacs de voyage puis sauta. John la suivit et fit le signe OK au pilote tout en se protégeant le visage. L'hélicoptère repartit, survola la falaise et disparut. Le silence était revenu. John regarda Mary et prononça d'une voix voilée par l'émotion :

— Nous y sommes. Inutile de porter les sacs, ils arrivent. Rappelez-vous Mary, vous allez ressentir des fourmillements désagréables dans votre tête mais cela ne durera pas. Les habitants du village sont habitués maintenant à ne pas insister, ils fouillent nos esprits par pur réflexe. Sitchwaan et Mogrük le chaman dont je vous ai parlé nous protégeront.

Quelques minutes plus tard, le calme revenu, les premiers habitants surgirent, poussant des hululements d'excitation. John remarqua également leurs airs effrayés. Les enfants arrivèrent les premiers et les entourèrent. John cherchait désespérément Sitchwaan. Il la vit enfin, silhouette plus grande et élancée s'avançant rapidement. Il courut à sa rencontre.

Que c'était bon de retrouver ses bras, sa chaleur, son rire lumineux, son parfum. Il croisa ses yeux noirs et sentit son cœur et son esprit s'ouvrir et chavirer dans un tourbillon de sensations. Il ferma les yeux, étourdi. Un flux d'énergie s'était établi entre leurs esprits, les reliant intimement. Il serra Sitchwaan encore plus fort, ils ne faisaient qu'un. Leurs âmes séparées se réunifiaient et c'était comme si des milliers de tentacules s'entremêlaient, se nouaient jusqu'à se confondre. Cette fusion les plaçait dans une bulle, au centre d'un tourbillon d'émotions. Un cercle s'était formé autour d'eux. Les villageois encore ébranlés par l'apparition de l'hélicoptère, ressentaient d'autant plus les forces qui se déployaient. Ils étaient traversés par les puissantes ondes de bonheur qui se dégageaient. Mary assistait, béate, à ce phénomène qu'elle ne comprenait pas. Cependant elle ressentait confusément un bien-être apaisant.

— C'est donc cela, pensa-t-elle, c'est donc cela le peuple des émotions que John a décrit !

Plusieurs minutes s'écoulèrent et Sitchwaan lui parla, brisant l'extase de l'instant. Il ne comprit pas un mot mais il rit et pleura à la fois. Cette émouvante expérience associée aux quelques semaines sans pratiquer l'Uqatinuk avait suffi à lui en faire oublier les fondamentaux.

Sitchwaan reprit dans la langue de John :

— J'aurai un tas de choses à te dire et je suppose que toi aussi ! Se tournant vers Mary elle continua, mais qui est cette dame qui t'accompagne ?

— Mary Perkins, représentante du gouvernement, répondit-il d'une voix encore tremblante. Je vous présente Sitchwaan, chaman du peuple de l'ours

— Enchantée de faire votre connaissance, dit Mary ; elle hésita puis reprit émue, vos retrouvailles étaient bouleversantes, un instant de grâce !

— J'attendais le retour de John depuis si longtemps. Je sais que nous sommes différents de vous, dans notre peuple nous partageons bonheur et tristesse. Nous avons tant à apprendre les uns des autres. Bienvenue dans le village de Sakukak du peuple de l'ours. Veuillez-nous suivre, nous allons rencontrer notre chef !

Sitchwaan se dirigea vers les igloos. L'attention du groupe se reporta sur l'étrangère dont une mèche de cheveux d'une couleur intrigante dépassait de sa capuche, des cheveux de feu. Mary porta ses deux mains à la tête ressentant un début de migraine. Sitchwaan déploya alors un voile de protection psychique sur Mary et John.

Un traîneau arrivait, il était piloté par Naagak, enchanté du retour de son ami mais marqué par l'intrusion soudaine de ce monstre de fer. Il avait ressenti les ondes puissantes et chaleureuses dont il avait instantanément deviné l'origine. Il sauta de son traîneau, fixa l'ancre, se précipita vers John et le serra dans ses bras. Il remarqua l'inconnue à la peau si blanche et à la chevelure particulière. Il sonda son âme, elle était terne et confuse. Il sentit le voile protecteur qui s'interposait, il regarda Sitchwaan, lui sourit et cessa son intrusion mentale. Il salua l'invitée et alla chercher les lourds sacs noirs qui reposaient sur la neige. Ce soir il y aurait fête dans le grand igloo communautaire. Il y aurait des histoires à écouter et à raconter. Le village allait connaître un instant de joie tant il est vrai que l'absence de John avait été pesante pour Sitchwaan et pour le village.

Tous avaient constaté la peine de leur jeune chaman. Ils ne percevaient plus avec la même intensité l'éclat bleuté et ardent de son âme. Aussi, pendant cette période difficile, chacun avait voulu lui faciliter l'existence par affection et reconnaissance.

Calulik lui avait proposé un espace plus intime dans leur igloo. La jeune femme avait accepté et l'avait aménagé très simplement. D'autres attentions s'étaient multipliées pour tenter d'apaiser le déchirement de la séparation, comme des invitations ou des cadeaux : aiguilles en os, peigne, fil de tendon. C'était touchant, Sitchwaan appréciait ces gestes mais son existence restait terne. Alors elle s'était affairée et investie dans son rôle de chaman. Malgré tout elle avait perdu de son insouciance et les horreurs vécues l'avaient mûrie trop rapidement.

Mais avec le retour de John, son esprit reprenait déjà de sa brillance et le village le ressentait.

— Où allons-nous installer Mary ? demanda John

— Dans l'igloo communautaire, je pense qu'elle y sera tranquille, qu'en pensez-vous Mary ?

— J'ai tout prévu, j'ai une tente grand-froid et tous les équipements nécessaires. Indiquez-moi un endroit à l'abri des vents et ce sera parfait !

— Nous pourrions placer la tente à côté du grand igloo, dit Sitchwaan, il vous protégera. Justement Mogrük le chaman et Sakukak nous attendent là-bas.

Ils se rapprochèrent du village et Mary vit effectivement deux silhouettes. L'une était trapue tandis que l'autre était plus grande et svelte mais un peu voûtée. Elle distingua de longs cheveux noirs qui englobaient un visage ovale au front dégagé, des colliers d'os et de griffes pendaient à son cou. Ce devait être le chaman. Maintenant qu'elle était plus près, elle fut impressionnée par ses yeux noirs qui dégageaient une intensité dérangeante. Elle observa le deuxième personnage, bien planté sur ses jambes, un chasseur. Ses cheveux étaient blancs, sa barbe qui mangeait son visage ne dissimulait pas ses joues creusées et ses hautes pommettes ridées. Ses yeux avaient perdu de leur limpidité, elle comprit que le chef était déjà très âgé.

Après les présentations et salutations d'usage, ils pénétrèrent dans l'igloo. À peine s'étaient-ils installés autour des lampes à huile que Naagak les rejoignit, ce qui surprit John. Sitchwaan lui souffla à l'oreille :

— Grand-père est affaibli en ce moment, il a besoin d'être épaulé.

John perçut de la tristesse dans sa voix.

Mary expliqua les raisons de sa présence, montrer la volonté de son gouvernement de tisser des liens amicaux entre les deux peuples et détailler la protection qu'il pouvait leur apporter. Puis John raconta son séjour dans l'autre monde. Les discussions étaient laborieuses et Sitchwaan faisait de son mieux pour assurer son rôle de traductrice.

Naagak prit la parole. Il aborda le sujet qui préoccupait le peuple de l'ours :

— Qu'en est-il de la protection du village de Vaalit. C'est le point d'accès pour se rendre à la mine de pierres de lumière et c'est pour cette raison que le village a été décimé par les barbares !

— Pour l'instant la voie maritime est impossible, dit John, mais l'appât du gain donne des idées et des ailes.

— La zone est déjà sous surveillance via les satellites et des survols réguliers, les informa Mary, grâce aux renseignements fournis par John, nous avons aussi localisé la mine et les bâtiments, bien dissimulés, il faut le dire. C'est une zone plus difficile à surveiller à cause du relief et des conditions climatiques. Par la suite nous compléterons le dispositif par une surveillance maritime.

— Il est prévu de fournir rapidement des radios à tous les villages pour émettre des signaux d'alerte en cas de besoin, compléta John.

Ce point étant traité, la réunion ne s'éternisa pas. Ils aidèrent Mary à dresser la tente et à mettre le matériel à l'abri. Naagak découvrait avec étonnement tous ces nouveaux matériaux et équipements.

— Mary, je vous laisse terminer, dit John en regardant les sacs entrouverts et débordants. Ce soir il y aura un rassemblement à l'igloo, juste à côté. Il y aura aussi à manger, une expérience culinaire à saisir!

— Je vais commencer par prendre des photos, en toute discrétion. C'est passionnant, j'ai l'impression d'avoir fait un bond dans le temps.

John vit Mary fixer une mini caméra sur sa parka et prendre la télécommande à la main. Effectivement c'était un moyen discret de réaliser un mini-reportage qui serait retransmis à Ottawa. La démarche était nécessaire.

Il partit rejoindre son igloo. Le vent avait forci et sa morsure lui fit refermer sa veste. Il pressa le pas, sillonna entre les habitations et entra rapidement dans l'igloo où il avait vécu pendant son précédent séjour. Calulik était en grande discussion avec Sitchwaan. Il s'approcha et salua Calulik qui le serra dans ses bras.

Il raconta à nouveau son séjour. Les histoires étaient un des passe-temps favoris des femmes et des hommes du clan et il aurait à répéter ses aventures encore et encore, il le savait. Cependant il donna une version plus intimiste et il raconta le plaisir qu'il avait ressenti de revoir ses amis, ses parents et sa fille. Il captait des regards particuliers qui s'échangeaient entre Sitchwaan, qui se pressait contre lui, et sa tante. Que se passait-il?

Naagak, qui était arrivé entre-temps, pressa John de questions et Calulik l'interrompit en le bousculant doucement:

— Il est peut-être temps que Sitchwaan aide John à s'installer. Qu'en penses-tu?

— Bien sûr, répondit Naagak comprenant l'allusion de son épouse, nous continuerons plus tard, ce soir à la veillée.

Et il fit un large signe, indiquant à Sitchwaan et John qu'il pouvait disposer.

Sitchwaan était blottie contre le corps chaud de John sous les peaux de caribou. Elle ressentait encore les papillonnements délicieux du plaisir qui parcourait son ventre. Leurs corps s'étaient envolés dans un tourbillon de sensualité renforçant la fusion de leurs âmes. Elle prit la main de John, la plaça sur son ventre et murmura :

— Une étincelle de vie s'éveille, elle brillera au retour de l'hiver.

John perdu dans des pensées voluptueuses entendit Sitchwaan sans trop comprendre. Dans ce peuple chaque individu se caractérisait par l'éclat de son âme, son intensité, sa couleur, son timbre mais de qui pouvait bien parler la jeune femme maintenant.

— Une étincelle de vie s'éveille, elle éclairera les deux mondes. Elle brillera au retour de l'hiver, insista Sitchwaan.

Une décharge d'adrénaline le transperça : un enfant des deux mondes, son enfant, la vie plus forte que tout, la vie qui efface les terribles épreuves.

- Un enfant, hurla-t-il malgré lui. C'est un cadeau magnifique que tu m'offres Sitchwaan.

Il la saisit dans ses bras, une émotion intense le submergeait. Il posa doucement sa tête sur le ventre de la jeune femme qu'il devina légèrement bombé.

— Je le sais, ce sera une fille et elle brillera autant que toi, petite étoile !

— J'aime quand tu m'appelles petite étoile, sourit Sitchwaan, c'est tellement apaisant… j'ai bien grandi depuis mais je reste l'enfant des deux mondes et notre enfant le sera aussi. Il sera un symbole malgré lui et nous devrons le protéger.

— J'en fais le serment, mon amour.

Au 38e étage de la tour SunTrust Plaza à Atlanta, Rick Van der Lader avait posé le magazine Forbes sur son vaste bureau et en parcourait les pages. Il avait cette sensation tenace que son monde s'enfonçait inexorablement dans un déclin et chaque article allait dans ce sens.

— Le pouvoir ne se mérite pas, pensa-t-il, il se prend!

Des hommes d'influence comme lui, travailleurs, rigoureux, éduqués, ambitieux étaient constamment bafoués par d'autres, venant de continents, de peuples qui auraient dû rester à leur place. Et le pouvoir occidental ne faisait rien, en particulier là où il était le plus abouti et puissant, sur le sol américain. Son regard lâcha l'article qu'il survolait, il se leva et contempla le paysage à travers les larges fenêtres. La Stone Mountain, qui pointait de la forêt verdoyante tel un téton de granit géant lui rappela que le combat pour la suprématie serait long. Il avait commencé avec d'autres hommes en d'autres temps et ces lieux avaient été témoins de batailles importantes. L'immense fresque qui barrait le flanc de la Stone Mountain les commémorait.

Lui, Rick Van der Lader était un membre imminent de la société secrète «Le Rempart». Il s'y investissait totalement car c'était l'ultime bastion avant la déchéance. Il pouvait compter sur un réseau composé de plusieurs milliers d'hommes, une nébuleuse avec des ramifications dans tous les pays, dans toutes les institutions. Ils avaient la main sur des banques, des immeubles, des terres, et diverses sociétés dont une bonne partie spécialisée dans la surveillance et la sécurité. C'était important car cela fournissait des hommes aguerris pour les missions spéciales que l'organisation programmait. Il repensa au désastre de «Diamonds on the Ice» : une mine dans le grand nord canadien à exploiter secrètement. Il avait mis sa crédibilité en jeu pour lancer l'opération et débloquer les centaines de milliers de dollars nécessaires. Il avait placé son meilleur élément opérationnel à la tête de l'équipe: Jarus un leader autoritaire, sans pitié, surentrainé avec une renommée glaçante et un surnom qui ne l'était pas moins «Le cobra». Tout se déroulait à merveille. Les cristaux de diamants étaient présents, en profusion. L'exploitation tournait à fond et puis un appel d'urgence… et silence. Le téléphone satellite n'avait plus fonctionné. Cela faisait des mois qu'il ressassait les mêmes idées. Mais que s'était-il donc passé?

Les bénéfices de l'exploitation auraient permis de passer à une vitesse supérieure voire de déclencher à moyen terme «le Renouvellement» : la prise du pouvoir et la remise en ordre du pays. Mais maintenant il était fragilisé, constamment perplexe et l'organisation avait perdu du temps.

Il retourna à son bureau et appuya sur l'interphone:

— Christina, pouvez-vous m'apporter un café et les journaux s'il vous plait?

— Tout de suite M. Van der Lader.

Une prononciation et un phrasé parfaits, c'était bon d'entendre une voix polie, sophistiquée et obéissante.

Christina entra et déposa café et journaux sur le bureau, tout cela avec une retenue calculée.

— Autre chose M. Van der Lader?

— Non merci Christina. Je vous appellerai pour le dossier Straford.

Elle sortit avec une classe qui le fit frémir. Certes elle lui suggérait des idées voluptueuses mais il s'était engagé à lutter contre le chaos qui envahissait son monde alors, inutile d'en rajouter. Il devait conserver son rôle et sa distance.

Il prit le premier journal. Un titre fixa son attention «Un journaliste rescapé du Grand Nord». Il parcourut l'article avec avidité.

— Bon dieu serait-ce possible ?

Abasourdi il comprit qu'il tenait peut-être la pièce manquante du puzzle. Il se connecta sur Internet et prit connaissance des dernières nouvelles.

Il lut les mots «barbarie», «exploitation inhumaine» et il sut, c'était lui, ce John Auliner, le satané bâtard qui avait fait capoter l'affaire, son affaire. Il était revenu du grand nord depuis trois semaines et il apprenait seulement maintenant son existence. De rage il envoya promener le journal. Dire qu'ils avaient torturé les deux hommes qui revenaient d'Iqaluit, persuadés que c'étaient eux les traîtres. Il comprenait enfin leur silence obstiné. Ils ne savaient rien. Ils reposaient à six pieds sous terre…

— Encore des dégâts collatéraux, soupira-t-il.

Il pensa à l'expédition en cours. Elle avait débarqué depuis quelques jours sur l'île de Baffin. Merci à leurs homologues norvégiens pour leur aide. Trois hommes avec deux moto neiges progressaient vers la mine. À nouveau de vrais pros avec armements et matériel de camouflage.

Il fallait convoquer le bureau de toute urgence.

Tout le village avait pris place maintenant dans l'igloo communautaire. Les habitants s'étaient serrés les uns contre les autres. Mogrük et Sitchwaan conduiraient la cérémonie puis se tiendrait le conseil, libre à chacun d'y assister. Enfin viendrait le temps de la fête.

L'ambiance était plus électrique que jamais, ils avaient vu le monstre d'acier voler, frôler leurs habitations et déposer John et une étrangère aux cheveux de feu. Puis ce monstre s'était arraché du sol et avait franchi les falaises plus rapidement qu'aucun oiseau de leur connaissance. L'exaltation se mêlait à la stupéfaction devant cette démonstration de puissance magique.

Il n'y avait bien que quatre individus qui conservaient leur calme, c'était Mary, John, Sitchwaan et Mogrük. Ce dernier était soucieux, il percevait les émotions intenses qui circulaient dans l'assemblée et le risque d'embrasement. Certes ils avaient décidé de révéler leur existence au monde mais cette intrusion tonitruante était pour le moins inattendue et déstabilisante. Il s'était préparé à une arrivée bien moins impressionnante, avec des moto neiges qui ressemblaient plus à leurs traîneaux mais sans les chiens. À l'avenir il faudrait éviter à tout prix qu'un tel scénario ne se reproduise. Il savait que la voie de la raison restait fragile lorsque les émotions prenaient le dessus et que la peur est bien mauvaise conseillère. De plus, il sentait Sitchwaan dans un état extatique, pas en phase avec le clan. Il lui fallait prendre les choses en main.

— Je conduirai la cérémonie, dit-il à Sitchwaan, reste avec John et Mary. Le chemin est étroit et parsemé d'écueils pour arri-

ver à notre but.
— Je joindrai mon esprit au tien pour calmer les angoisses, répondit Sitchwaan

Puis se tournant vers Mary et John, elle proposa :
— Asseyez-vous le long du mur, la cérémonie du don de l'ours va commencer.

Mogrük sortit et revint bientôt avec une outre. Il s'assit et entama le rituel avec calme. La mélopée entêtante qu'il entonnait était hypnotique et ouvrait des espaces de sensation dans les consciences. Ce phénomène était amplifié par l'appui mental de Sitchwaan. Mogrük engagea la distribution du Tunixananooq. La potion avait de multiples pouvoirs dont celui de stimuler le don télépathique, elle restait dangereuse pour les non-initiés au pouvoir chamanique et devrait être absorbée avec parcimonie. Seuls les chamans supportaient d'en consommer de manière régulière et ils bénéficiaient ainsi d'une acuité renforcée et d'une vie plus longue.
— Cette nuit c'est indispensable, pensa Mogrük.

L'outre passa de main en main pendant que la mélopée continuait son action envoûtante.

Mary restait attentive au déroulement de la cérémonie et enregistrait. Elle voyait les participants reprendre la mélopée et comprenait qu'ils communiaient avec leur chaman sur un registre inaccessible pour elle, et certainement pour John. Pourtant, à la limite de sa perception sensitive, il y avait des fluctuations, des vibrations bien présentes mais son corps n'était pas en mesure de les interpréter. Sa rencontre avec les habitants, les retrouvailles entre Sitchwaan et John, la cérémonie en cours faisaient basculer ses certitudes. Elle se trouvait plongée dans un monde improbable et incroyable. Il fallait accélérer la venue du groupe d'experts car elle sentait confusément que c'était important.
— Que se passe-t-il ? chuchota John en voyant ses yeux ébahis.
— Je suis déconcertée, stupéfaite par ce que je vois, cela dépasse

tout entendement.
— Je te comprends, la capacité qu'ils ont développée est unique, elle est le ciment de ce peuple et la garantie de leur survie.
— Il ne faut pas attendre, John. L'équipe doit venir au plus vite!

La cérémonie s'acheva. Mogrük était épuisé mais il avait réussi à chasser la peur des esprits et le conseil serait plus serein ainsi. Avant qu'il ne débute, John informa Sitchwaan de l'intention de Mary de précipiter la venue de la mission d'études.
— Rapidement qu'est-ce que cela veut dire?
— Il me faut du temps pour les persuader, disons quatre à cinq semaines, répondit Mary.
— Une lune, précisa John.
— Je vais le proposer. Le conseil risque de se diviser, ils étaient pourtant tous d'accord. Votre arrivée les a déconcertés, l'hélicoptère, le bruit... ça a été un choc. Nous faisons tout notre possible pour rassurer les esprits. Il faudra vous montrer plus discrets la prochaine fois.

Sitchwaan se tourna vers le conseil qui s'était installé et parla. Aidée de Mogrük, elle continuait de propager des vibrations d'apaisement pour laisser place à des échanges sans peur ni colère. Elle savait que la plupart voulait aller de l'avant, protéger leur peuple, connaître l'autre monde. C'était un changement énorme, car de mémoire d'homme, ils avaient privilégié la discrétion absolue. Elle comprenait l'appréhension que cela générait et connaissait les résistances ici même dans son village et encore plus dans les autres villages du peuple de l'ours qui ne participaient à ces événements. Mais il fallait convaincre car leur véritable force était de rester ensemble, de vivre ensemble, de lutter ensemble. C'est ainsi qu'ils avaient survécu depuis des temps immémoriaux, malgré les conditions difficiles, sur cette terre de glace et d'eau, sur un territoire délaissé par les peuples qui les avaient repoussés puis oubliés. Ils étaient différents, ils maîtrisaient le don de l'ours et cette différence les avait marginalisés dans les temps anciens car ils ne pouvaient lutter ni en nombre ni en hargne. La capacité de ressentir la douleur d'autrui conduit au pacifisme, sauf si votre vie ou la vie de vos proches en dépend. Ils avaient cédé leur territoire sous la pression de peuplades plus agressives. Le changement était difficile, source d'inquiétudes. Tout le village écoutait le débat, passionné au départ, plus apaisé par la suite.

— Nous avons demandé protection et remis notre survie dans des mains puissantes et bien malhabiles, disait Mogrük, mais nous n'avons pas le choix. Demain les dangers anciens s'effaceront et d'autres surgiront car nous savons que le monde extérieur peut être avide et brutal. Nous avons traversé l'éternité pour nous retrouver ici et maintenant. Les enfants de nos enfants fouleront encore cette terre. Ayons confiance.

Disant cela, il irradiait des ondes de sérénité et de confiance. Sitchwaan l'appuyait de sa puissance mentale.

Les visages se détendirent. La sérénité reprenait le dessus, la raison l'emportait et Sitchwaan sentait les âmes s'apaiser.

Elle s'approcha de Mary et de John :

— Nous sommes à nouveau en harmonie. Mary, votre groupe pourra venir. Pas plus de cinq personnes, les doigts de la main. Nous désirons de la discrétion, tout au long du séjour. Maintenant le temps des chants, des histoires et des jeux est arrivé.

Effectivement les sourires apparurent, les membres du conseil se joignirent aux villageois et l'ambiance sonore alla crescendo. Bientôt des éclats de voix et des rires se firent entendre. Sitchwaan rejoignit Sunaa, son amie qui s'était liée à Palak pendant le rassemblement d'hiver. Elle lui glissa à l'oreille :

— J'ai une grande nouvelle à t'annoncer !

— Ne dis rien, l'interrompit gentiment Sunaa, laisse-moi

deviner…, elle l'observa avec un regard espiègle parcourant son visage, son corps… Ouuuuiiii une nouvelle vie est en toi, elle fondit en larmes, je suis si heureuse pour toi. Tu semblais si triste… c'est un grand bonheur.

— Je te charge de le dire à tous !

Sitchwaan savait que c'était un merveilleux cadeau de confier la diffusion d'une telle information.

— Sunaa, et vous ? reprit-elle.

— Hillak n'a pas encore décidé... Pourtant Palak s'agite comme le bourdon et, dit-elle en rosissant légèrement, je suis comme la fleur, ouverte, complaisante… et même aguichante.

— Laisse-lui de l'énergie pour la chasse quand même.

— Même quand il rentre de la chasse il a toujours de l'énergie pour son deuxième harpon !

Et elles partirent dans un grand rire, complices à nouveau.

Pendant ce temps un groupe s'était formé autour de Mary et John. John était bien empêtré dans ses explications et quand Sitchwaan vint les rejoindre, il lui confia :

— Ils me demandent de raconter ce que j'ai fait, vu, ressenti pendant mes semaines d'absence. Aide-moi !

— Parle et je traduirai.

Et Sitchwaan, passerelle entre deux cultures, chaman du peuple de l'ours s'installa et se fit l'interprète de son compagnon.

John conta son aventure. Il se demandait comment tout cela pouvait être perçu, les médias, la police, les villes, l'organisation du gouvernement, le pays, les dizaines de millions d'habitants… Son auditoire restait attentif, il voulait comprendre mais tout leur paraissait si étrange et lointain. Il savait que c'était une part de leur futur qui se dessinait là. La préparation absorbée continuait à stimuler leur intellect. Sitchwaan s'efforçait de transmettre mentalement des images de sa vie d'enfant dans la ville d'Iqaluit en espérant que cela permettrait une assimilation accélérée. L'exercice était difficile.

Souvent ils furent interrompus. La nouvelle de la future naissance provoquait un mouvement de joie que Sitchwaan détectait et suivait dans la grande salle. Chacun avait à cœur de venir partager ses émotions avec le couple. C'était une belle soirée qui se vivait là : le retour de John son âme sœur, l'annonce de leur futur enfant, le bonheur partagé. Sitchwaan rayonnait et son âme avait retrouvé toute sa puissance et son intense éclat bleuté. John se sentait à nouveau pleinement admis par son peuple. Il resterait néanmoins toujours une ombre au tableau, le don de l'ours ne lui serait jamais accessible.

Enfin il arriva au bout de son récit et les auditeurs eurent la délicatesse de ne pas harceler John de questions. Après quelques instants, Sitchwaan se colla contre lui et lui susurra à l'oreille :

— Que dirais-tu, fier aventurier, de braver le froid et trouver un refuge chaud et accueillant ?

— Le fier aventurier dit encore et toujours que tu es la sagesse faite femme !

John prévint Mary de leur départ, elle décida aussi de quitter l'igloo communautaire. Elle avait beaucoup d'informations à transmettre à son équipe d'Ottawa. Le plus tôt elle s'y attellerait, le plus tôt elle aurait fini.

Ils se levèrent, saluèrent l'assemblée et sortirent.

Dehors le vent soufflait fortement et les cueillit par sa morsure glaciale. Mary fila sous sa tente tandis que le couple d'amoureux rejoignait son igloo. C'est avec précipitation qu'ils plongèrent sous les peaux qui recouvraient leur lit. La nuit leur promettait des milliers de plaisirs et ils comptaient bien les cueillir tous.

Après trois jours passés à fréquenter les femmes et les hommes du village, Mary était totalement convaincue. Elle repensa à ses doutes lorsque, pour la première fois, elle avait entendu John parler du peuple de l'ours. Elle avait hésité entre un illuminé, un mythomane ou un homme en état de choc. Certains faits l'avaient toutefois intriguée : il avait survécu plusieurs mois dans un froid extrême et l'observation détaillée des images satellites des zones indiquées confirmait l'existence d'habitations et d'activités humaines très discrètes. C'est ce qui avait déclenché sa venue. Maintenant elle confirmait au ministère les informations rapportées par John sur le peuple de l'ours, preuves à l'appui et insistait sur l'urgence d'une mission d'études. Elle considérait cette découverte comme primordiale. À force de messages, d'images et de vidéos elle réussissait à persuader ses collègues d'Ottawa de la réalité des propos de John. Elle sentait la méfiance céder : oui il existait un peuple fascinant et oublié, dans un monde aussi cartographié, observé, analysé que le leur.

— Il reste donc bien des pépites à découvrir sur notre terre, leur avoua-t-elle enthousiasmée lors d'un échange enflammé, mais cette pépite reste fragile et il nous faut agir vite !

Seule sous sa tente, elle repensa aux étranges moments vécus depuis son arrivée. Elle se souvint de la longue discussion avec Sitchwaan, John et Mogrük, ce dernier se montrant particulièrement curieux et attentif.

Certes le monde qu'elle représentait avait des connaissances immenses dans nombre de domaines, ce qui lui permettait des réalisations magiques et terrifiantes aux yeux des habitants de ce village. L'humain bravait Dieu dans sa conquête incessante du savoir et du pouvoir. Mais il avait concédé aussi d'énormes sacrifices. Elle le comprenait mieux maintenant.

Elle se rappela l'étonnement du vieux chaman lorsqu'elle avait indiqué qu'il n'existait pas, pour les plus jeunes, d'enseignement orienté sur la conscience de soi, de l'autre et de leur environnement. Mogrük expliqua que, grâce au don de l'ours, chacun ressentait les émotions des autres et même certaines intentions. La conscience de soi et de l'autre devenait instinctive. Au cours de sa vie, il avait approché d'autres groupes d'humains, en toute discrétion, et il avait constaté que le don existait chez les jeunes enfants mais que, non stimulé, il s'éteignait dès le jeune âge. La stimulation régulière par le clan et l'enseignement que les chamans dispensaient permettaient de développer le don et d'intensifier les relations entre humains. Ceux qui avaient de grandes dispositions devenaient chaman. Pour ceux-là la consommation régulière du breuvage concocté par les chamans décuplait leurs capacités.

— Mais, avait-elle demandé, n'est-ce pas embarrassant et intrusif de partager ses émotions ?
— Je comprends cette question, répondit Sitchwaan, le partage de nos émotions est présent dès l'enfance. Quand je vivais à Iqaluit, je sentais la colère, la tristesse des autres mais je ne pouvais agir. J'étais jeune et mon père m'avait appris à dissimuler mes dons. Quand je suis revenue, j'ai senti que j'intégrais une communauté. La solidarité était naturelle, la transparence aussi. Nous aidons les personnes en difficulté car nous ressentons leur malaise. Nous prévenons les conflits car ils sont source de souffrance et nous affectent. La douleur d'un des nôtres est éprouvée par le groupe et qui aime souffrir ?

Une bourrasque de vent fit vibrer la toile extérieure de la tente. Le temps se dégradait, ce n'était pas encore la tempête mais elle arriverait cette nuit, le bulletin météo était sans équivoque. Mary se tenait bien au chaud dans son duvet et son réchaud à gaz maintenait une température au-dessus de zéro. Bientôt elle se laisserait aller dans un sommeil tumultueux où toutes ses pensées rejailliraient en un absurde capharnaüm.

— C'était ça la clef de la cohésion, pensa-t-elle, un groupe qui agit comme un super organisme, sensible à chacun de ses membres où l'autre est au cœur des préoccupations.

Cette prise de conscience la laissa pantoise. Elle comprenait John quand il avait parlé d'une lueur pour l'humanité. Elle l'avait trouvé exalté mais maintenant elle rejoignait son analyse.

Dans sa marche en avant, songea-t-elle, l'homme oublie trop souvent ses besoins profonds. Économie, technologie, consommation et pouvoir passent avant l'harmonie avec soi-même, avec les autres et avec la nature. Et c'est ainsi que le bonheur nous fuit.

Perdue dans ses pensées, Mary n'avait pas vu le nouveau message sur son ordinateur. Quand elle regarda l'écran, elle fut surprise de s'apercevoir que Chuck Johnson en personne lui répondait. Le Secrétaire aux affaires autochtones du Canada l'informait que, comprenant l'intérêt et l'urgence de la mission, une équipe arriverait dès que possible, c'est à dire dès que les préparatifs seraient terminés et la météo accommodante. Elle resta interloquée.

— Cela voulait dire quelques jours, moins d'une semaine, estima-t-elle

Elle continua la lecture. Le groupe d'experts serait composé d'un médecin, d'un ethnologue, d'un géologue, du pilote et d'un agent de sécurité.

— Cinq au total, il a respecté les consignes, mais pourquoi diable un agent de sécurité, c'est inutile!

Elle devait maintenant partager la nouvelle et s'assurer de l'adhésion de tous.

Ils arriveraient dans la matinée, retardés par la violente tempête qui s'était déchaînée pendant trois longues journées. La neige était à nouveau tombée, furieuse et tourbillonnante. Elle s'étalait maintenant apaisée, légère et soyeuse. Le discret soleil faisait scintiller des milliers d'aiguilles de lumière et Sitchwaan contemplait ce magnifique panorama. C'est ainsi qu'elle percevait les âmes vibrantes de son peuple. Elle pensa à l'irruption prochaine du groupe de scientifiques dans le village :

— Hillak, astre solaire, aide-nous, il est trop tard maintenant pour rebrousser chemin !

Elle se rappela l'agression d'une violence et d'une barbarie inouïe qu'ils avaient subie. Elle connaissait maintenant la rapacité et la cruauté qui rôdaient dans le monde extérieur. Ils s'en étaient sortis grâce à leur courage, à John, à leur ours totem et aussi à la chance. Mais, un jour, tout recommencerait, dans un mois, un an… Elle le savait. Ils restaient démunis face à cette menace sauf à être protégés. Y avait-il un autre choix ?

La veille, le sommeil avait tardé à venir, troublé par l'arrivée des étrangers. Elle n'était pas la seule dans cet état. Elle avait mentalement visité chaque famille. Le malaise existait. Elle captait l'excitation et l'anxiété, l'attrait et la peur de l'inconnu. Elle avait senti Mogrük, il était là, rassurant, veillant sur les âmes du village, sentinelle solitaire. Car les chamans étaient les veilleurs, les Higdoeen en langue ancienne. Ils guidaient leur peuple à travers les âges. Mais cette nuit elle n'avait pu aider, trop perturbée, fatiguée par le fardeau des responsabilités. Elle s'était levée tôt pour marcher et revenait à l'igloo. Le village était envahi par l'agitation des grands jours. L'atmosphère ressemblait à un grand départ pour les rassemblements. Elle entra et se changea. John était déjà parti aider à la préparation des attelages. Elle ajouta une couche de vêtements car elle avait ressenti le froid de ce printemps qui tardait à s'imposer.

Le village était construit près de la mer, protégé des vents par les falaises. Un plateau les surplombait et c'est là qu'était fixé le lieu de rendez-vous avec l'hélicoptère, hors de vue des habitants.

Il avait été décidé que cinq traîneaux seraient suffisants pour le transport des humains et des marchandises : Sitchwaan et quatre chasseurs conduiraient les traîneaux, viendraient avec eux Mary et John. Elle vit Sakukak paisiblement assis dans l'igloo. Il ne participerait pas à cette courte mais importante expédition. Il ne se sentait plus la force de conduire un attelage de chiens. Sitchwaan constatait avec tristesse qu'il s'affaiblissait de jour en jour. Il se nourrissait de moins en moins et tout ce qu'elle avait entrepris avait été vain. Mais que pouvait-elle faire ?

Elle s'approcha de lui :

— Comment te sens-tu grand-père ? lui demanda-t-elle en le fixant du regard.

— Il leva les yeux et elle remarqua qu'ils s'étaient légèrement voilés.

— J'ai vu plus de saisons que je n'en verrai encore petite étoile, mais je vais bien. Ne t'en fais pas, Hillak n'est pas si pressé de me rappeler à lui, il est plus occupé à lutter contre les esprits malins qui retiennent le froid.

— Repose-toi, nous avons besoin de toi pour conduire le village

Elle l'embrassa tendrement et sortit de l'igloo. Elle traversa le village et s'approcha des traîneaux en cours de préparation. Les chiens, à la vue des harnais, aboyaient en un vacarme infernal. Cela ne cesserait qu'à l'heure du départ. Naagak, son oncle, préparait déjà les sangles de son traîneau et vérifiait les fixations. Il ne laissait personne le remplacer à cette tâche.

— Sitchwaan, tu veux de l'aide pour l'attelage ? lui demanda-t-il

— Je vais commencer seule, je t'appellerai en cas de besoin. Grand-père ne va pas bien en ce moment.
— Il a des hauts et des bas, il vieillit. Comme toi j'ai été surpris qu'il ne vienne pas avec nous. C'est bien la première fois. L'éclat de son esprit ternit.

Sitchwaan sentit l'onde de tristesse, elle l'accueillit et transmit en retour une grande tendresse. Une ombre funeste planait sur le chef du village.

— Je vais aller chercher le premier chien, dit Naagak après ce moment d'émotion, tu devrais éloigner ton traîneau.

Le retour à la réalité était brusque et le conseil judicieux. Chaque meute qui composait un attelage était toujours prête à en découdre. En plus des blessures que cela occasionnait aux animaux mais aussi aux humains qui les séparaient, ces batailles provoquaient des dégâts sur les rênes qu'il fallait démêler.

Sitchwaan se déplaça et alla chercher son premier chien. Elle en attacherait sept sur les traits en cuir de différentes longueurs, reliés à la sangle principale fixée sur l'avant du traîneau. Suivant son rôle, chaque chien avait sa place attitrée dans l'attelage, ils se déployaient en éventail pour tracter le traîneau.

Elle revint avec Chuky, le chien de tête de l'attelage de Sakukak. Elle lui passa le harnais et l'attacha au trait le plus long. Chuky savait faire respecter l'ordre dans la meute et empêchait les chiens d'emmêler leurs traits. Elle continua ainsi avec les six autres chiens puis les nourrit pour les calmer un peu. Elle aimait ces préparatifs qui la sortaient de son ordinaire. Son rôle de chaman lui offrait une liberté d'action que les autres femmes du clan ne goûtaient pas, soit par manque d'envie, d'entraînement ou tout simplement de temps.

Les autres chasseurs les rejoignirent et ils furent rapidement prêts à partir. Mary et John arrivèrent.

— Ils seront là dans une heure, leur annonça Mary en montrant son téléphone satellite.

Elle restait bien emmitouflée dans sa combinaison grand-froid. La température était toujours de -10°C, sans vent. John portait les habits en fourrure offerts par les habitants du village pour le remercier et l'accueillir dans leur peuple. Il ressemblait réellement à un chasseur mais n'avait pas encore la dextérité voulue pour conduire un attelage.

Ils étaient prêts à partir. Mary et John prirent place. Les ancres des traîneaux furent descellées et les fouets claquèrent au-dessus des chiens. Ces derniers, heureux de pouvoir libérer leur ardeur, s'arc-boutèrent pour lancer la course, les conducteurs poussèrent vigoureusement et sautèrent sur le marchepied arrière quand l'allure souhaitée fut atteinte. Ils traversèrent le village sous les regards amusés des habitants et rejoignirent le sentier qui les mènerait sur le plateau. Bien qu'habituelle, la montée restait rude. Chacun se mit à pousser les traîneaux vides pour soulager les chiens qui tractaient vaillamment. Dans cet effort collectif, le vacarme des aboiements avait cessé et John appréciait le calme revenu.

Maintenant les chiens tiraient la langue et leur museau se couvrait d'une fine pellicule de givre. À chaque respiration un petit nuage s'échappait de leur gueule entrouverte. Enfin ils atteignirent le plateau. Une bourrasque de vent souleva la poudreuse. John sentit les picotements de la glace sur son visage et le froid le saisit. Il tourna la tête pour se protéger.

Les traîneaux s'arrêtèrent tout en conservant une bonne distance les uns des autres. Le groupe se regroupa, dos au vent, pour discuter.

Le téléphone de Mary sonna, elle répondit.

— Ils arrivent bientôt, indiqua-t-elle.

— Allons sur ce promontoire, ce sera assez éloigné du village, proposa Sitchwaan en désignant un dénivelé au loin.

Elle ne voulait pas qu'il soit facile d'observer l'engin, cela n'amenait que questionnement et anxiété.

Ils repartirent, le premier traîneau traçant la piste. Une congère ralentit la progression et on entendit le chasseur de tête stimuler les chiens en criant «Taï, taï, taï» tout en faisant claquer son fouet. Et la course reprit. Mary, chaudement allongée sur le traîneau piloté par Naagak, prenait plaisir à cette courte expédition. Depuis des siècles, les mêmes gestes, les mêmes techniques, la même ténacité à vivre dans des conditions difficiles, pensait-elle, quelle chance de se trouver ici !

Ils arrivèrent au pied de la colline et plantèrent les ancres de traîneaux dans la neige. Ils s'assirent en cercle et attendirent. Naagak regardait avec insistance cette femme aux cheveux de feu qui l'intriguait de plus en plus. Mary n'était pas aveugle à ses œillades et demanda à Sitchwaan :

— Je me sens observée et en particulier par ton oncle, dit-elle.
— Tu es tellement différente de nous, tu attires et je pense que tu ferais le bonheur de plus d'un chasseur !
— Oh, fit Mary en rougissant, mais qu'en penserait ta tante ?
— Pendant les fêtes il y a bien des corps qui changent de lit, ce n'est pas si important, le principal c'est de tenir le foyer à deux, non ?
— Mais, cela ne crée pas des tensions ?
— Ça a plutôt tendance à les apaiser, à souder la communauté. Souviens-toi que nous partageons nos émotions et aussi nos désirs…
— Et donc ta tante…
— Oui ma tante sait l'attirance que tu exerces mais ne t'en fais pas, c'est la vie, tout simplement.

À ce moment le vrombissement d'un moteur se fit entendre et s'amplifia rapidement. En moins d'une minute, il fut sur eux, les pales hachaient l'air, la turbine hurlait et la neige les fouettait douloureusement, ils se recroquevillèrent. L'hélicoptère atterrit et tout cessa. Les chiens gémissaient de frayeur. Ils virent les portes s'ouvrirent et cinq individus vêtus de combinaisons grand froid en sortirent. Pour les chasseurs c'était un spectacle hallucinant.

Sitchwaan, John et Mary gravirent la colline et se rassemblèrent. Mary prit la parole :

— Bienvenue à toutes et à tous pour cette mission de reconnaissance et d'étude. Vous êtes accueillis par le peuple de l'Ours, et elle désigna de sa main gantée les chasseurs ainsi que Sitchwaan et John puis elle enchaîna, je vous demanderai le plus grand respect et la plus grande discrétion pour mener à bien vos activités. Je m'appelle Mary Perkins votre coordinatrice.

— Je suis Adèle Newport, médecin.

— Et moi Gabriel Weber ethnologue.

— Le géologue de service, Henri Mézenc, salua élégamment le plus grand d'entre eux.

— Thomas, le pilote.

John le reconnut et lui fit un signe de tête, c'était lui qui les avait transportés avec Mary.

— Je suis Marvin, agent de sécurité.

John sentit Sitchwaan se raidir.

— Que se passe-t-il ? lui murmura-t-il.

— Cet agent, il a une âme sombre que je n'arrive pas à sonder.

Il tourna son regard vers les chasseurs et vit leurs yeux noirs soupçonneux, fixés sur l'homme au visage anguleux.

Traîneaux, chiens et hommes étaient revenus au village. Les nouveaux arrivants avaient dressé leurs tentes proches des igloos et s'affairaient à ranger le matériel qu'un deuxième aller-retour leur avait rapporté. Le vent avait forci et accentuait la sensation de froid. Pour leur organisme moins entraîné, c'était douloureux et il leur tardait de se mettre à l'abri.

Sitchwaan, John, Naagak et Sakukak avaient rejoint Mogrük dans sa demeure. L'atmosphère était lourde. L'agent de sécurité Marvin les troublait au plus haut point. Ils avaient déjà rencontré la même texture d'âme, sombre et impénétrable, quelques mois auparavant, lors de l'affrontement avec le Cobra.

Mogrük et Sitchwaan étaient consternés, ils se rappelaient la menace terrible que pouvait représenter ce type de personnage insondable.

- Mais a-t -on pu nous envoyer pareil individu, ragea Mogrük, est-ce volontaire ? mais alors pourquoi ?
- C'est sûrement une erreur, je ne vois pas l'intérêt qu'ils y trouveraient, répondit Sitchwaan blême de rage contenue.

— Il y a un intérêt, dit Naagak, la mine de diamants. Nous avons appris à nos dépens la fascination de l'homme blanc pour cette pierre. Imaginons que ceux qui veulent cette mine soient assez influents pour placer un de leurs hommes et nous espionner.

— Ou imaginons que ce sont des membres du gouvernement canadien qui convoitent cette mine, renchérit Sitchwaan.

— Ou encore, dit John posément, il est possible qu'il y ait plein d'hommes et de femmes ayant une âme que vous décrivez comme sombre et que ça n'a rien à voir avec la mine.

Ils le regardèrent avec attention. Mais non, il ne pouvait pas tirer une généralité d'un cas particulier, aussi horrible soit-il. Néanmoins il était hors de question de prendre un quelconque risque.

— Nous allons demander à Mary de trouver des informations sur cet homme, reprit John.

— Et en attendant, nous le maintiendrons sous surveillance, pas de protection mentale pour lui. Mais je ne pense pas qu'il soit vraiment sensible à nos sollicitations, soupira Mogrük, si nous avons l'occasion, nous tenterons de percevoir ses émotions. Il faut trouver un moyen de le mettre à l'épreuve.

Sitchwaan regarda Sakukak, il n'avait pas pris la parole. Il était tassé et son esprit n'était plus qu'une lueur.

— Qu'en penses-tu grand-père ?

— Vous avez pris la bonne décision, et il ajouta tristement, la marche du village est entre de bonnes mains, vous n'avez plus besoin de moi !

Il se leva avec difficulté et se dirigea lentement vers la sortie. Naagak serra affectueusement le bras de Sitchwaan :

— Père n'est que l'ombre de lui-même, l'un part et l'autre arrive, chuchota-t-il en regardant le ventre de Sitchwaan.

Mogrük resta silencieux, il savait aussi que l'inévitable approchait. John serra la main de Sitchwaan avec tendresse. Après un instant de silence il proposa :

— Allons voir Mary.

Ils traversèrent le village rapidement, se protégeant du vent glacé. Sitchwaan bouillonnait toujours intérieurement. Ils trouvèrent Mary installée dans une tente nouvellement montée, en grande conversation avec Adèle le médecin de l'expédition. La toile se gondolait sous les rafales désordonnées du vent.

— Entrez, dit-elle, Adèle me racontait les dernières nouvelles de Montréal, le don de télépathie que votre peuple possède intrigue, passionne devrais-je dire, passionne le monde entier maintenant. Cela va très vite, avec des réactions des plus modérées au plus extrêmes. Il y a des mouvements mystiques qui se forment. Leurs adeptes voient en vous le peuple élu et une nouvelle espérance.

Sitchwaan avait du mal à se représenter ce que tout cela signifiait, elle demanda :

— Est-ce dangereux pour nous ?

— Oui et non, répondit Adèle oscillant des mains, d'un côté, c'est certain le gouvernement ne va pas vous oublier et va s'occuper de vous, et d'un autre côté il peut y avoir des imprévus comme des fanatiques prêts à débarquer cet été.

— Que pouvons-nous faire? soupira Sitchwaan envahie par le doute.

— Mais vous êtes quand même difficilement atteignables et les déplacements sont aisés à contrôler, surtout en été, renchérit Mary. C'est plutôt bon signe, ne vous en faites pas, ça se calmera !

— Mary, il faut qu'on vous parle, dit John.

Son regard passa d'Adèle à Mary.
— Seul à seul.

Elle se leva et ils se dirigèrent vers sa tente.
— Mary, demanda Sitchwaan, parmi les membres de l'expédition, il y a cet homme, Marvin, nous n'avons pas confiance.
Surprise, Mary écarquilla les yeux :
— Mais pourquoi ? Qu'est-ce qui vous fait dire ça ?
— Son âme est sombre, hermétique, maugréa Sitchwaan.
— Et cela ne donne pas confiance, continua John, pouvez-vous vous renseigner discrètement sur lui ? Et rapidement.
— Votre demande est étrange… Je ne sais pas, dit Mary, c'est un agent de sécurité, il est préparé à l'affrontement, à la violence si elle se présente.
Elle se tut brusquement, elle sentit soudain la peur s'insinuer en elle, affoler ses pensées. Il fallait qu'elle réagisse, qu'elle identifie l'agression. Son cœur s'accéléra et ses yeux se dilatèrent et elle vit… Elle vit Sitchwaan qui la fixait d'un regard intense et la pression se relâcha.
— Nous avons besoin de vous Mary, souffla Sitchwaan, tout de suite.
Mary, le souffle coupé, obtempéra. Elle prit son téléphone satellite et appela son contact au ministère. La conversation fut brève. Elle raccrocha puis regarda Sitchwaan :
— Ne me refaites jamais ça !
— Refaire quoi ? demanda John inconscient de ce qui se passait entre les deux femmes.
— Nous sommes en danger, rétorqua Sitchwaan d'une voix froide, et rien ne m'arrêtera pour protéger mon peuple. En attendant cet homme ne bouge pas de sa tente !

Elle les quitta, les laissant interloqués.
— Que s'est-il passé ? demanda John
— Une démonstration du pouvoir d'un chaman, impressionnant…

— Mais encore ?
— Une peur panique soudaine puis… plus rien.
— Il faut la comprendre, plusieurs dizaines de femmes, d'hommes et d'enfants sont morts dans des conditions atroces. Et il reste quelqu'un quelque part qui nous menace, quelqu'un de puissant et sans aucun scrupule.
— C'est donc la guerre ?
— Le peuple de l'ours est d'essence pacifique mais menacé, ses membres peuvent devenir de farouches guerriers, avertit John, je les ai vus à l'œuvre.
— Admettons que Marvin soit dangereux, réfléchit Mary tout haut, alors j'ai un problème. Il est armé et je n'aimerais pas attirer son attention… Tant que rien n'est sûr. Il serait plus judicieux de ne rien entreprendre pour l'instant.
— Demain j'aimerais que nous allions à la mine de diamant, il ne devra pas faire partie du voyage. C'est un lieu sacré qui ne doit pas être profané et il est hors de question que des informations passent à l'ennemi. Il faudra trouver une excuse.
— Nous avons besoin d'un briefing pour organiser la mission, dit Mary
— Ce soir il y a un rassemblement à l'igloo communautaire, venez tous.

John rejoignit Sitchwaan dans leur igloo et lui relata la conversation.
— Ce Marvin ne doit se douter de rien, c'est d'accord, acquiesça Sitchwaan. Pendant que nous allons à la mine nous devons lui trouver une autre occupation.
— Comme partir avec un groupe repérer les ours blancs ? proposa John.
— C'est une bonne diversion, et puis c'est plus dangereux que la mine, cela semblera plausible… inutile mais plausible.
Sitchwaan marqua une pause puis reprit :
— Je suis furieuse, j'ai ressenti le danger et j'ai perdu mon

contrôle. Pauvre Mary, elle ne mérite pas ça. Mais j'ai peur pour mon peuple, peur pour notre enfant.

John sentit la voix de la jeune femme trembler. Il ne la connaissait pas si émotive habituellement. La venue de leur enfant la perturbait d'autant plus qu'elle avait dû prendre des décisions vitales pour son peuple et elle devait maintenant en assumer les risques. Pour finir il y avait l'état de santé de Sakukak qui la préoccupait. Elle se reprit et dit d'une voix plus posée :

— Il faut que notre monde soit plus sûr pour notre enfant.

— Je me battrai à tes côtés, la rassura John.

Calulik qui avait perçu le désarroi de sa nièce s'approcha. Elle lui confia :

— Nous avons confiance en toi. Calme-toi et concentre-toi sur un seul sujet. Mogrük et moi nous nous occupons de Sakukak. Ton grand-père vieillit et tu le sais. Hillak le veut ainsi, tout vient de lui et tout y revient. Tu portes la vie maintenant. Moi aussi j'ai ressenti la noirceur dans l'esprit de cet étranger. C'est votre unique préoccupation. Ton enfant est bien au chaud et pour l'instant, il se débrouille très bien.

Le soir, dans l'igloo communautaire, les étrangers furent présentés aux habitants du village qui en profitèrent pour les observer, les frôler, les humer et s'esclaffer de leurs différences. Les programmes d›étude, préparés à l'avance, furent exposés.

— Avant de venir, précisa Adèle le médecin, nous avons été testés pour nous assurer que nous ne portions pas de virus ou microbes qui pourraient vous être fatals. Vous vivez dans un milieu isolé et sain, et nous vous devons la sécurité à ce niveau. Je vais devoir effectuer des prélèvements de sang et de salive pour mieux… appréhender votre métabolisme, analyser le sang et l'ADN.

Après explications et échanges avec la communauté, la proposition fut acceptée par quelques individus volontaires.

— En tant qu'ethnologue, expliqua Gabriel, je rassemble des informations sur les coutumes, les croyances, les usages quotidiens, les objets, la manière de vivre dans les foyers, les cérémonies. J'aimerais parler avec chacun d'entre vous mais je sais que ce n'est pas possible car cela accaparerait Sitchwaan, comme traductrice. Néanmoins prenez le temps de me montrer ce que vous utilisez.

Après traduction par Sitchwaan, un murmure parcourut l'assemblée, les étrangers avaient envie de les connaître. Après des siècles de discrétion, c'était surprenant et troublant. À nouveau Sitchwaan persuada quelques habitants de participer.

— Je suis spécialiste des pierres, de la terre, intervint à son tour Henri, je suis ici car il y a une mine à étudier. Je suis celui qui vous embêtera le moins sauf pour aller chercher quelques échantillons vers ces falaises qui nous entourent.

Mary prit la parole :

— Demain un premier groupe partira repérer les traces des ours blancs qui rôdent autour du village pour les comptabiliser. C'est instructif et dangereux, donc Gabriel et Marvin vous accompagnerez les chasseurs. Adèle tu les accompagneras également. L'autre groupe, nous irons à la mine avec Sitchwaan et John pour repérer les lieux et les installations. Nous ramènerons le corps de l'oncle de Sitchwaan.

— Je veux faire partie de cette expédition, intervint Marvin.

Tous les regards s'étaient tournés vers lui et Marvin perçut une sourde hostilité et un malaise s'installer.

— Et pourquoi ? demanda Mary en le fixant dans les yeux.

— Je pensais, heu, que c'était plus dangereux, bredouilla Marvin.

— Et pourquoi ? demanda Mary à nouveau.

Il s'en suivit un silence gêné…

— Pas de changement donc, répliqua fermement Mary.

À nouveau le village était en effervescence, les traîneaux étaient prêts et les chiens aboyaient d'excitation sans discontinuer. John aidait à la manœuvre mais supportait difficilement les jappements incessants. Il rêvait de courses sur l'immensité de la banquise quand celle-ci est plane et recouverte d'une fine couche de neige immaculée, quand le silence cotonneux vous apaise et vous entraîne dans une rêverie flottante.

Le vent s'était calmé et la température était remontée, une bénédiction, mais elle restait négative.

Naagak interpella John :

— Les quatre traîneaux partiront bientôt vers l'engin volant !

John était reconnaissant à Naagak de parler doucement avec des mots simples. Il avait beaucoup perdu en Uqatinuk pendant son absence.

— D'accord, je vais les chercher.

Il se dirigea vers les tentes et prévint les cinq nouveaux arrivants ainsi que Mary. Sitchwaan arrivait aussi… effet Tunixananooq.

Après la difficile ascension vers le plateau, ils purent s'installer sur les traîneaux pour s'approcher de l'hélicoptère. Arrivés au pied de la colline, ils se séparèrent. Les cinq membres retenus pour la mine de diamants se dirigèrent vers le Bel 206 JetRanger. Ils s'installèrent dans la cabine. Ils laissèrent les traîneaux s'éloigner avec Adèle, Gabriel, Marvin, Naagak et les chasseurs afin de ne pas effrayer les chiens. Thomas lança le moteur et les pales commencèrent à tourner, d'abord doucement puis à grande allure. L'hélicoptère décolla. Sitchwaan dont c'était le premier vol, cramponnait le bras de John. Emportée par des sensations nouvelles, elle vit la file des traîneaux tracer une ligne incertaine sur la page blanche du paysage. Ils se dirigeaient vers la banquise.

Thomas possédait les coordonnées GPS de la mine. La météo était annoncée comme clémente pour cette journée, le voyage ne prendrait pas plus d'une demi-heure. Sur place, ils auraient du temps pour travailler car les journées s'allongeaient en ce mois de mai. Sitchwaan et John virent défiler, sans trop les reconnaître, les chemins qu'ils avaient empruntés quelques mois auparavant. Bientôt ils furent au-dessus du cirque de pierre. Thomas perdit de l'altitude afin de survoler les lieux. Ils distinguèrent les bâtiments, difficilement discernables avec leurs toits blancs et enneigés. Ils repérèrent l'entrée de la mine. Thomas réduisit encore les gaz et se posa. Il coupa la turbine et le silence se fit.

Ils descendirent de l'appareil. Une tristesse immense envahit Sitchwaan, elle ressentait toutes les souffrances endurées en ce lieu. Ses yeux parcoururent le cirque. Il était d'une beauté froide. Au nord une brèche surmontée par deux éperons rocheux permettait l'accès, à l'est la cavité dans la paroi rocheuse où la mine se trouvait, le sud était surmonté par la montagne avec ses névés et ses neiges qui amenaient un froid continuel. Au fond du cirque se trouvaient des amoncellements de pierre, le cœur de John se serra. C'est là que gisaient les corps ensevelis de leurs compagnons dont celui d'Ututak, son compagnon de voyage, l'oncle de Sitchwaan. À l'ouest, les deux baraquements parallèles en forme de demi-cylindre. Ils s'en approchèrent. Mary stoppa, surprise :

— On dirait des traces de moto neiges … et plus loin de bottes.
— Elles sont fraîches, dit Thomas en extirpant son arme.

Tout le groupe était aux aguets. Il n'y avait aucun bruit aux alentours.

— Pas de skidoo dans les environs, nota John.
— Soit ils sont partis définitivement soit ils vont revenir, souffla Thomas, nous aurions besoin de Marvin. J'ai une carabine dans l'hélico, je cours la chercher. J'aurai juste à surveiller

l'entrée du cirque pendant que vous vous assurez qu'il n'y a personne.

— Il n'y a personne, j'en suis certaine, intervint Sitchwaan.

— Comment pouvez-vous le savoir? Demanda Henri.

— Elle le sait, intervint Mary, nous avons parlé du pouvoir de ce peuple. Voilà ce que nous allons faire. John vous allez surveiller l'entrée avec la carabine. Thomas vous repartez avec l'hélicoptère et vous essayez de les repérer. Profitez-en pour prévenir votre hiérarchie qu'il y a eu de la visite sur le site, je fais de même de mon côté. Sitchwaan, Henri et moi nous commençons la visite par les habitations.

— Très bien, dit John.

Il suivit le groupe vers le bâtiment le plus proche, récupéra une chaise et ouvrit la fenêtre, au nord, qui donnait de la visibilité sur sa cible. Il était prêt. Il entendit la turbine de l'hélicoptère monter dans les tours puis il vit l'appareil décoller et s'éloigner.

Pendant ce temps Mary, Sitchwaan et Henri fouillaient l'habitation.

— C'est là où demeuraient les tortionnaires, expliqua Sitchwaan la gorge serrée, dans l'autre bâtiment c'était mon peuple qui était enchaîné et qui mourait de faim et de froid.

Ils passèrent toutes les pièces au peigne fin mais il ne restait rien d'intéressant. Le coffre-fort était béant et vide, le râtelier d'armes également. Ils attendirent Mary qui téléphonait puis ils passèrent au bâtiment suivant laissant John à sa surveillance.

Le spectacle était poignant, c'était un grand espace vide. Des rails fixés au sol sur lesquels s'attachaient des chaînes avec des fers couraient, parallèles aux murs. Des taches sombres parsemaient le sol. L'horreur, la souffrance, la mort en suintaient. C'est Henri qui brisa le silence :

— Allons visiter la mine.

L'air glacé qui descendait de la montagne les sortit de leur stupeur. Toujours plongés dans leurs sombres pensées, ils n'échangèrent aucune parole sur le chemin qui les menait à l'entrée de la grotte.

Henri repéra que la cavité naturelle avait été agrandie pour l'exploitation. Elle était équipée de groupes électrogènes, d'une machine à concasser le minerai et de matériel d'extraction rudimentaire. Henri identifia aisément la nature de la roche, de la kimberlite. Bien évidemment, de la kimberlite diamantifère. Il s'approcha de la concasseuse où il restait des morceaux du minerai extrait, il les observa et mit de côté une dizaine de fragments qu'il plaça dans un sac plastique. Il étiqueta méticuleusement sa trouvaille.

— C'est un gisement de belle valeur, à l'évidence beaucoup de cristaux de diamants. Je vais aller prélever d'autres échantillons dans ces galeries, il parlait en plaçant son casque et sa lampe frontale. Je n'en ai pas pour longtemps et je resterai à portée de voix, n'ayez crainte.

On sentait le professionnel passionné, Henri avait déjà oublié tout le reste. Il s'enfonça dans la galerie de gauche.

À ce moment un bruit de moteur se fit entendre. Sitchwaan et Mary se précipitèrent dehors, c'était l'hélicoptère qui revenait. Elles le virent atterrir avec douceur. Thomas en sortit et les rejoignit :

— Les traces partent vers l'est, je les ai suivies et j'ai repéré deux moto neiges.
— Et alors ? interrogea Mary.
— Ils s'éloignaient. Quand je me suis approché, j'ai essuyé des tirs. Cet hélicoptère est équipé pour le transport pas pour le combat. J'ai décroché et j'ai signalé leurs positions à ma hiérarchie.
— Bien joué Thomas, nous sommes tranquilles. Allez remplacer John à son poste. Vous êtes certainement bien meilleur tireur que lui. Il est dans le premier baraquement et dites-lui de nous rejoindre, dit Mary.

Bientôt Henri ressortit de la galerie :

— Il y a du potentiel, une belle petite exploitation. Je file explorer l'autre boyau.

— Nous venons avec vous, dit Sitchwaan en empoignant Mary.

Justement John arrivait avec une lampe torche rapportée par Thomas. Il leur emboitât le pas.

Ce deuxième tunnel avait été aussi creusé à la main, Henri s'imaginait les efforts fournis pour ce labeur… Il était large de deux mètres environ. Le géologue devait se voûter pour ne pas se cogner, il estimait la hauteur à un peu moins deux mètres. La galerie s'enfonçait en pente douce avec des cavités à droite et à gauche, une légère odeur de terre mouillée et de minerai broyé flottait dans l'air. Au bout de dix mètres la galerie plongea en un large colimaçon dans le sol. Henri collectait des échantillons avec son marteau de géologue à pic pointu. Il les plaçait dans des plastiques, notait des indications puis continuait. Ils descendirent encore, parcourant une centaine de mètres avant de tomber sur la fin des travaux. La température s'était élevée au-dessus de zéro. Sitchwaan se rendait compte aussi de l'ampleur et de la dureté des travaux : comment des femmes et des hommes habitués aux espaces immenses, à la liberté et à la vie en communauté avaient-ils pu subsister ? Cette pensée tournait en boucle et s'accélérait.

— J'ai besoin de remonter, s'écria-t-elle.

Son ton était si poignant que le groupe entama sans délai la remontée. Arrivée à l'air libre Sitchwaan s'effondra dans les bras de John. Les souvenirs déferlaient. Mary comprenait et partageait son désarroi. Elle remarqua que John n'était pas dans de meilleures dispositions et pourtant ils devaient continuer.

— Je n'ai pas trop envie de rester dans cet endroit, dit Mary, je ne me sens pas en confiance avec ces traces récentes de passage. Et si nous continuions notre inspection ?

— Je vais rester ici, dit Henri, et poursuivre l'exploration du filon.

— Allons chercher le corps d'Ututak, dit John doucement à Sitchwaan.

Mary sentit qu'il valait mieux les laisser seuls pour l'instant.

— Je retourne au bâtiment rejoindre Thomas et fouiller à nouveau chaque pièce.

Ils se dirigèrent vers le cimetière, au fond du cirque. La tradition avait voulu que l'on recouvre les corps par de simples pierres, le sol étant bien trop dur à creuser surtout au cœur de l'hiver.

Sitchwaan se rappelait exactement la localisation des corps. Sous le monticule le plus important étaient ensevelis les corps des sept tortionnaires. Les sépultures de leurs compagnons morts au combat étaient séparées et alignées. Le corps d'Ututak se trouvait le plus à droite. À nouveau les souvenirs les envahirent. Ils se recueillirent puis Sitchwaan entama un chant funèbre, un chant qui venait du fond des âges. Elle invoquait les esprits, Hillak le dieu solaire, elle demandait un accueil chaleureux aux âmes de ces valeureux combattants. La sonorité était poignante, le rythme envoûtant et les vibrations sensorielles qu'émettait Sitchwaan atteignirent les membres de l'expédition. Mary, mal à l'aise, suspendit sa visite du baraquement, Thomas sentit ses yeux s'embrumer sans raison, Henri se tourna vers les deux silhouettes et pensa à son père décédé il y avait quelques mois de cela…

Le chant funèbre cessa et John s'approcha de la tombe d'Ututak. Il déblaya la neige et s'attaqua à la première pierre, le gel avait solidifié l'ensemble. Il se dirigea vers la mine pour prendre les outils qui se trouvaient là. De retour, il se remit au travail. Cela lui prit du temps car le gel avait figé la sépulture dans un écrin. Lorsqu'il atteignit enfin la bâche dans laquelle le corps était placé, John se rappela les heures sombres de l'agonie de son ami et le total désarroi qui s'en était suivi. Sitchwaan vint l'aider pour tirer le corps délicatement hors de son lit de pierre.

Ils n'eurent aucun mal à ramener la dépouille vers l'hélicoptère en la faisant glisser doucement sur le tapis de neige. Thomas surveillant toujours l'entrée du cirque, c'est Mary qui sortit du baraquement et vint déverrouiller la soute à bagages.

Avec de multiples précautions, ils y glissèrent le corps.

Mary n'était pas sereine et elle comprit que Sitchwaan avait deviné ce qui la tracassait :

— Oui, nous devons partir, dit Sitchwaan, ils pourraient revenir.

Mary acquiesça de la tête et se dirigea vers la grotte. Elle en revint quelques minutes plus tard, suivie par Henry. John les rejoignit avec Thomas.

— Fantastique, exulta Henry, un fabuleux gisement, il y a dû avoir une sacrée activité volcanique par le passé. Avec le réchauffement climatique, le nord s'offre à nous et nous réserve de belles surprises.

— Mais combien de désastres pour ces maigres consolations ? répliqua John

— Désolé, enthousiasme de passionné, mon propos est malvenu, je le comprends.

— Allons-y, coupa Thomas, avant que ça ne se gâte trop.

Lui aussi avait hâte de quitter ces lieux. De délicats flocons de neige commençaient à virevolter et il ne voulait pas piloter dans une tourmente, le temps était tellement instable par ici. Ils s'installèrent dans l'hélicoptère et bientôt ils volaient à plus de 200 km/h en direction du village de Sakukak.

Ils avaient effectué le retour au village à pied. La pellicule de neige tombée ces derniers jours rendait agréable la progression, un silence ouaté les enveloppait et leur permettait d'évacuer la tension provoquée par cette visite. Ils avaient laissé le corps d'Ututak reposé dans la soute de l'hélicoptère, une chambre froide naturellement réfrigérée et protégée des animaux.

Dès leur arrivée Sitchwaan s'était rendue auprès de Mogrük :

— D'autres sont venus, en skidoo, ils connaissent le lieu, la même bande, ils sont là, dit Sitchwaan anxieuse.

— Nous avons pris la bonne décision en nous ouvrant au monde. Nous ne pourrons lutter seuls. Une nouvelle ère s'ouvre après une longue période de tranquillité qui a duré plusieurs générations.

Mogrük alla chercher un parchemin et le déroula, il continua en Higdoeen :

— Regarde, ici sont notés les noms des chamans qui ont possédé ce parchemin. Il y en a huit, notre vie est longue grâce au breuvage du Tunixananooq, à raison de quatre-vingt à quatre-vingt-dix saisons pour chacun, cela fait... très longtemps. Quand je partirai tu pourras noter ton nom Sitchwaan. Mais ne sois pas trop pressée mon enfant, ajouta malicieusement Mogrük. Ce parchemin raconte comment nous avons été chassés de terres plus fertiles, chassés à cause de notre don. Nous nous sommes adaptés à la dureté de ce pays et nous nous sommes isolés. Maintenant nous entrons dans une période de rupture. Beaucoup de bateaux circulent, des avions... et des étrangers arrivent, certains pacifiques comme ta mère et d'autres cruels et avides. Même le climat change et les ours ont faim. Nous devons à nouveau nous adapter. Ce sera plus difficile que la vie pleine de sérénité à laquelle nous sommes habitués.

— Oui, le don de l'ours nous a conduit à l'isolement, et ce même don de l'ours maintenant intrigue le monde. Mary et John nous rapportent des informations étonnantes, des millions de personnes s'intéressent à nous et voudraient en savoir plus...

— Il y aura de la curiosité, il y aura de l'entraide et il y aura du danger aussi, des personnes qui voudront voler les pierres de lumière, profaner nos lieux sacrés, dérober nos secrets sur le Tunixananooq. Mogrük s'interrompit un instant, pensif, puis reprit. Nous devons rester le plus discrets possible, car nous contrôlons moins bien notre destinée.

— Je sais, c'est le prix à payer, le prix de la confiance pour l'entraide.

Sitchwaan se leva et alla contempler les parchemins que Mogrük conservait précautionneusement. Ces doigts frôlèrent le grain fin des peaux de rennes : des bribes de l'histoire de son peuple. Mogrük lui avait appris à déchiffrer l'Higdoeen. Elle prenait conscience que les chamans n'écrivaient plus, depuis longtemps. Et pourtant la pratique et la connaissance du don de l'ours avaient évolué mais la transmission des nouveaux savoirs se faisait uniquement à l'oral.

— Higdoeen, les veilleurs, pourquoi ce nom? demanda Sitchwaan.

— Nous veillons sur notre monde, nous le protégeons, répondit Mogrük.

— Et pourquoi sur notre monde et pas sur notre peuple?

— C'est ce qui est nous est transmis, notre rôle s'étend au-delà de notre peuple, sur les animaux, les glaces, la mer, les montagnes, le vent, tout ce que nous connaissons.

— Alors le temps de l'éveil est arrivé?

— Je le pense aussi mais il faut encore patienter, murmura Mogrük.

Un silence s'établit puis Sitchwaan reprit:

— Naagak est encore très loin, je n'arrive pas à discerner sa présence.

Mogrük sourit:

— Il ne reviendra que demain, je lui ai demandé de garder cet homme, Marvin, le plus longtemps possible éloigné du village.

Sitchwaan sourit et s'inclina devant la sagesse du chaman.

Adèle et Gabriel voyageaient sur le même traîneau, Marvin s'étant installé sur celui qui les précédait. Les chasseurs qui les accompagnaient avaient filé avant que l'hélicoptère ne décolle et s'étaient dirigés vers la banquise. Gabriel enregistrait et filmait discrètement. Il ne voulait rien rater de cette incroyable expérience. En regardant Adèle, il se rendit compte qu'elle était dans le même état d'ébahissement que lui.

Chaque détail de ce qu'il voyait le renvoyait des siècles en arrière, il était dans un musée à ciel ouvert, vivant. Son équipement grand froid lui permettait d'apprécier pleinement la situation. Les chiens n'aboyaient plus, concentrés sur leur effort. Parfois il entendait claquer un fouet au-dessus d'une tête qui se relâchait ou tentait de mordiller un congénère. Les traîneaux entamaient une longue descente et les conducteurs commencèrent à appuyer de tout leur poids sur le frein pour contrôler la vitesse. Puis on leur fit signe de se lever car la pente devenait trop raide et ils aidèrent les chasseurs à retenir les traîneaux.

Enfin ils étaient sur la banquise. Ils l'auraient crue lisse et plate mais le combat incessant que se livraient les marées, l'eau et la glace à cet endroit l'avaient parsemée de blocs de glace érigés, de dépressions et d'éminences. Heureusement d'autres traîneaux étaient déjà passés et avaient dégagé un chemin ce qui facilitaient leur progression. Enfin ils arrivèrent sur une partie moins tourmentée et ils s'arrêtèrent pour une pause.

Naagak les appela et leur offrit des morceaux de viande de phoque crue.

— Non merci, dit Adèle en lui montrant des barres de céréales qu'elle lui tendit à son tour. Naagak les refusa.

— Alors Marvin, c'est super cette aventure non ? dit Gabriel.
— Mouais c'est pas mal, j'aurais été plus utile avec les autres, maugréa-t-il.
— Peut-être mais ça va s'animer un peu si un ours se présente !
— J'ai de quoi lui tenir tête, répondit-il en portant sa main sous son aisselle gauche, un calibre bien adapté.

Pendant ce temps Naagak discutait avec les chasseurs :
— Si on trouve un coin fréquenté par les phoques nous tenterons notre chance, sinon on continuera pour croiser un ours, pas vu de traces pour l'instant.

Ils mangèrent en silence puis un chasseur prit la parole :
— C'est dur de ne pas balayer leurs esprits. En réalité je me concentre sur ce Marvin mais c'est comme griffer du granit avec ses ongles, rien. J'évite les deux autres.

Naagak acquiesça et donna l'ordre de départ.

Adèle regardait le paysage défiler très lentement. Les chiens haletaient, langue pendante et à chaque expiration un nuage de vapeur s'échappait de leur gueule. Ils tiraient le traîneau sans relâche, heureux de parcourir cette immensité, retrouvant leur instinct de loup, infatigable coureur détectant les pièges de la banquise. Leur complicité avec les hommes avait permis à l'un comme à l'autre de traverser les siècles et de survivre. Maintenant la banquise était bien formée, lisse. Il n'y avait plus d'à-coups. Le temps s'était figé comme le paysage glacé et silencieux qui les entourait. Après une durée qu'Adèle n'aurait pu évaluer, les chasseurs s'immobilisèrent et ancrèrent les traîneaux au sol. Ils partirent en direction de la mer que l'on percevait maintenant. Ils recherchaient quelque chose mais quoi ? Adèle, Marvin et Gabriel attendirent.

Une demi-heure plus tard, deux silhouettes apparurent. Naagak s'approcha d'eux et avec force signes et un dessin sur la neige leur fit comprendre qu'il y avait des phoques, qu'il fallait attendre et ne pas faire de bruit. Les chasseurs repartirent armés d'harpons et de sacs.

Effectivement, il y avait plusieurs trous de respiration très récemment utilisés. Ils allaient devoir se poster, attendre, attendre, attendre… et harponner l'animal s'il venait y respirer. Attendre, n'est-ce pas ce que lui avait demandé le chaman ? se dit Naagak, alors autant attendre utilement.

Et l'attente fut longue. Marvin commença à pester.

— Du calme, c'est leur manière de vivre, expliqua Gabriel, nous marchons à la minute et à l'heure dans notre civilisation mais ce n'est pas une règle universelle. Chez les peuples vivant de leur environnement, l'opportunité de nourriture prime et un phoque de cinquante kilos peut nourrir le traîneau et son équipage pendant … il réfléchit, pendant disons deux jours.

— Mais nous en attendant, on s'emmerde, râla Marvin.

— Nous sommes des invités et la consigne est d'être au maximum transparent alors … on reste calme, et on profite de l'espace et du silence, reprit Gabriel.

— Ou on fait comme les chiens, remarqua Adèle, on se met en boule et on se repose.

Le vent s'était levé, Adèle protégea son visage. Les minutes duraient des heures dans ce désert blanc. Elle entendit Marvin s'esclaffer :

— Les voilà, nos quatre guerriers de l'apocalypse.

En s'approchant ils virent qu'ils avaient l'air heureux. Ils leur indiquèrent de la main «deux»

— On dirait que la chasse a été bonne, dit Gabriel.

Chacun des chasseurs monta sur les patins arrière du traîneau, libéra l'ancre et cria «Yae Yae Yae». Et le voyage reprit en direction de la mer. En s'approchant, ils virent deux formes oblongues étendues sur la banquise. C'est en s'approchant encore qu'ils distinguèrent la neige rougie autour des corps puis les têtes au museau retroussé et la moustache de chat. Les yeux ronds et tendres semblaient les regarder.

— Ici il n'y pas le choix, pensa Adèle.

Les chasseurs leur offrirent à nouveau des morceaux de viande fraiche :

— Acceptez, recommanda Gabriel, la viande est saine et c'est un signe de bienveillance.

Ils prirent chacun un morceau et l'avalèrent.

— Mais c'est bon, dit Marvin, un peu comme du bison.

— Avec un goût marin quand même, renchérit Adèle.

Ils en redemandèrent et mangèrent tout en observant les chasseurs dépecer les phoques.

Gabriel fit remarquer :

— Regardez les couteaux, la lame est en ivoire, pas de fer, nulle part.

— Sans échange avec d'autres peuples, dans un environnement aussi désertique, forcément certaines matières premières sont absentes, dit Adèle.

Naagak était de bonne humeur et riait de bon cœur. La chasse était belle et leurs visiteurs semblaient satisfaits.

— Nous allons vérifier s'il n'y a pas un ours dans les parages puis nous construirons un igloo en bordure de banquise. Je pense que ça va plaire à nos étrangers !

— C'est rageant de ne pas pouvoir parler avec eux, on aurait dû avoir John avec nous, dit Palak. Demain on rentre ?

— Oui, demain, je partirai devant pour avoir des nouvelles, les informa Naagak.

Ils chargèrent la viande sur les traîneaux. Puis solennellement ils rejetèrent un morceau dans le trou de respiration :

— La mer nourrit la mer, dit Naagak pieusement, merci Hillak pour ces prises.

Ils étaient à nouveau sur les traîneaux. Soudain ils le virent, le seigneur de la banquise, silhouette lointaine imposante : une tête au museau allongé surmonté de petites oreilles arrondies se redressant et humant l'air puis trois points noirs se tournant dans leur direction. D'où venait-il ? De l'arrière d'un hummock, de la mer ? Nul ne le savait car malgré sa taille il savait se fondre dans la blancheur du paysage. Son apparition était une surprise. Avec ses jumelles Gabriel distinguait parfaitement les détails, il voyait l'animal hésitant. Naagak était calme, un ours n'attaque pas un équipage avec chiens et hommes alors plusieurs traîneaux… à moins de le surprendre ou de le chasser. La distance était plus que respectable et ils restaient immobiles. Les chiens jappaient et tiraient sur leurs rênes. Naagak savait que s'ils les détachaient, ils se rueraient à la poursuite de l'animal. Après plusieurs minutes d'hésitation, l'ours fit demi-tour et s'éloigna tranquillement du groupe.

Naagak cria aux chasseurs :

— On le suit et on ira vers l'igloo sous la falaise pour gagner du temps, en espérant qu'il soit toujours debout depuis le début de l'hiver.

Et c'est ainsi qu'ils suivirent l'ours blanc, celui-ci se retournant, leur faisant face puis s'enfuyant. Il essaya de les contourner par le bord de mer mais les traîneaux faisaient toujours obstacle et les chiens, hargneux, tiraient sur les rênes. Enfin Naagak arrêta la poursuite. Il fit claquer son fouet et hurla à tout-va. Il fit virer, avec difficulté. Un attelage de chiens c'était déjà compliqué à diriger mais un attelage de chiens excités c'était une vraie calamité. Et ils se dirigèrent vers la falaise qui se dessinait non loin de là.

L'igloo était toujours là mais son entrée était obstruée. Deux chasseurs s'attelèrent à cette tache pendant que les autres dételaient les chiens du traîneau. Ils connaissaient les bêtes et éloignaient ceux qui avaient tendance à se battre. La présence des chiens allait leur permettre d'être en sécurité pendant toute la nuit car aucun ours blanc n'oserait s'approcher. Adèle vit les hommes découper des morceaux des phoques qui commençaient à geler et les lancer aux chiens.

C'est Marvin qui s'interrogea le premier :

— On, dirait que l'on va passer la nuit ici, non ?

— De toute évidence, répondit Gabriel.

En effet, il était tard et le soleil baissait à l'horizon. À cette période de l'année, la luminosité restait suffisante pour voyager mais les chiens étaient fatigués.

Gabriel s'approcha de Naagak et lui fit signe de dormir tout en montrant l'igloo. Naagak dessina un arc de cercle en pointant le soleil puis désigna la direction du village. C'était clair, demain il retournait au village.

— Marvin, bien deviné, on est parti pour la nuit et une expérience unique dans notre vie.

Il regarda les morceaux de phoque sur le traîneau et continua.

— Et puis on a de quoi tenir… largement !

Le soleil se couchait sur le village. Mary referma son ordinateur portable, elle était fatiguée. Elle venait de terminer et d'envoyer son rapport concernant la visite de la mine quand le son caractéristique la prévenant d'un nouveau message retentit. Il s'agissait des informations concernant Marvin. Elle parcourut le message, ce n'était pas de bon augure. Elle se précipita hors de sa tente et chercha John. Elle marcha vers son igloo et l'appela. Elle vit alors Calulik en sortir et l'inviter à entrer. L'intérieur était sombre, les ouvertures opaques n'assuraient pas un éclairage suffisant, surtout en cette fin de journée, et la lueur des lampes à huile étaient encore trop faible pour la clarté régnante. Il vit sur une couche Sakukak qui se reposait. Il ne bougea même pas à son entrée. Calulik lui montra l'alcôve et, en approchant, elle distingua John endormi. Pas étonnant, la journée avait été longue et pleine d'émotions. Néanmoins elle s'approcha de lui et le réveilla :

— J'ai des informations concernant Marvin.
— De quelle sorte ?
— Mauvaises, votre intuition était bonne.

John se leva, se gratta la tête et dit :

— Allons voir Sitchwaan, elle est avec Mogrük. Ça évitera de se répéter.

Sur le chemin, ils rencontrèrent Henry qui les accompagna. Ils pénétrèrent dans la demeure de Mogrük. Ils virent avec étonnement le parchemin déplié que Mogrük rangeait promptement.

— Excusez notre intrusion mais Mary a des informations importantes concernant Marvin, dit John.

Sitchwaan traduisit, Mogrük leur fit signe de s'asseoir. Le chaman vivait seul et son intérieur était austère mais le nécessaire était présent. À base de bois flotté, d'os et de nerf il s'était construit des genres d'étagères qui supportaient goussets d'herbes, de graines, de fleurs et de lichens séchés mais aussi des substances liquides contenues dans des pots et des intestins. La pharmacopée d'un apothicaire, pensa John.

— Votre intuition était bonne, reprit Mary, Marvin Bregart, de son vrai nom Martin Arvberg n'est pas celui que l'on croit. Les autorités cherchent comment il a pu être enrôlé dans cette mission alors que toutes les précautions avaient été prises. Mon gouvernement vous demande des excuses. Donc Martin Arvberg est un escroc multirécidiviste, violent, calculateur, manipulateur. Il aime narguer l'autorité ce qui explique l'anagramme. Il est recherché pour meurtres, trafic d'armes, trafic de drogues et vols à main armée. Il avait disparu des radars depuis quelques années.

— Il est donc dangereux, dit John.

— Très dangereux et violent, reprit Mary, et il est armé.

— Nous le neutraliserons demain à son arrivée, dit Sitchwaan dont le sang s'était remis à bouillir, et il parlera !

— C'est la loi canadienne qui s'appliquera, répondit Mary, et pas question de débordement d'aucune sorte.

— Il est question de notre survie, insista Sitchwaan.

Sitchwaan la fixait. Mary sentit à nouveau son cœur s'accélérer et une peur panique monter en elle, incontrôlable puis tout redevint normal.

— Il est question de mon peuple, continua Sitchwaan, et de notre protection. Ici ce sont nos coutumes qui priment ! Mais nous devons collaborer, n'est-ce pas ?

Naagak était parti au lever du soleil pour rejoindre le village. Il avait demandé à Palak de ne pas se presser et de ménager les chiens. Déjà il franchissait la barrière d'hummocks qui séparait la banquise de la terre ferme à cet endroit. Sitchwaan et Mogrük l'avaient repéré et l'attendaient. Ils lui transmirent mentalement la consigne de les rejoindre au plus vite. À son arrivée, les chamans lui expliquèrent rapidement le danger que représentait ce Marvin et dressèrent un plan pour le rendre inoffensif.

Naagak repartit donc rejoindre ses compagnons d'expédition, il les tiendrait informés de la situation. De son côté Mary ferait de même avec Henry et Thomas.

— Dès que le traîneau de Marvin arrive, Thomas tu te tiens prêt avec ton arme, en toute discrétion. Ce sont les chasseurs qui le maintiendront et moi je le désarmerai !

Mogrük envoya l'ordre aux villageois de rester dans leur igloo lors du retour des traîneaux. Tout était donc prêt.

Naagak retournait rejoindre ses compagnes de route. Il ne se pressait pas et ménageait son attelage, à quoi cela pouvait-il servir ? Bientôt il vit les traîneaux s'approcher. Il calma ses chiens et s'arrêta. Quand ses amis le distinguèrent, ils leur firent signe. Dès qu'ils furent arrêtés, il annonça en Inuktitut :

— Nous avons un problème avec un de nos visiteurs, celui qui est le plus costaud, sur ton traîneau Palak. Ne prononcez pas son nom pour ne pas éveiller l'attention.
— Explique-nous, demanda Kuluk.
— Il fait partie de la même bande que les assassins de la mine. Nous devons le ramener vivant. Une fois arrivés au village, on s'arrête au centre et toi Palak tu files mettre les deux autres étrangers à l'abri. Mary va lui parler, et nous nous le mettrons à terre et le maitriserons avec nos harpons. Après on verra. Vous avez compris ?

Les chasseurs acquiescèrent et ils repartirent sous les regards interrogateurs d'Adèle, de Gabriel et de Marvin.

Ce dernier n'aimait pas trop la tournure que prenaient les événements, il avait horreur de ne pas comprendre et depuis ce matin il était agacé. Toute la nuit il avait ressenti une gêne, comme un essaim d'abeilles cherchant à pénétrer son cerveau.

D'ailleurs Adèle et Gabriel ressentaient un mal de tête carabiné aussi, c'était bizarre mais le bizarre dans sa profession c'était du danger. Et le danger, il savait comment le gérer. Il glissa sa main sur sa combinaison pour s'assurer de la présence de son revolver. Ils arrivaient enfin au village.

— C'est une bonne expérience, pensa Marvin, mais ça ne vaut pas une bonne motoneige !

Ils s'arrêtèrent. Marvin vit le traîneau d'Adèle et Gabriel redémarrer. Tout était trop calme, pas d'enfant. Et que faisait Mary plantée là ? et Thomas semblait crispé ? Instinctivement il ouvrit sa combinaison et porta sa main vers son Colt M1911, un ami qu'on avait tendance à écouter.

- Tout s'est bien passé ? Vous êtes restés plus longtemps que prévu, interrogea Mary.
- Oui, il y a eu cette chasse aux phoques qui a pris du temps, répondit Marvin, puis l'ours qui…

Marvin vit, à la limite de son champ visuel, une forme se précipiter sur lui. Il sortit son revolver mais un méchant coup sur le bras lui fit lâcher prise et le Colt atterrit à deux mètres de là. Thomas se précipita pour le ramasser. Quand il se releva, il vit Marvin couché au sol, face contre neige avec trois harpon qui lui taraudaient le dos.

— Martin Arvberg, dit Mary, au nom de l'autorité fédérale du Canada nous vous arrêtons. Inutile de vous dire vos droits, vous devez les connaître depuis le temps que l'on vous court après !

— Salope, j'aurai ta peau et tous ceux qui t'accompagnent crèveront !

Le personnage intègre et distant de Marvin craquait de toute part.

— Dites-nous pourquoi et pour qui vous êtes ici ?

— J'ai jamais été une balance et tu vas bientôt comprendre à qui tu t'attaques connasse !

— Effectivement je note un flagrant changement de vocabulaire. Martin serait donc plus rustre que Marvin? le tança-t-elle. Le peuple de l'ours vous a prévu un petit divertissement, après tout ce que vous leur avez fait subir c'est bien normal non ?

Martin fut rudement conduit dans l'igloo communautaire après qu'on lui eut solidement attaché les mains. Il resta là, assis, face à deux chasseurs vigoureux qui pointaient leurs harpons sur lui.

De longues heures s'écoulèrent. Il ne paniquait pas. Il avait déjà vécu des situations où la mort lui avait susurré de le rejoindre et il s'en était toujours sorti. Il avait sa bonne étoile et, ces derniers temps, le Rempart s'occupait très bien de lui, une association fructueuse. Il trouvait les idées de ses commanditaires un peu grandiloquentes mais n'était-ce pas des illuminés qui avaient construit ce monde? Lui il accompagnait et récoltait les fruits de ses prestations, bien payées il faut le dire. Il était pro, sans religion ni idée, sa seule foi c'était lui.

L'arrivée du chaman et de Sitchwaan interrompit ses réflexions. Il avait faim et soif maintenant. Justement Mogrük et Sitchwaan avaient préparé une décoction relaxante qui leur permettrait de scruter l'esprit de Martin.

— C'est pour vous, dit Sitchwaan en montrant les morceaux de phoque présentés sur une omoplate de morse et le breuvage dans un bol en stéatite.

— Il faudrait me détacher pour cela.

Sitchwaan s'approcha et défit ses entraves. Martin se frotta les poignets, observa rapidement les chasseurs, ils semblaient diablement vigilants. Il commença à boire, avala un morceau de viande et demanda :

— Que me vaut ce traitement royal ?

— Bien qu'à l'évidence, vous apparteniez à une organisation qui nous a fait beaucoup de mal, pour l'instant, vous ne nous avez rien fait subir. Et donc nous aimerions parler tranquillement.

— Eh bien parlons!

Il reprit son verre, finit le breuvage et avala un nouveau morceau de phoque.

— D'où venez-vous Martin?

— Je veux bien parler mais pas de sujets qui me concernent!

— Très bien alors je vais vous raconter mon histoire, proposa Sitchwaan.

La stratégie était simple. Elle consistait à laisser la boisson agir et à calmer la personne. Normalement les barrières mentales devaient s'abaisser et permettre ainsi à un chaman expérimenté de fouiller l'esprit de l'individu. Sans relation avec d'autres peuples, cette pratique n'était plus utilisée et les chamans avaient peu d'expérience dans ce domaine. Néanmoins John s'était porté volontaire récemment, le résultat avait été très positif. Mogrük restait dubitatif. À la différence de John, Martin n'était pas volontaire du tout et sa structure mentale était très différente, une boite hermétique qui ne diffusait que très peu d'émotions. Mais il n'y avait pas le choix, il fallait identifier l'ennemi.

Martin sentit son corps se relâcher, Sitchwaan parlait et il comprenait le mal-être de cette jeune femme, déracinée, tiraillée entre deux cultures. Il s'y reconnaissait, enfant trimbalé, délaissé, à la dérive. Elle avait trouvé un ancrage fort ici mais pour lui, affectivement c'était le désert. Il vit Sitchwaan bouger comme au ralenti et son image se dédoubler, il divaguait. Ils l'avaient drogué. Cette prise de conscience provoqua un déchirement dans sa tête et il reprit ses esprits. Les deux chamans psalmodiaient des mots d'une voie monotone. Il lui sembla que les chasseurs avaient baissé leur attention. Il fit glisser sa main le long de sa cuisse puis atteignit sa cheville, le geste était discret dans cette position. Il saisit rapidement son Kel-tec P9 mais subit une agression mentale d'une telle violence que sa vue se brouilla. Il tira au jugé sur la forme qui se précipitait sur lui. Une douleur lui déchira la cuisse, il tira à nouveau, plus pour effrayer car il était incapable de viser et se précipita vers la sortie. Il faisait sombre et le froid finit de le rendre lucide, le lien mental était tombé mais il se sentait encore engourdi. Il s'enfuit en direction de la mer, courant et titubant.

Dans le village c'était l'agitation, une onde mentale d'une puissance incroyable avait balayé la zone, une onde de peur et de colère. Tous accouraient vers l'igloo communautaire. Quand John se précipita à l'intérieur, il chancela. Sitchwaan était pâle, tremblante dans les bras d'un Mogrük hagard, une tâche de sang s'étendant sur l'épaule droite de la jeune femme. John se ressaisit et appela Adèle qui arrivait justement. Le médecin était blême également, la vague d'émotion l'avait ébranlée au plus profond d'elle-même. Elle savait qu'un événement grave s'était produit, et puis il y avait eu les coups de feu, par instinct elle avait saisi sa mallette de soins et accouru. Elle s'approcha de Sitchwaan et interrogea le chaman du regard. Mogrük, dans sa profonde sagesse, savait qu'il n'avait ni l'expérience ni les moyens pour soigner une blessure provoquée par une arme qu'il ne connaissait pas. Avec d'infinies précautions, Adèle aidée de Calulik dénuda Sitchwaan tout en comprimant la blessure qu'elle localisa, avec soulagement, sous l'épaule droite. Il y avait trois couches de vêtements, quand la peau fut enfin visible elle put confirmer son diagnostic :

— Aucun organe important atteint, la balle est ressortie sans casser d'os. Je vais arrêter l'hémorragie et administrer un antibiotique et un antalgique. Elle regarda John et continua avec un sourire, le bébé n'a pas souffert.

— Que fait-on pour Martin ? demanda Thomas faisant écho à Palak qui demandait déjà vengeance.

Mogrük regarda Sakukak qui venait d'apparaitre. Il se tourna vers Naagak et lui dit :

— Laissons Martin passer la nuit dehors, je le suivrai mentalement. S'il s'approche nous le saurons.

John traduisit ses paroles et Mary compléta :

— La chasse commencera demain.

— Messieurs, calmez-vous, reprit Rick harassé et énervé.

Ce n'était pas une sinécure de tenir cette réunion. La visioconférence durait depuis une demi-heure et il était difficile de contrôler des hommes habitués au pouvoir, complètement hostiles à l'establishment, impatients : une vraie meute de loups cherchant une proie à chasser. Il regarda à travers les fenêtres l'immense panorama. Il devait reprendre en main la réunion.

— Messieurs, comme vous le savez, une mission d'études du gouvernement canadien est partie dans le grand nord. J'en ai été informé il y a trois jours et j'ai pu placer un de nos éléments dans l'équipe.

À cette annonce, le calme revint.

— Et comment ? interrogea Colin l'Australien.

Ils étaient douze membres permanents du bureau exécutif du Rempart, douze comme les apôtres, douze comme leurs illustres prédécesseurs du Département de la Guerre des États confédérés, douze pour rétablir la suprématie chrétienne. Et ils étaient en lutte.

— Eh bien, disons qu'ils voulaient protéger les membres de la mission, de sages universitaires, et qu'ils avaient besoin de personnel rompu à la protection des personnes... Et nous savons fournir de très bons éléments.

— Bravo, reprit Arnold, et son rôle ?

— Infiltration, glaner un maximum de renseignements. Cela nous aidera à saboter le rapprochement. S'il est isolé ce peuple primitif sera d'autant plus vulnérable et la mine restera accessible !

— Et qu'en est-il de l'expédition qui se dirige vers la mine ?

demanda Charles dans un anglais imprégné d'un fort un accent belge.

— Nous avons eu des informations, poursuivit Rick, ils avaient pris du retard à cause d'une violente tempête mais ils ont pu visiter la mine. Elle est en parfait état ainsi que les équipements.

— Et? dit une voix glaciale et lourde de sous-entendus.

Rick avala sa salive:

— Suite à leur visite, ils ont été repérés par une patrouille d'hélicoptère mais ont réussi à s'enfuir.

— Je ne suis pas certain que nous récupérerons tout l'argent investi, mon cher Rick, continua la même voix.

C'était Abe, Abe qui tenait les finances, Abe qui savait tout et qui frappait avec force et sans pitié. Rick insista:

— Si nous parvenons à exploiter cette mine, nous aurons la capacité de financer une armée et d'accélérer la prise de pouvoir, Abe. Nous devons le tenter. Nous contrôlons des mines en République Démocratique du Congo et nous pourrons écouler les diamants par ce biais. Un an de tranquillité et 100% des revenus pour l'organisation.

— Il aurait fallu éliminer ce John dès son arrivée, reprit Abe, maintenant c'est trop tard. L'opinion publique s'intéresse à ce peuple, il y a des mystiques qui croient décerner une nouvelle raison d'espérer. Mon dieu! Il secoua la tête et leva les yeux au ciel.

— En Californie, nous assistons à un mouvement qui prend de l'ampleur, des prêcheurs annoncent la venue de messies «polaires» capable de changer la nature humaine, annonça Arnold incrédule.

— Le monde meilleur, c'est nous qui le mettrons en place, dit Rick.

— Laissons les deux missions se terminer et nous aviserons, conclut Abe. Que le Rempart nous protège!

— Il est notre force, répondirent-ils tous en chœur.

Les décisions importantes étant prises, la visio-conférence se termina. Rick se leva et alla contempler une nouvelle fois la Stone Mountain. Combien de combats à mener, combien de défaites à traverser avant de l'emporter enfin ? Serait-il présent lors de la victoire finale ?

Il se souvint du vieux dicton sudiste : Les Nordistes sont des ingénieurs, les Sudistes des romantiques. À la guerre, les premiers l'emportent toujours sur les seconds. Maintenant ils avaient compris la leçon, les romantiques et les rêveurs avaient changé de camp !

Il repensa à l'emballement médiatique, ce n'était pas bon signe. L'opinion publique allait faire pression sur les gouvernements pour protéger ce peuple. Son plan avait peu de chance d'aboutir à moins qu'il trouve une sacrée bonne idée pour s'en sortir. D'ici là, Il lui fallait protéger ses arrières, l'organisation était impitoyable avec les loosers et se préparer un ailleurs.

Ailleurs... Madilé voyait au loin l'horizon plonger dans l'océan. Le bleu était partout, dans de multiples nuances et écaillé çà et là par l›écume des vagues. Le soleil était de plomb et pagayer était difficile. Il avait perdu de vue son village depuis plusieurs heures et espérait pêcher un meilleur poisson plus au large. Attachés à sa pirogue trainait un long fil avec son hameçon et ses appâts. Il maintenait sa vitesse constante pour attirer une proie.

Il avait hâte de revenir vers son île car le soleil avait déjà parcouru plus de la moitié de sa course et il sentait la fatigue s'insinuer. Bientôt il changerait de cap, le courant le ramènerait plus rapidement vers sa hutte. Il franchirait la barre et se laisserait glisser vers la plage, fier de sa pêche. Pour l'instant c'était une douce rêverie, rien ne venait troubler le fil qu'il avait enroulé autour de son mollet et qui passait entre ses orteils. Inah viendrait l'accueillir, souriante, elle porterait dans son étoffe leur enfant Vahitu collé à son corps. C'était merveille de les contempler. Il regarda le fil, scruta l'onde mouvante, élargit sa pensée, rien, désespérément rien.... Il avait hâte de sentir la peau douce de son fils, d'entendre le ruissellement du rire de sa mère. Pagayant toujours, il sentit le mahi-mahi s'approcher. Il ne voulait pas attraper un si gros poisson, trop de risque de casser la ligne ou de se faire entrainer au loin. Mais que dirait Inah s'il revenait bredouille ? Quelle tristesse de lire une déception, même fugitive, dans son regard. Et puis le temps était au beau fixe. Il se concentra et s'insinua dans l'esprit primitif du poisson. Il le guida vers l'appât.

Le prédateur avait senti l'odeur de la chair et s'était approché. Il accéléra et frôla l'appât. Méfiance, la proie ne fuit pas, refaire une approche, ombre bizarre là-haut, danger? Une soudaine impulsion, attaquer.

Il se rua gueule béante sur l'appât et y planta férocement ses dents, une fulgurante douleur le transperça. Il sentit une résistance, impossible de dégager sa mâchoire et à chaque mouvement une souffrance indescriptible. Fou il tira pour se libérer.

Madilé avait rompu le lien mental avec le prédateur dès que ce dernier s'était jeté avec avidité sur l'hameçon. Maintenant le fil était tendu à l'extrême et l'embarcation dérivait, s'éloignant du village. Il discernait l'ombre de l'animal dans l'eau translucide, un mahi-mahi adulte de belle taille, il devait faire quatre ou cinq pieds de long. Avant de raccourcir la traine, il devait le fatiguer. La corde était maintenant enroulée à sa cheville afin d'amortir les coups de bélier du prédateur, il lança son filet pardessus bord et plaça sa pagaie dans l'eau pour freiner la course du bateau. Tant que le poisson tirerait, il avait peu de chance de se décrocher et il suffisait de patienter. Attendre, amortir les à-coups, attendre. Mais il s'éloignait du village, cela le tracassait, il ne rentrerait pas aujourd'hui. Le gazouillement de Vahitu, ses yeux noirs et rieurs, son odeur de lait lui manquaient. Dans deux ou trois lunes il marcherait déjà. Le cycle éternel se perpétuait parsemé de joie et de pleurs. Sa mère Taïmé et son père Fano avaient rejoint Hillak, l'astre solaire. Hélas ils n'avaient pu voir leur petit-fils de leur vivant, ils en auraient été si fiers, il en était certain. Le poisson tira de nouveau. Les à-coups devenaient moins vigoureux et le temps filait comme la pirogue. Le moment était venu de reprendre le contrôle.

Sa mâchoire était douleur, tirer pour se libérer, tirer pour s'éloigner de cette ombre planant à la surface, changer de direction pour la perdre. Douleur abrutissante.

Madilé sentit avec joie le mahi-mahi changer de cap et prendre la direction du village. Il remonta le filet et sortit la pagaie de l'eau. Il sentait maintenant la réconfortante chaleur du soleil lui réchauffer le dos. Les vagues le portaient. Après tout il serait peut-être de retour ce soir. Il était serein et laissait le poisson se fatiguer.

Haut dans le ciel, il vit passer des oiseaux planant paresseusement avec grâce et légèreté. Quelle chance ils avaient de pouvoir parcourir si aisément l'océan, scruter l'eau et fondre sur une proie puis repartir. Marilo lui avait raconté que l'homme volait maintenant dans d'incroyables vaisseaux et que ces vaisseaux laissaient des traces dans le ciel. Comment l'imaginer ? Marilo était venue en bateau. Lui, Madilé avait scruté son âme, elle était pacifique et curieuse. Elle avait partagé leur vie, appris leur langue, raconté son monde, participé à leurs fêtes. Elle utilisait des outils bizarres, un peu magiques. Elle capturait les sons, le temps, les images. Il avait douté et elle lui avait montré, alors il l'avait cru. Il avait cru tout ce qu'elle lui racontait, les énormes villages avec des maisons hautes comme des montagnes, les bateaux immenses sillonnant les mers, d'autres naviguant sous l'eau, les machines dans l'espace pour observer la terre qui devenait ronde et puis les étoiles qui étaient des soleils. Mais malgré toutes ces extraordinaires nouveautés, Hillak restait le dieu le plus puissant et présent. C'est lui qui créait le jour et la nuit. Marilo l'écoutait et riait parfois, elle était si différente, si attirante. Sans Inah, il l'aurait épousée et elle serait restée. La vie aurait pris une tournure différente.

— Il y a tant de chemins possibles, tant de destinées et si peu mènent à l'accomplissement, se dit-il.

Marilo communiquait uniquement par la parole, c'était étrange et déconcertant… Elle qui connaissait tant de merveilles, il lui manquait le don de perception et de transmission. Elle voulait comprendre mais c'était difficile. Comment expliquer le bleu à un aveugle ? Pourtant il avait essayé et elle avait pris tout son temps pour écouter. Elle avait saisi l'esprit de ce don. Un jour le bateau était revenu et elle était partie. Un vide s'était installé, et le bleu, présent partout avec ses centaines de nuances, le ramenait à Marilo...

Adèle avait injecté, à l'aide d'une seringue adaptée, un pansement extensible composé de plusieurs mini-éponges, traitement adapté pour les plaies causées par balle. Elle remarqua les trois profondes cicatrices qui zébraient la peau de la jeune femme et posa un doigt dessus. Sitchwaan qui se remettait du choc lui indiqua :

— C'est la marque de l'ours. Ma mère avait la même sur son épaule droite. Il est notre totem et nous protège !

Adèle lui sourit, c'était très bon signe de voir un patient s'exprimer :

— De très belles cicatrices et bien soignées.

— Mogrük, répondit Sitchwaan en désignant du regard le chaman.

Elle traduisit et à nouveau les deux guérisseurs échangèrent un regard plein de considération.

Le bandage terminé, Adèle injecta à Sitchwaan une dose antibiotique et un antalgique :

— Et maintenant une bonne nuit de repos et surtout gardez votre épaule immobile.

— J'ai encore une dernière obligation et, après je me reposerai avec soulagement.

Pendant ce temps, Martin avait atteint la banquise, sa jambe était douloureuse. Il ne sentait plus le liquide chaud et visqueux suinter le long de sa cuisse. Le harpon l'avait profondément entaillé et il n'avait pas osé passer sa main sous ses habits pour constater les dégâts occasionnés. Il compressait la blessure tout en marchant. Dans sa combinaison grand froid, il espérait que la coagulation serait rapide. Une demi-lune brillait à travers les nuages et une faible lumière bleutée permettait de discerner le relief et il n'avait aucun mal à progresser.

— M'enfuir ne sert à rien, pensait-il, ma seule chance est de retourner au village, prendre Thomas en otage et repartir avec lui et l'hélicoptère.

Il lui restait cinq balles dans son chargeur. Certes son pistolet n'était pas un gros calibre, du 6 mm, mais face aux harpons, c'était bien suffisant. Le plus dangereux serait certainement Thomas. Il le sentait comme le plus aguerri et surtout le plus déterminé. S'il était assez malin il aurait la surprise pour lui. Il attaquerait à l'aube… en attendant il fallait continuer à marcher pour ne pas se refroidir.

John serrait Sitchwaan dans ses bras :

— Tu m'as fait tellement peur, ma chérie.

— Tout s'est passé si vite, John, nous avions établi le contact puis ce déchainement soudain de violence… C'est incompréhensible. Et maintenant il rôde et il reviendra, il n'a pas le choix.

— Repose-toi, nous organisons des tours de garde. Et puis nous avons des armes aussi.

— Il est dangereux, il reviendra, il n'a pas le choix et il y aura des morts. Je me reposerai demain.

Son visage blafard trahissait une grande fatigue

— Nous devons nous en occuper maintenant John.

Elle appuya tendrement son front sur son épaule.

— Et demain nous serons tranquilles, murmura-t-elle.

— Tu as raison, mais comment ?

— Le don de l'ours…

Elle se tourna vers Mogrük et lui expliqua son plan :

— Je n'ai plus assez de force et j'ai besoin de ta puissance, dit-elle au chaman.

Mogrük acquiesça et ils entamèrent une mélopée aux consonances graves. John les observait, il sentait son corps se détendre. La litanie envoûtante continuait sans relâche. La jeune fille se concentra et sentit son esprit se joindre au flux d'énergie émis par le chaman. À nouveau, elle parcourait les alentours du village et fonçait vers la banquise. Elle vit la silhouette sombre de Martin se détachant sur le paysage éclairé par la lune. Elle continua, essayant de repérer les émanations mentales du maitre de ces lieux. Elle poursuivit sa recherche, rasant les hummocks, contournant les rochers, frôlant les plaques de glace flottant sur la mer et c'est là qu'elle le trouva enfin. L'ours blanc était affalé, il dormait profondément. Elle sentit la pression psychique de Mogrük qui l'invitait à avancer. Elle prit possession de l'esprit de l'ours et le força à s'éveiller. L'animal résista car ce n'était pas dans son habitude de se déplacer à ces heures. Sitchwaan lui transmit l'image d'une proie facile à chasser et l'animal se leva. Elle le dirigea vers l'endroit où elle avait repéré Martin. L'ours se mit à l'eau et rejoignit la banquise. Il s'ébroua, contrarié. Sitchwaan dépensait beaucoup de force pour maintenir son emprise. Le parcours était long, Sitchwaan sentait que son attention faiblissait mais Mogrük était présent et compensait. L'ours blanc se leva sur les pattes arrière et huma l'air, il sentit l'odeur de l'homme mêlée à celle du sang. Son esprit était maintenant tout acquis à la chasse et il avait accéléré son rythme. Sitchwaan put alléger son contrôle. John la voyait dérouler la mélopée sans discontinuer. Le prédateur s'approcha de l'homme en douceur, parfois rampant sur le sol parfois accélérant. Son instinct le guidait, il restait sous le vent et se fondait aisément par cette faible lueur dans le paysage. Il se tapit, l'homme approchait.

Martin vit l'ours blanc se détacher de la neige au dernier moment, il tira son revolver mais les griffes de l'animal le happèrent avant qu'il n'ait le temps de viser. Dans un réflexe il pressa la détente, la balle se perdit dans l'immensité arctique. Le monstre était sur lui et le labourait sauvagement. Sa gueule cherchait sa gorge. De ses deux mains il le repoussait mais l'ours parvint à en saisir une, ses doigts furent broyés par les terribles mâchoires. Il hurla dans un mélange de terreur et de douleur. Bientôt ce fut l'autre avant-bras que l'ours arracha presque de sa force titanesque. Le sang rougissait sa gueule et plus rien ne pouvait l'arrêter. Martin n'était plus qu'un pantin déchiqueté. La vitesse et la puissance de l'animal eurent bien vite raison de sa dérisoire défense. La vie le quitta quand ses vertèbres craquèrent, broyées par la mâchoire du carnassier. Il ne fut bientôt qu'un corps sans vie trainé sur la banquise vers un endroit à l'abri.

— C'est fini, annonça Sitchwaan, Martin n'est plus une menace.

Puis elle regarda John :

— Tu diras à Mary que la loi du clan s'est appliquée.

Le calme était revenu dans le village. La mission d'études était terminée et les visiteurs étaient repartis emportant avec eux la dépouille d'Ututak. La disparition de Martin avait provoqué un malaise dans les relations intercommunautaires. Mary s'était rendu compte de la potentielle férocité de ce peuple pourtant d'apparence si paisible et de la face plus sombre du don de l'ours. Mais après y avoir réfléchi, elle s'était dit qu'elle aurait sûrement agi de manière identique si elle avait été confrontée aux mêmes actes et avec les mêmes us et coutumes comme référence. Cependant la sentence restait extrêmement sévère et la loi, en vigueur dans ce pays, bafouée. Les circonstances étant tellement surréalistes, elle décida de les couvrir. Étant la seule informée des circonstances exactes de la disparition de Martin, elle ne partagea pas l'information au sein de la mission. Elle réfléchissait au rapport qu'elle écrirait sur cette affaire :

«Le dénommé Martin Arvberg était un individu dangereux, connu des services de police. Il était commandité par une organisation occulte à des fins d'espionnage. Après avoir été démasqué et fait prisonnier, l'individu a réussi à s'échapper. Dans la lutte qu'il a provoquée, il a blessé avec une arme de poing, un membre imminent du peuple de l'ours en sa chaman Sitchwaan. Il a été lui-même blessé par un harpon mais a réussi à fuir dans la nuit et à quitter le village. Le fuyard se sera perdu dans l'environnement hostile du Grand Nord arctique puisqu'il n'est jamais réapparu. Les recherches lancées par les chasseurs du peuple de l'ours n'ont rien donné».

Sitchwaan se remettait de sa blessure et John se montrait aux petits soins pour elle. Les jours s'écoulaient tranquillement. Un soir, John, allongé à côté d'elle, dit d'un ton qui se voulait dégagé :

— Mary m'impressionne vraiment, c'est une véritable alliée.

La jeune femme l'observa, intriguée.

— C'est une âme saine, répondit-elle, oui on peut lui faire confiance. Mais pourquoi me parles-tu d'elle ?
— Parce que par deux fois tu l'as rudoyée pour imposer tes décisions, tu as été dure.
— Je m'en veux maintenant. J'étais sous tension mais, à l'avenir j'essaierai de mieux argumenter et d'être plus persuasive... sans le Tunixananooq, promit Sitchwaan.
— Tu as de la fougue, Sitchwaan. Avec ton pouvoir, il faut te méfier, insista John.
— Nous en discutons avec Mogrük, j'ai hérité de l'ardeur de mon père, ardeur qui tournait parfois à de l'emportement. Je te promets d'être vigilante. Un sage doit maitriser ses émotions et ne pas s'emporter.

John eut une hésitation et une étincelle pétilla dans ses yeux.

— Pas toutes quand même !

Sitchwaan éclata de rire et se jeta sur lui.

— La sagesse commence dans l'émerveillement.

Ils passaient de longs moments de tendresse ensemble. John s'interrogeait sur la place qu'il aurait auprès de son futur l'enfant. Il n'avait aucune capacité télépathique et il restait un infirme dans ce village. Il voyait parfois des personnes se lever au milieu d'une conversation et se diriger vers un igloo sans en comprendre la raison.

— Tu lui apprendras ton monde, les technologies qu'il doit maitriser pour nous aider, lui répondait Sitchwaan. Il sera encore plus des deux mondes grâce à toi.

Décidément, elle restait toujours très positive et rassurante mais cela ne lui suffisait pas. Il devrait certainement composer avec les événements et s'adapter.

Sitchwaan lui fit part de son inquiétude pour son grand-père. Son âme n'était plus qu'une faible lueur qui ne cessait de pâlir. Malgré les soins qu'elle lui apportait, malgré sa volonté et l'énergie qu'elle s'efforçait de lui transmettre, malgré les conseils de Mogrük, elle ne pouvait endiguer le constant déclin de son esprit et de ses forces.

Un matin elle se réveilla et chercha, comme d'habitude, à percevoir l'âme de Sakukak. Rien. Elle se redressa sur sa couche, il n'était plus dans l'igloo. Elle s'habilla rapidement et sortit. La nuit froide et étoilée cédait sa place à l'aube. Il y avait assez de luminosité pour discerner les formes des paysages enneigés. Elle se concentra et repéra, au loin, son grand-père qui se dirigeait vers la banquise, rendue maintenant dangereuse par le dégel. Elle avait compris son intention mais elle ne pouvait le laisser partir. Tout en marchant, elle se remémora…

À la mort de ses parents, c'est Sakukak qui l'avait accueillie dans le village, dans son igloo avec son oncle, sa tante et ses trois cousins. Et ils étaient devenus sa famille. Sakukak lui avait appris à dresser les chiens, conduire un traîneau, manier le fouet, lancer le harpon. Combien de fois, avec patience, avait-il démêlé les traits du traîneau et remis de l'ordre dans l'attelage?

Sans sa bienveillance constante et sa tendre autorité, elle se sentait perdue. Perdue comme lorsque son père était parti vers la banquise pour affronter l'ours.

Elle rattrapa Sakukak. Il stoppa et lui prit tendrement la main :

— Petite étoile, tu sais où je me rends. L'astre rougeoyant m'appelle, le temps est venu de retrouver mes ancêtres. J'ai parcouru en rêve les neiges éternelles, la mer de cristal et les prairies célestes, j'y serai heureux. Je t'attendais une dernière fois pour te saluer petite étoile. Je savais que tu viendrais. J'ai eu une vie pleine avec beaucoup de joies et des peines aussi. J'ai vu mes enfants puis mes petits-enfants courir sur la banquise. Je vous ai tous aimés. J'ai perdu mon âme sœur, ta grand-mère, et un fils, en prononçant ce mot il lui serra un peu plus la main, ton père.

— Il me manque aussi et je pense souvent à lui, soupira Sitchwaan.
— Nous sommes tous un mélange de glace et de feu. Ton père avait trop de feu en lui. Sa destinée a été de te conduire à nous. Tu as su maitriser ta fougue et je suis fier de ce que tu es devenue, tu es une Higdoeen, tu guideras le peuple de l'ours sur un nouveau chemin. Prends soin de toi, de ton enfant et de ton peuple car tu es celle par qui tout arrivera. Mon temps est révolu, j'ai du mal à comprendre tout ce qui survient. Alors je pars en paix et en confiance. Laisse-moi maintenant accomplir ma dernière volonté.

Il l'embrassa tendrement puis lâcha sa main et continua vers la banquise. Elle savait, il irait vers l'est, vers le soleil levant, il marcherait jusqu'à l'épuisement total et il rejoindrait Hillak, l'Unique. Mais que c'était douloureux. Sitchwaan resta là, figée dans sa détresse. Son grand-père souhaitait, plus que tout, les quitter dans la dignité. Il respectait en cela les coutumes ancestrales de survie de son peuple : les anciens ne pouvaient peser sur la communauté. Ses sentiments lui hurlaient de rejoindre Sakukak mais elle tint bon et s'effondra en larmes.

Sakukak, dans sa marche épuisante, la vit qui s'approchait, belle et rayonnante.
— Umanik, mon âme sœur, mon épouse tu m'as tant manqué !
Elle l'appelait, elle l'attendait, heureuse. Et le cœur du vieux chef débordait de bonheur. Il saisit sa main et goûta à la douce pression qu'elle exerçait sur sa peau. Il la suivit et glissa dans l'eau, le visage radieux et l'âme en joie.
Sitchwaan sentit alors la lumière de son grand-père s'éteindre définitivement. Déjà, pensa-elle. Elle resta un long moment prostrée. Les premiers rayons du soleil accrochaient le sommet des falaises lorsqu'elle retourna au village. Désemparée, elle se rendit à l'igloo de Mogrük. Elle savait que celui-ci était éveillé et l'attendait.

— Ton grand-père nous a quittés, souffla Mogrük, il va beaucoup me manquer. Nous avons parcouru un long chemin ensemble. Il reviendra nous visiter en songe car l'âme court sur la banquise avant de se fondre dans Hillak. Il est temps d'annoncer la triste nouvelle au village.

Une onde lente et pénétrante parcourut les igloos et le village frémit lorsqu'il ressentit la tristesse des chamans. Ils sortirent, Sitchwaan était là, digne et annonçant la disparition du chef tant respecté. Elle se dirigea vers son igloo. Calulik et Naagak l'attendaient, réveillés aussi par la sensation qui les avait traversés.

— L'acuité de ton don t'a permis d'accompagner mon père, dit Naagak, je t'envie et te remercie à la fois.

— Il était serein et ne regrettait rien de sa vie. Il était prêt et a rendu à la mer ce que la mer lui avait donné, expliqua Sitchwaan.

John apparut, les cheveux en bataille et les yeux ensommeillés.

— Grand-père est mort, annonça Sitchwaan.

Elle sentit les larmes la submerger à nouveau et elle alla se blottir dans les bras de son âme sœur.

La cérémonie funéraire eut lieu en fin de journée. Chaque habitant s'était préparé pour rendre hommage à Sakukak à travers des témoignages et des chants. Il y eu beaucoup de prières, beaucoup de pleurs et des rires aussi car Sakukak savait manier la plaisanterie et était un bon compagnon. Quand arriva le temps de désigner le nouveau chef, tous les regards se tournèrent vers Naagak qui jouait ce rôle, en toute discrétion depuis plusieurs lunes. Tous appréciaient son calme, son sens de la mesure et son charisme naturel. Quand Mogrük appela les prétendants à ce poste, Naagak fut le seul à se lever. Il n'y eut pas de débat. Il y avait un nouveau village du peuple de l'ours : le village de Naagak.

Le soir s'annonçait prometteur. Une douce fraicheur, portée par une brise caressante, balayait les rues encore animées d'Ottawa. Konrad était heureux. Son contact lui avait soufflé à l'oreille une adresse dans la Petite Italie et glissé une enveloppe contenant une liasse de billets rebondie. Il savait qu'une douce créature, juvénile, l'attendait là-bas, dans un appartement tranquille et douillet. Il y avait suffisamment d'argent pour la rémunérer de toutes les gentillesses qu'il demanderait. Ses commanditaires connaissaient à merveille ses goûts les plus intimes et il n'était jamais déçu. Il imaginait déjà une jeune fille, blonde ou rousse avec des longs cheveux bouclés lui tombant sur les reins, une jeune fille qui patientait lascivement allongée sur un canapé. Il rêvait de cette nuit, elle alimentait ses fantasmes depuis plusieurs jours.

Et tout cela pour un service qui ne lui avait paru ni compliqué ni risqué, juste faire passer un nom, un profil pour accompagner une équipe qui partait en mission dans le grand nord.

Il avait rencontré ses commanditaires quelques années auparavant, au casino, un soir de débâcle, un soir de déprime. Les dés s'étaient joués de lui. Il était à sec. Avec l'âge, il avait dû laisser sa carrière militaire et le métier stimulant des armes. Il avait migré vers un travail plus administratif au sein du personnel de l'état fédéral canadien, bien moins stimulant. Le manque d'adrénaline de sa nouvelle vie l'avait rendu morose. Alors il s'était tourné vers le jeu et les femmes. Hélas avec ses moyens modestes, ça n'avait pas suffi. Un joueur espère toujours. La chance lui avait enfin souri, il était tombé sur des individus pleins aux as et pas compliqués à servir. Il n'avait que faire de leurs motivations, la suprématie blanche, la reconquête… Il exécutait leurs ordres et était payé en retour. Il restait un loup solitaire, vivant sans meute, et devait accepter des alliés de circonstance. Il savait que l'espérance de vie des loups solitaires était courte mais ils restaient libres.

Ses pas le menèrent à l'adresse indiquée et c'est tout frétillant qu'il s'arrêta devant la porte de l'appartement. Il prit sa respiration et entra. Une lumière tamisée, un léger parfum et Whitney Houston en fond musical, c'était parfait pour débuter la soirée. Il avança encore et repoussa la porte machinalement derrière lui, frissonnant de désir. Soudain une douleur aigue lui déchira la gorge. Il se sentit tiré en arrière et maintenu par deux bras puissants. Il se débattit, tenta de respirer, de se retourner, de rouler à terre mais l'air lui manquait déjà. Son larynx craqua, déclenchant une tornade de souffrance.

Il l'attendait, patiemment. Les ordres avaient été clairs, Konrad devait disparaitre sans laisser de traces. Les informations que l'organisation lui avait fournies étaient diablement précises. Il avait tissé sa toile avec précaution, dans les moindres détails. En lui proposant une rencontre intime, il s'était assuré de sa totale discrétion. Il aimait opérer ainsi, il était le prédateur patient, s'appuyant sur les penchants inavouables de ses victimes, les attirant puis frappant sans merci. Son arme préférée ? Le lacet étrangleur, une corde d'acier et deux poignées, une simplicité mortelle et quelle sensation : tous les soubresauts, tous les tremblements étaient transmis et ressentis dans leur intégralité. Il maitrisait totalement les tentatives de défense de la victime et il y avait cet incroyable plaisir : sentir la vie quitter un corps, être celui qui domine, celui qui impose le jugement final. En ce moment, Konrad se débattait encore mais ce serait bientôt la fin. Il l'avait accompagné au sol, restant derrière lui, inatteignable. Il sentait l'homme faiblir, déjà, c'était trop court. Il relâcha un peu son étreinte, lui laissa prendre une faible gorgée d'air à travers sa trachée défoncée, une goulée seulement, créer un dernier espoir, sentir un regain d'énergie, quelle jouissance. Et maintenant terminer le travail, il banda ses muscles et tint fermement. Encore un soubresaut et ce fut terminé. Attendre encore… une vingtaine de secondes, attendre que le manque d'oxygène cause l'arrêt cardiaque... Il assura sa prise sur le lacet avec une main et chercha la jugulaire de l'autre main, plus de battement, rien non plus au niveau de la poitrine. Fin de l'histoire.

Un meurtre de pro, pas de bruit, pas de sang. Maintenant il fallait passer à la phase suivante : s'occuper du corps. Il le traina dans la salle de bain. La pièce ressemblait à une scène de Dexter avec les plastiques qui recouvraient le sol et la partie inférieure des murs. Des bidons d'acide disposés au pied de la baignoire permettraient de dissoudre les liquides. Le reste, il avait une semaine pour s'en occuper. Les poissons de la rivière des Outaouais bénéficieraient d'un regain de protéines, un geste écologique en quelque sorte.

L'été était bien installé, les fleurs parsemaient le paysage verdoyant. La chasse en eau libre battait son plein ainsi que celle du bœuf musqué, sur terre. Une chasse bien aussi risquée car l'animal était imprévisible et chargeait en troupe furieuse. Le ventre de Sitchwaan s'arrondissait, sa blessure s'était guérie. La vie s'écoulait sereinement et le couple savourait les petits bonheurs qui la parsemaient : la chasse aux mergules avec un John bien malhabile, la construction de leur nouvel igloo de tourbe, les visites de Sunaa. Cette dernière leur avait annoncé une bonne nouvelle, l'arrivée d'un enfant. Il pourrait jouer avec le leur. C'était une parenthèse de bonheur absolue.

La mission avait quitté le village depuis plusieurs semaines. John communiquait régulièrement, via téléphone cellulaire, avec Mary qui était restée son contact au gouvernement canadien. Il profitait du téléphone pour prendre des nouvelles de sa petite Lydie, avec toujours un sentiment de manque et de culpabilité. Pourtant son absence ne semblait pas affecter l'enfant. Les médias parlaient beaucoup du peuple de l'ours et aussi de John si bien que Lydie comprenait, dans sa logique d'enfant, et trouvait la situation normale. Il avait été informé que les recherches aériennes concernant les deux moto neiges n'avaient rien donné. Les forces canadiennes n'avaient pu localiser et encore moins identifier les visiteurs de la mine de diamants. Les traces au sol avaient été recouvertes par une fine couche de neige. L'immensité arctique gardait ses secrets. La piste concernant Martin Arvberg alias Marvin Bregart s'était également montrée infructueuse. Konrad, l'homme ayant validé Martin comme agent de sécurité de la mission, avait disparu sans laisser de traces.

— L'inspecteur Sardier doit ronger son frein, pensa John.

Ce jour-là, la nouvelle était tombée, Ottawa avait donné son feu vert pour une rencontre au plus haut niveau.

— Sitchwaan, nous allons partir, et si tu es d'accord, ça peut être demain, annonça John.
— Demain est un bon jour, et j'ai hâte.
— C'est Mary et Thomas qui viendront nous chercher.
— C'est bien ainsi, ils nous connaissent.
— Ça va prendre du temps sur place, remarqua John, tu verras à Ottawa, tout est compliqué.
— Tu me l'as déjà dit. Nous en avons discuté au Conseil, nous serons absents le temps qu'il faudra avec comme priorité : assurer le contrôle et la sécurité de notre territoire.
— Nous verrons quelle contrepartie est demandée, s'il y en a une... songea à haute voix John.

Le lendemain, ils marchèrent jusqu'au lieu d'atterrissage de l'hélicoptère qui devenait habituel. La végétation, tout en restant rase, explosait en fleurs de couleurs vives. Il y avait le rose de l'épilobe, le jaune des pavots, le rouge des mûriers, le blanc ouaté de la linaigrette. C'était un véritable miracle renouvelé chaque été. Calulik accompagnait Naagak qui participait au voyage comme représentant des chefs de village. John était rassuré de savoir que Mary serait là ainsi que Thomas. C'était deux personnes de confiance et cette attention du gouvernement le touchait. À Iqaluit ils prendraient l'avion pour Ottawa, toujours avec Mary.

Dans le ciel bien dégagé et d'un bleu profond de cette journée de début juillet, ils virent apparaitre un point qui se transforma en bourdon puis en machine qui n'avait plus rien de monstrueux pour eux. Quand l'hélicoptère fut stabilisé, ils chargèrent les sacs qui contenaient les affaires de John, Sitchwaan et Naagak ainsi que des présents. Calulik les enlaça chaleureusement une dernière fois en émettant une vibration de tendresse.

— Pas d'imprudence petite étoile, on t'aime et on a besoin de toi.

Puis se tournant vers les deux hommes :

— Prenez soin d'elle et de vous et revenez nous vite !

— Dans une demi-lune si tout se passe comme convenu, dit John.

Ils montèrent dans la cabine, saluèrent Mary et Thomas. Ce dernier attendit qu'ils aient placé leurs casques et que Calulik se soit éloignée. Il remarqua que Naagak et Sitchwaan étaient fébriles pour leur premier vol. Thomas poussa le turbomoteur en douceur et ils décollèrent dans un hurlement de turbine. Ils purent apercevoir Calulik, accroupie, se protégeant les oreilles et le visage avant de prendre de l'altitude.

Mary laissa passer quelques minutes et annonça :

— Sitchwaan je me suis permis d'apporter des habits plus adaptés. Pour votre sécurité, nous devrons rester très discrets. Il y a une foule de personnes qui désirent vous approcher, vraiment beaucoup, beaucoup trop. Le pire est cette insaisissable et dangereuse organisation qui nous échappe encore et toujours.

— C'est une bonne idée, répondit John, j'ai apporté mes propres vêtements.

— Quand pourrai-je les voir ? demanda Sitchwaan.

— Nous avons prévu deux heures d'attente à l'aéroport d'Iqaluit, vous pourrez prendre une douche et changer de tenue.

John avait pris le temps d'expliquer à Sitchwaan et à Naagak toutes les nouveautés qu'ils allaient rencontrer pendant ce voyage, en quelque sorte, initiatique. Un monde nouveau s'ouvrait à eux, vraiment nouveau pour Naagak et un peu moins pour Sitchwaan qui l'avait fréquenté enfant, puis quitté lorsqu'elle avait rejoint le peuple de l'ours avec son père.

Quand Sitchwaan réapparut en jean, mocassin, chemisier et blouson, John en resta coi. Mary souriait de l'étonnement du journaliste. C'était une jeune femme tout à fait moderne.

Ils furent surpris agréablement par la belle prestance du nouveau chef Naagak, habillé également en jean, chemise, mocassins et blouson. Mary ressentit une attirance qui s'amplifia lorsqu'il la scruta de ses yeux noirs et lui sourit. Elle reprit contenance mais Sitchwaan avait clairement ressenti son trouble et dit à Naagak :

— Il y a des cœurs à prendre dans ce nouveau monde.

— Je devrais m'y consacrer si tel est mon destin, répondit Naagak qui lui aussi avait détecté le trouble de Mary.

— Mais avant tout sois digne, lui sourit-elle en enfilant les pans de sa chemise qui dépassaient.

Ils prirent le vol régulier qui reliait Iqaluit à Ottawa. Dans l'avion, Sitchwaan scruta machinalement les esprits des passagers. Il y avait une grande diversité, les émotions étaient bien perceptibles pour la majorité d'entre elles mais les émanations restaient ternes et les vibrations étaient bien moins importantes que celles de son peuple. Certaines étaient plus sombres que d'autres sans atteindre la noirceur de celle du Cobra ou de Martin. Elle s'arrêta rapidement pour ne pas indisposer les voyageurs et isola Naagak mentalement afin que lui aussi cesse ce balayage mental qui lui était naturel. À leur arrivée à l'aéroport international d'Ottawa, le groupe fut guidé vers une grande salle de réunion où les attendaient, deux personnages que Sitchwaan sentit comme importants.

— Voici M. Chuck Johnson, secrétaire du ministre des affaires autochtones, dit Mary, et M. le premier ministre du Nunavut Georges Kasioak,

— Merci de nous accueillir dans votre pays, les salua Sitchwaan, nous aurons j'espère, le même plaisir à vous accueillir dans notre pays dès que possible.

—

Elle préférait leur signifier d'emblée l'existence du territoire du peuple de l'ours.

— Bienvenue, c'est un réel plaisir de vous accueillir et vous voir enfin. La découverte d'un nouveau peuple dans nos territoires suscite une ferveur qui nous surprend.

Georges Kasioak parlait d'une voie grave et apaisante :

— Vous êtes déjà très populaires et savez-vous qu'en ce moment des centaines de personnes vous attendent… ainsi que des journalistes. Il y a eu une fuite dans nos ministères.

John s'était raidi et attendait la suite avec anxiété.

— Nous partirons par une sortie plus discrète, il posa sur John un regard rassurant. Avec Mary nous avons planifié un ensemble de rencontres avec la presse, des dirigeants et le parlement dans les jours à venir. Aujourd'hui et demain, journées tranquilles, installation dans votre hôtel, découverte de la ville, diners entre vous en toute simplicité.

Pendant qu'il discourait, Sitchwaan étendit sa perception, elle savait instinctivement que ce Georges Kasioak était pourvu d›un esprit des plus complexes. Certes il était ouvert, dégageant beaucoup d'émotions facilement interprétables mais d'autres étaient présentes aussi, plus enfouies et contradictoires. Difficile de distinguer l'émotion authentique de celle simulée. Elle était surprise par tant de diversité chez les humains qu'elle rencontrait. En quelques heures, ce qu'elle pensait connaître sur la structure mentale des «autres» avait été mis à mal. Elle comprenait que, dans ce domaine comme dans d'autres, elle avait beaucoup à apprendre.

Elle fut tirée de ses réflexions par un silence incongru, tous les regards étaient tournés vers elle. John s'approcha et lui murmura :

— On attend que tu te présentes ainsi que Naagak et que tu traduises !

Rick avait pris connaissance de l'article paru en début de semaine dans «Montréal Today». Vraiment ce journal raflait toutes les nouvelles importantes sur le peuple de l'ours. Un article scientifique sur un sujet d'actualité écrit par un professeur d'université. Bizarre de diffuser ça dans un journal et pas dans une revue! Enfin c'était bien le cadet de ses soucis et les informations publiées tombaient plutôt bien…

Ces derniers temps ses objectifs avaient été mis à mal. L'équipe exploitant la mine avait été décimée, Marvin démasqué et éliminé. Comment avait-il pu à ce point sous-estimer ces hommes des cavernes et leur capacité paranormale? De rage, il tapa du point sur la table et fit tomber une pile de dossiers. Mais ils ne l'empêcheraient pas de parvenir à ses fins!

Le premier invité se connecta à la conférence, Rick se recomposa un visage serein:

— Hello Colin, heureux de te revoir.

— Hi Rick, comment va le moral après tous ces déboires?

Il était diplomate Colin, il n'avait pas dit «tes déboires».

— C'est compliqué mais on gère.

Rick percevait déjà le frottement métallique des lames qui sortaient de leur fourreau. Charles le Belge et Arnold arrivèrent et enfin les autres dirigeants. Les douze membres étaient présents. Il y eut, comme d'habitude, les quelques minutes d'ajustement, en d'autres termes les salutations. Abe, de son ton glacial rentra dans le vif du sujet:

— Rick, peux-tu nous faire un point rapide de la situation?

— L'équipe norvégienne déposée sur l'ile de Baffin est revenue saine et sauve. Les informations nous indiquent que la mine et son matériel sont en parfait état.

— En parfait état mais irrécupérables pour nous, trancha Abe.

— Concernant notre agent infiltré sous le nom de Marvin, continua Rick, il a été démasqué sur place et il est mort. Les capacités télépathiques que décrivait ce John Auliner et que nous pensions fantaisistes, sont réelles. C'est confirmé par l'article d'un certain universitaire, Gabriel Webers, ethnologue et membre de la mission scientifique.

Il montra le journal à l'écran.

— Quel est le plan d'action ? demanda Abe.

— Avant tout, nous avons appris qu'une enquête était diligentée pour comprendre la manière dont avait pu s'infiltrer Marvin. Nous avons décidé de sectionner la branche contaminée.

Son silence en disait assez long sur la nature des mesures prises.

— Pour revenir à l'article, il y a un passage qui parle succinctement d'un breuvage qui stimulerait le pouvoir de télépathie et qui allongerait l'espérance de vie.

— Je pense que nous avons la même idée, enchaina Arnold, si on met la main sur ce breuvage et si nous pouvons synthétiser sa composition, la mine de diamants deviendra une peccadille.

— Oui, reprit Rick, nous pourrons former des combattants bien plus performants et surtout nous détiendrons un pouvoir absolu sur les hommes puissants et âgés dans chaque pays.

— C'est une idée qui me plait, ricana Abe, nous contrôlons des laboratoires Hi-Tech. Faites que ce rêve se réalise, Rick !

— Je vais m'y consacrer et j'attends de chacun d'entre vous toute l'aide et les moyens nécessaires.

La réunion terminée, comme à son habitude, Rick alla contempler la Stone Mountain. Il frémissait de plaisir. Il tenait sa nouvelle idée et elle le propulserait au sommet du pouvoir.

Il s'aperçut que la pirogue n'avançait presque plus. Madilé entreprit de raccourcir la traine. Le mahi-mahi était à bout, la pirogue s'en approcha lentement. Il tira sur la ligne, le poisson lutta faiblement mais remonta en surface. Madilé attrapa le harpon, se leva et arma son bras. Le mahi-mahi se débattit furieusement et tenta de repartir dans les profondeurs. Il jetait ses dernières forces dans la bataille. La ligne était tendue, par précaution Madilé la laissa filer. C'était la phase la plus difficile, il ne voulait pas perdre une si belle prise qui les nourrirait pendant plusieurs jours. Il laissa le poisson tirer, cela ne durerait plus.

Inah sera ravie. Ils partageront le poisson avec leur famille. Madilé était comblé, il avait conscience d'avoir atteint une sorte de plénitude dans son cœur, dans son esprit et dans son corps. Il s'évadait rarement de son quotidien et de ses obligations de chaman mais aujourd'hui il était parti pêcher. Il pouvait laisser sa pensée dériver et suivre un chemin imprévisible. Marilo lui avait beaucoup appris sur le monde. Il avait posé des questions mais chaque réponse amenait encore plus de questions. Ce n'était pas le premier étranger à venir, d'autres étaient passés mais les contacts n'avaient jamais été aussi enrichissants et profonds. Elle lui manquait. Que faisait-elle actuellement ?

Dans un bruyant remous, le mahi-mahi remonta à nouveau à la surface, Madilé le savait exténué, il tendit la ligne fermement. Il approcha la pirogue, saisit le harpon et le planta à l'arrière de la nageoire pectorale. Le coup était mortel et le poisson, après un dernier écart, se figea. Madilé le ramena vers la pirogue. Le soleil se couchait sur une vie et Madilé remercia Hillak pour sa générosité. Il lui fallait maintenant hisser le poisson à bord, sinon le sang attirerait d'autres prédateurs, beaucoup plus dangereux.

C'est à cet instant qu'il ressentit une vibration ténue, un danger. Il mobilisa sa pensée, la peur bleue, elle approchait rapidement. Madilé rassembla ses forces et dans un ultime effort parvint à faire basculer le mahi-mahi dans la pirogue. Il scruta l'océan et distingua l'aileron sombre laissant un sillage miroitant. Il était en chasse et fonçait déjà dans sa direction. Il tenta de contrôler le requin, c'était peine perdue, l'animal primitif avait senti le sang et toutes ses fonctions étaient tournées vers la proie. Il frôla la pirogue qui tressaillit. Madilé put voir sa peau luisante. Il se mit à pagayer lentement pour s'éloigner des traces de sang, se donner de la stabilité et tenter d'intimider le prédateur, tout au moins lui rappeler qu'il ne faisait pas partie de son tableau de chasse. Il vit l'aileron s'approcher à nouveau et passer sous la pirogue. Le crépuscule s'approchait et il n'imaginait pas passer la nuit avec ce monstre rodant dans les parages. Mais déjà le squale revenait, sa gueule vorace sortant de l'eau. Madilé lui asséna un violent coup de pagaie. Il ne voulait pas le blesser mais seulement l'intimider. Le requin s'éloigna. Toujours pagayant Madilé tenta de pénétrer dans l'esprit de l'animal. La douleur avait ouvert une faille mais l'esprit primitif tendu vers sa proie était trop difficile à influencer. Il tenta néanmoins de lui insuffler l'image d'un orque en lieu et place de la pirogue.

Madilé se sentait vulnérable, chargé avec le mahi-mahi la ligne de flottaison était proche du bord de l'embarcation. Le squale attaqua de nouveau, planta ses mâchoires dans le bois et bouscula le bateau. Madilé planta violemment son harpon dans le museau. Le prédateur lâcha le bateau et Madilé faillit chavirer. Il projeta sa pensée et chercha de nouveau à s'insinuer mais il n'y avait que faim, douleur et rage. Madilé saisit son couteau et découpa un morceau de chair conséquent du poisson qu'il jeta promptement dans l'eau. Il en fit de même avec un deuxième morceau. Puis il pagaya de toutes ses forces pour s'éloigner. Il entendit un remous sinistre. Enfin il perçut un changement d'attitude chez le squale, la faim s'atténuait ainsi que la fureur. La douleur amenait la crainte, le requin s'éloigna. Madilé, tremblant, resta prostré dans son embarcation.

Hillak lui avait donné la force, il avait affronté la peur bleue, il avait survécu. Combien d'autres avaient péri en de telles circonstances ? Il avait perdu beaucoup de temps alors Madilé se remit à pagayer vigoureusement en direction de son île. Le soleil était couché. Une lumière crépusculaire lui succédait. Il repéra, au loin, les feux du village. Le clair de lune rendait luminescentes la crête des vagues et l'écume laissée par les brisants. Il franchit la barre aisément et tira sa pirogue sur la plage. Il était épuisé et heureux... Inah accourait portant Vahitu dans ses bras.

La rue était grouillante de monde et Sitchwaan se sentait désemparée. Elle s'était levée tôt, John devait se rendre à Montréal pour voir sa fille et aussi ses collègues. Il irait seul, raison de sécurité avait décrété le responsable chargé de la protéger. Mais que craignait-elle ? Elle n'avait ni ennemi ni ami dans ce monde… à part, lui avait dit Mary, ceux qui lui voulaient trop de bien, et ceux qui lui voulaient déjà du mal comme les complices du Cobra ou de Marvin. Et elle avait raison.

Hier soir Naagak et Mary s'étaient encore rapprochés, frôlés pendant le repas. Comme le scénario était limpide et qu'ils devaient se lever à l'aube, Sitchwaan et John les avaient laissés à table tranquillement roucouler. Et ce matin, Sitchwaan avait étendu son esprit à la chambre 407 et constaté qu'elle était vide alors que de la 405 s'échappaient des sensations douces de corps rassasiés.

— C'est certainement une expérience fructueuse pour Naagak, pensa Sitchwaan, et qui lui sera utile lorsqu'il aura des décisions à prendre concernant les relations entre les deux mondes.

Elle sourit car il prenait ses responsabilités à cœur.

Après le petit-déjeuner, elle était retournée dans sa chambre, avait scruté l'esprit du gardien qui surveillait le 4ème étage, tranquillement patienté tout en lui insufflant des envies de pain chaud et croustillant. Dès que la voie s'était libérée, elle s'était éclipsée incognito de l'hôtel. Le secret avait été bien gardé sur leur lieu de résidence. Elle était là, déambulant dans la rue piétonne Sparks. Un chaud soleil matinal rendait plaisante la promenade. Elle était subjuguée par la hauteur des immeubles, par le sol si régulier, en réalité par tout ce qu'elle découvrait. Mais ce qui retenait le plus son attention c'étaient les arbres. Elle s'arrêta au pied d'un érable et posa sa main sur l'écorce rugueuse. Son regard remonta le tronc, s'accrocha aux branches principales et enfin alla se perdre dans le miroitement des feuilles qui frémissaient sous la brise. Quelle merveille! Elle en avait vu à la télévision quand, enfant, elle habitait à Iqaluit mais jamais elle n'en avait approché ni touché de si majestueux. Elle resta encore quelques minutes à contempler l'arbre puis continua à déambuler. Tout était étonnement, l'architecture linéaire des constructions, la couleur des façades, le foisonnement de magasins. Elle était malgré tout gênée par le fond sonore constant généré par la circulation automobile, que l'on percevait même dans cette rue protégée. Les odeurs aussi étaient nouvelles et très marquées. Dans le froid arctique balayé par les vents, les senteurs de la nature restaient ténues et fugaces, la vie autant végétale qu'animale était plus rare. Malgré elle, elle analysait instinctivement les consciences des passants qu'elle croisait: toujours autant de diversité. Elle remarqua qu'il y avait de la confusion, un bouillonnement désordonné d'émotions dans des cerveaux trop sollicités. Mais tous n'étaient pas ainsi, certains étaient sereins, et cela se remarquait également à leur démarche plus déliée.

Sans s'en rendre compte elle déboucha sur un marché grouillant de monde en cette matinée ensoleillée. Elle s'arrêta, médusée par la présence de tant de personnes. Elle se concentra et perçut les magmas d'émotions variées et entremêlées, un bouillon bien trop riche et indigeste à absorber. Elle s'en imprégna malgré tout, étendit son esprit. Elle recevait une myriade de sensations, joyeuses ou empreintes de mélancolie, anxieuses ou confiantes.

Elle navigua dans cet océan qui la submergeait presque. Elle croisait une multitude d'âmes qui avait chacune leur singularité. Elle frôla une âme qui la fit frissonner, remplie de sentiments morbides, de cruauté refoulée et de violence contenue. Elle repéra l'individu, il se fondait dans la masse et rien ne laissait présager une telle noirceur. Elle s'en détacha troublée. L'ensemble des perceptions restait néanmoins avenant. Malgré elle, elle avait relâché son autocontrôle et son esprit s'était emballé voulant, instinctivement, intégrer la foule entière. Elle sentit l'écœurement l'envahir. Elle ferma les yeux, s'isola mentalement. Elle se remémora le vent sur la banquise emportant des tourbillons de poudreuse, la nage ondoyante d'un phoque gris, le ciel étoilé vibrant et infini, les siens au coin du feu, le glissement d'un traîneau. Elle ouvrit à nouveau ses sens, travaillant groupe par groupe. Surprise, elle repéra une vibration sensorielle, pas aussi vive que celle de son peuple mais suffisamment intense et colorée pour attirer son attention. Elle ferma les yeux et l'examina. Elle reconnut l'empreinte faible et déformée du don de l'ours.

— Ici à Ottawa mais comment est-ce possible ? pensa-t-elle.

Mogrük lui avait enseigné que la faculté est présente chez tous les humains dès la naissance, mais que sans stimulation, elle disparaissait. À l'évidence, Mogrük n'avait pas tout à fait raison, des individus isolés pouvaient-ils donc conserver çà et là, la même disposition qu'eux ?

Elle se rapprocha de la source de la vibration mais celle-ci déplaçait, accélérait et la distançait. Sitchwaan envoya un message mental et une onde apaisante. Elle sentit la personne s'arrêter. Sitchwaan s'avança, ses yeux se posèrent alors sur une fillette bizarrement vêtue d'une robe bleue, trop large pour elle. De longs cheveux châtains encadraient son visage pâle et émacié. Sitchwaan s'accroupit devant elle. Elle s'aperçut que la petite fille tremblait.

— Tu es qui ? lui demanda la fillette d'une voix craintive.

— Je suis Sitchwaan, je viens du grand nord, du peuple de l'ours.

— Ah oui j'en ai entendu parler à la télévision, la fillette réfléchit, il fait très froid là-bas.

— Oui, mais nous avons l'habitude. Et toi qui es-tu ?

— Je suis Caroline.
— Et tu es toute seule ?
— Non j'habite avec maman.

La fillette était anxieuse, Sitchwaan tenta de la rassurer :

— Nous partageons le même secret toi et moi, nous devinons les émotions des autres.

La fillette regardait Sitchwaan, essayant de comprendre ce qui lui arrivait. Elle murmura :

— Oui, et tu étais près de moi… dans ma tête, si douce.

L'émotion l'empêchait de parler, Sitchwaan attira la tête de l'enfant sur son épaule et la réconforta à nouveau.

Sitchwaan se rappela alors son enfance. Elle avait développé des capacités et une maitrise bien meilleure que celle de la fillette et cela grâce à son père. Mais ce don l'avait isolée. Connaître les émotions des autres, à leur insu, et ne pas le masquer étaient dangereux. Les réactions pouvaient blesser. Très vite son père lui avait appris la discrétion. Ce n'est qu'en arrivant au village de Sakukak qu'elle s'était sentie libre de l'utiliser sans entrave. Cette fillette, livrée à elle-même avec un pouvoir balbutiant et dérangeant, ne pouvait s'épanouir sans aide, quelle était donc sa vie ?

Sitchwaan l'enveloppa d'une onde apaisante. La fillette lui sourit timidement.

— Où habites-tu ? demanda Sitchwaan.
— J'habite dans la basse ville avec ma maman, elle se retourna et montra la rue, c'est par là !
— Tu veux m'emmener chez toi ? demanda Sitchwaan.
— Oui, viens !

Et l'enfant s'en alla mi marchant, mi sautillant. Elles traversèrent de larges rues. Le quartier était résidentiel avec des maisons de ville et des immeubles de toute taille. Caroline pénétra dans un building de six étages quelque peu décati. Elle monta la volée de marches pour se retrouver au premier étage et pénétra dans un appartement avec Sitchwaan sur ses talons.

L'appartement était surprenant, les murs étaient de couleurs vives : bleu, vert orange principalement. Des tableaux en noir et blanc parsemaient les murs montrant des visages expressifs : la joie, la douleur, la peine, le doute, l'envie, le dégout.

— C'est ma maman qui les peint, dit Caroline, viens on va la voir.

Depuis son entrée dans l'immeuble, Sitchwaan avait repéré celle qu'elle pensait être, justement, la mère de la fillette. Sitchwaan s'était montrée extrêmement discrète lors de la rapide approche mentale. Il émanait de cette femme la même expression du don, confuse, contrariée, refoulée. Elles avancèrent dans un couloir encombré d'un fatras bigarré : chevalet, cadres, rouleaux de toile, gouaches, pots de peinture, chiffons. Elles aboutirent dans une grande pièce très éclairée, aux murs blancs. L'artiste était devant sa toile, absorbée par une photographie. Sitchwaan la sentait concentrée sur les émotions que la photographie lui renvoyait. Elle leva brusquement les yeux :

— Bonjour ma chérie, dit-elle à Caroline, où es-tu allée ce matin ? et… qui est cette dame ?

— Je suis allée me promener au marché.

Caroline vit le visage de sa mère se figer et regarda Sitchwaan qui était yeux fermés et bras ouverts. Cela dura quelques secondes. Le corps de Sitchwaan se relâcha et ses bras retombèrent le long de son corps, elle ouvrit les yeux doucement :

— Je suis Sitchwaan, chamane du peuple de l'ours. Je viens de vous montrer la puissance du Tunixananooq, don que nous partageons toutes les trois.

Sa main retomba sur l'épaule de l'enfant puis elle s'approcha du tableau et reprit :

— Ce n'est pas un hasard si vous êtes aussi sensible pour capter les émotions.

La mère de Caroline étant encore pétrifiée, elle avait senti son cerveau s'activer, ses sens s'aiguiser et elle avait perçu les émotions de sa fille avec une clarté, une précision inimaginable comme si des verres correcteurs s'étaient appliqués sur les yeux d'un myope.

— Je, j'ai, balbutia-t-elle, j'ai entendu parler de vous mais… Elle s'arrêta et se prit la tête entre les mains : mais je n'aurais jamais cru cela possible.
— Vous pensez êtes nombreux à posséder ce don ? demanda Sitchwaan.
— Je ne sais pas, je n'ose plus en parler mais je pense à quelques-uns… oui… un peu marginaux, un peu à l'écart.

Sitchwaan regarda Caroline, elle avait de longs cheveux châtains comme sa fille, le teint de sa peau était pâle mais rougissait sous les émotions qui l'assaillaient. Sous sa blouse bleue de peintre, elle était habillée simplement d'un tee-shirt et d'un jean. Comment les aider ? pensait Sitchwaan, elle n'en n'avait pas la moindre idée pour l'instant. Plus tard peut-être, revenir et éduquer, envoyer des chamans, peut-être…

— Notre présence va offrir des opportunités, ce sera long, gardez confiance, balbutia Sitchwaan.

Elle relaya les émotions entre Caroline et sa mère comme elle le faisait pour son peuple. Et elle les vit s'étonner puis se serrer tendrement, une osmose plus profonde se créait entre elles. C'était une bénédiction pour la fillette qu'elle avait sentie bien seule. Elle laissa passer du temps et s'adoucir le flux d'émotions.

— Malgré mes pouvoirs, je me sens bien perdue dans cette grande ville, pourriez-vous me ramener à mon hôtel ?

Et c'est ainsi que Sitchwaan réapparut à son hôtel. Évidemment son absence n'était pas passée inaperçue et c'est une sécurité affolée et une Mary énervée qu'elle dut affronter :

— J'avais besoin d'être seule pour découvrir votre monde, leur expliqua-t-elle, et j'ai rencontré ces deux charmantes personnes.

Caroline et sa mère se tenaient là, perplexes et mal à l'aise. Mary les regarda furieuse mais fut stoppée par une injonction mentale.

— Pardonne-moi Mary, dit Sitchwaan regrettant l'utilisation du don, je me suis emportée. Elles n'y sont pour rien et nous devrions les remercier pour l'aide qu'elles m'ont apportée.

Mary se calma. Sitchwaan salua chaleureusement ses deux accompagnatrices improvisées. Elle les regarda s'éloigner.

— Et maintenant, Mary, j'ai besoin de plus d'explications, peux-tu nous aider ?

— Bien sûr mais à propos de quoi ? la questionna Mary.

— Sur l'intérêt que l'on nous porte, sur le réchauffement qui nous menace, sur tout !

L'après-midi fut consacrée à l'approfondissement de ces sujets maintes fois évoqués avec John. Naagak était présent. On leur montra les débats, les recherches scientifiques, les lois votées, les manifestations, les expériences de vie alternative, les progrès réalisés. On leur raconta tant et tant qu'à la fin il leur semblait que leurs têtes allaient exploser. Sitchwaan sentait sa volonté s'étioler, un monde immense et toute cette confusion, cette débauche d'énergie pour en arriver là. Elle se sentait démunie devant ce grand corps malade, malade d'abondance, de stress, du manque de sens et d'humanité.

Elle avait compris le danger que représentait le réchauffement climatique. Outre les perturbations engendrées, si le nord s'ouvrait, comment protéger son peuple ? Comment protéger l'ours qui veillait sur eux ?

L'enjeu était immense et dépassait la simple reconnaissance de leur existence. Seuls, ils étaient impuissants, ils avaient besoin d'alliés, d'appuis. Elle pensa à Caroline, à sa mère, elle pensa aux mouvements qui se fédéraient… Des lueurs d'espoir : il y avait des âmes qui avaient compris, qui attendaient ou qui luttaient déjà. Il y avait, peut-être, une vague qui se préparait…

John revint à la nuit tombée. Il trouva Sitchwaan endormie et la réveilla d'un léger baiser. Elle l'enserra dans ses bras et lui raconta sa journée.

— Je crois que toutes ces découvertes me fatiguent, et le bébé aussi.

John la regarda tendrement :

— Tu es resplendissante, petite étoile.

Sitchwaan lui raconta son aventure de la journée puis lui fit part de ses doutes.

— Sitchwaan, tu ne peux pas imaginer l'engouement mondial que votre révélation a suscité. Actuellement les religions traditionnelles marquent le pas et il y a une recherche nouvelle de spiritualité, d'harmonie. Et vous arrivez et cristallisez les espoirs, c'est une chance inouïe !

— Je l'ai senti aussi, mais c'est trop et ça me fait peur. J'aurais besoin des conseils de Mogrük.

À ce moment, on frappa à la porte et ils virent une tête rousse apparaitre.

— Entre Mary, que se passe-t-il ?

— Nous vous avons préparé une surprise pour ce soir, une visite privée de la tour de la paix. Panorama garanti !

L'imposante tour construite sur la façade du parlement dominait Ottawa. Ils étaient montés au sommet et jouissaient d'un magnifique panorama. Ils voyaient les méandres sombres de la rivière des Outaouais qui enlaçaient la ville striée de lumières vibrantes. Naagak était aussi ravi que Sitchwaan. Malgré la distance, elle arrivait à capter des bribes d'émotions qui montaient vers elle. Elle n'écoutait pas les explications du guide, elle ne traduisait plus. Naagak la regarda et comprit : Sitchwaan avait besoin de temps. Il prévint le groupe avec un signe leur indiquant d'attendre et de patienter.

À cette distance, elle percevait mieux les vibrations émotionnelles dominantes. La confusion ressentie sur le marché se confirmait, teintée d'anxiété. Il y avait un désir profond de mieux vivre ensemble, mais il y avait parfois des sentiments plus tranchants, fugitifs de violence, de haine. Elle sentait les âmes dériver dans un monde trop alimenté d'informations, parfois contradictoires, farfelues, erronées. Elle comprit la remarque de John sur la complexité de gérer une ville aussi peuplée et les résistances à tout changement émotionnel. À nouveau elle se sentit dépitée.

— Je me sens fatiguée, quand pourrons-nous rentrer ? demanda-t-elle.

— La visite est terminée, répondit Mary, que se passe-t-il ?

— Il y a de la perplexité, de la confusion et une grande attente…

— Nous le savons. Tout bouge vite et, en même temps, l'humain se rend compte qu'il influe sur le fonctionnement naturel de sa planète.

— Et ? interrogea Sitchwaan

— Fin de l'innocence et sentiment de culpabilité, trancha Mary. En même temps nous n'arrivons pas à intégrer cette réalité, trop d'intérêts en jeu, je suppose, trop d'égoïsme et d'inconscience aussi, trop de sollicitations, de désirs à assouvir dans l'instant, pas assez de quiétude.

— Le groupe ne prime plus sur l'individu, réfléchit Sitchwaan, parce qu'ici, un individu peut survivre seul.

C'était à peine croyable. Le retour de John Auliner, son histoire et la révélation du peuple de l'ours avait provoqué un raz de marée mystique, philosophique et religieux. C'était comme si une partie de la population avait attendu un déclencheur pour basculer vers un nouvel espoir. Cette prise de conscience soudaine entraînait des protestations de plus en plus nombreuses contre un mode de vie jugé trop individualiste, agressif et consumériste. Des mouvements politiques minoritaires fusionnaient, recrutaient et devenaient de plus en plus influents et cela dans toutes les grandes villes du Canada et du monde. Les médias et les réseaux sociaux avaient amplifié le phénomène laissant les autorités et les partis traditionnels devant un choix draconien : accompagner ou s'opposer.

Danny se trouvait au cœur de ce bouleversement. Il organisait et participait à de nombreux débats qui rassemblaient au départ amis, connaissances, collègues puis avaient pris de l'ampleur. Beaucoup d'idées circulaient et beaucoup de fantasmes aussi. Cela allait du mystique à l'anarchique, du rationnel politique au complotisme le plus fou. Il était impossible pour l'instant de fédérer des courants aussi divers mais il sentait que les lignes bougeaient et qu'un grand nombre de personnes était en attente d'une conscience collective, bienveillante et solidaire. Son charisme naturel le désignait comme un leader. En quelques semaines son influence avait décuplé.

À l'annonce de l'arrivée de Sitchwaan, chamane du peuple de l'ours, Danny s'était précipité à Ottawa comme des milliers d'autres. Il avait besoin de la rencontrer, de s'assurer que tout était vrai. Elle était la preuve que c'était possible et que son fol espoir n'était pas utopique. Tout s'emballait et il y croyait. Il y avait eu trop de bonheurs illusoires, de technologies superficielles, de plaisirs frivoles et inutiles. Il ressentait, comme bien d'autres, le besoin de s'ancrer à nouveau dans l'essentiel, dans l'authentique, de prendre du temps, de renouer avec la nature, de construire ensemble un avenir différent. Et tout cela il voulait le porter et bousculer les forces en présence : politiques, économiques, industrielles qui soutenaient d'autres intérêts.

Ils étaient tous réunis sur la pelouse du Parlement et débattaient. Le thème d'aujourd'hui c'était la démocratie et la prise de pouvoir, sujet épineux, surtout quand on est minoritaire. Le pouvoir indispensable pour agir mais source de violence lorsqu'il s'agissait de l'obtenir et le conserver. Soudain un bruit circula, Sitchwaan se trouvait à l'hôtel Hilton. Il y eut un échange de regards et tous décidèrent de se rendre illico sur place. Danny suivit le mouvement de la foule et ils déambulèrent dans les rues d'Ottawa afin de rejoindre l'hôtel. C'était un grand building avec un immense hall d'entrée surmonté d'une bonne dizaine d'étages. Le parvis où arrivaient les limousines était large et bien éclairé et c'est là qu'ils décidèrent d'attendre.

L'avantage dans ces rassemblements impromptus c'est que l'on échange facilement sur des idées avec toute personne les exprimant et avide d'en débattre.

Danny s'approcha d'un groupe qui formait cercle autour d'une jeune femme.

— Elle est venue chez moi, disait-elle, elle m'a montré la force de ses pouvoirs. Ma fille et moi sommes entrées en contact, j'ai senti toutes ses émotions.

Pendant qu'elle parlait elle serrait fébrilement la main de son enfant.

— C'était tellement incroyable, il y avait une liaison entre nous deux. Quand ça s'est terminé nous étions encore sous le charme. Et c'est après que nous l'avons raccompagnée à son hôtel, ici même. Maintenant ils nous disent qu'il n'y a personne de ce nom mais ce n'est pas vrai !

Danny murmura à l'oreille de son voisin

— C'est une histoire incroyable non ?

— C'est un signe du ciel, Dieu nous envoie un messager !

— Si en plus les mystiques s'en mêlent, pensa Danny, où va-t-on ?

Les deux SUV noirs, vitres teintées, roulaient doucement en direction de l'hôtel. Ils tournèrent sur la Queen Street et Mary, qui avait pris place dans le premier véhicule, vit le rassemblement.

— Garez le véhicule, ordonna-t-elle.

Puis elle appela la sécurité :

— Vous avez oublié de nous prévenir, que se passe-t-il ?

Il y eut un bref échange puis elle décida :

— Ok on passe au plan B, rapatriez les affaires de nos hôtes.

Elle raccrocha.

Mary se retourna vers Sitchwaan et John.

— Fini le calme, vous devenez très populaires. Ne vous en faites pas, nous avions prévu cet aléa, nous avons un logement tout prêt, un peu moins luxueux et plus loin du parlement mais très discret. Et maintenant, sécurité renforcée, interdiction de sortir seule ! dit-elle en regardant Sitchwaan avec insistance.

— Qui sont-ils ? demanda John.

— Nous en parlions tout à l'heure, tous ceux qui ne veulent plus attendre ou qui cherchent des réponses, il y en a de tous bords, des écologistes, des croyants dans le doute, quelques illuminés, des curieux, des opportunistes aussi.

Sitchwaan s'était assombrie et regardait la foule.

— Ils attendent beaucoup trop de moi, murmura-t-elle, jamais je ne pourrai les aider tous.

— Ton cœur prend le dessus, répondit John, nous sommes ici pour défendre les droits de ton peuple, uniquement… Pour l'instant.

— Mais je capte tant de désarroi, de désespérance, de tristesse, je ne suis pas habituée et je ne peux ignorer toutes les émotions qui me traversent.
— Quand j'étais parmi vous, reprit John, tu m'as protégé des intrusions mentales, ne peux-tu pas isoler tes émotions, pendant quelques temps?
— Je le peux, il faudra que je sois au calme, que je me concentre alors je ne recevrai plus rien, ce sera pénible aussi, je ne pourrai rien anticiper mais tu as raison, je vais essayer.
— Et on est bien protégé, non? lui murmura John, tu peux relâcher ton attention.

Sitchwaan ne répondit pas et se blottit contre son amoureux.

Ils consacrèrent les journées suivantes à préparer leur intervention devant le parlement du Canada. Ils rencontrèrent la presse et répondirent aux différentes interviews. L'intérêt que le peuple de l'ours et son chaman déclenchaient allait grandissant. C'était impressionnant et cela mettait une pression supplémentaire sur la jeune femme. Elle avait réussi néanmoins à s'isoler des émotions externes les plus distantes et bénéficiait ainsi de quelque répit.

Après avoir regardé la télévision quelque temps, elle détourna le regard et dit:

— John, il y a beaucoup à envier au mode de vie d'ici, jamais froid, jamais faim, du confort, du moelleux, une vie douce… pour le physique.
— Oui, répondit John qui attendait la suite.
— Mais toutes ces informations contradictoires qui sont diffusées, les publicités, ça embrouille, ça nous éloigne de nos besoins profonds qui sont de vivre en symbiose, en communauté d'entraide. Mon peuple se comporte naturellement ainsi malgré la dureté de notre vie. Nous sommes heureux, en harmonie avec notre monde. Nous ressentons les autres, leur conscience grâce au don, sans effort, sans raisonnement abstrait. Nous respectons notre entourage, notre environne-

ment. Nous sommes une partie de la terre, de la mer et du soleil, de la naissance à la mort.

— Certainement, répondit John. Nous avons laissé se détériorer le lien communautaire et notre sentiment d'appartenance à la nature. Nous refusons aussi l'idée de la mort. Quand Sakukak est parti j'ai été bouleversé, tu le sais. Pour moi, c'était une preuve ultime de courage et d'abnégation, ne plus peser sur la communauté et faire le don de soi à mère nature. Mais, crois-moi Sitchwaan, l'altruisme, la générosité et l'empathie existent toujours.

— Le Tunixananooq pourrait aider. C'est ce qui nous différencie, une infime particularité. Mais c'est la lueur qui permet de distinguer dans l'obscurité les valeurs essentielles. Les chamans du peuple de l'ours pourraient permettre de raviver le lien vital qui unit l'humanité à la terre, l'humanité à l'humanité.

— Il faudrait des centaines de chamans.

— Et des années, et former des chamans ici aussi. Mon peuple pourrait y perdre son âme.

— Et il y aurait des oppositions, toujours des oppositions. Beaucoup d'intérêts et de pouvoirs contrariés. Si cette voie est prise et que nous perdions, il se peut même que ton peuple soit livré, plus tard, au plus offrant.

Sitchwaan frissonna à la perspective de cette possibilité.

— Tu as raison, je vais me concentrer sur ma mission uniquement.

Le soir venu, dans leur nouvelle chambre, Sitchwaan s'approcha de John. À la brillance de ses yeux noirs, John comprit avec ravissement que la chamane du peuple de l'ours avait besoin de se changer les idées. Ils se précipitèrent sur le lit et firent l'amour avec passion.

Au milieu de la nuit, Sitchwaan se réveilla. Sa réflexion se poursuivait malgré elle. Oui, cela prendrait des années à des dizaines de chamans pour opérer une transition émotionnelle.

La religion, la croyance seraient d'ailleurs un moyen fort efficace d'y parvenir. Elle avait ressenti les ondes mystiques parmi les milliers de sensations qui l'avaient submergée. En abuser pour se donner du temps, le temps d'une génération, le temps de construire un socle, le temps de former des chamans, était-ce moral? Convaincre avec la puissance du Tunixananooq, était-ce éthique?

Après tout, John avec sa vision pragmatique avait peut-être raison. Il fallait garantir la sauvegarde de son peuple avant tout. Puis, seulement après, envisager la suite. Et elle se rendormit.

L'intervention devant les membres du gouvernement du Canada avait eu lieu. Sitchwaan, accompagnée de Naagak et secondée par John, avait témoigné de l'agression qu'avait subie un village et demanda que l'on garantisse l'intégrité physique de son peuple, la préservation de son territoire et de sa culture. Pendant qu'elle parlait, elle analysait les personnes présentes. C'étaient des intelligences complexes qui l'écoutaient et elle savait déjà que rien ne se ferait aisément, sans contrepartie, sans négociation. Néanmoins elle avait ressenti une certaine compréhension lors de son discours. Que pouvait elle offrir ? Certes le don de l'ours intriguait, intéressait, mais c'était l'intime secret de son peuple. Alors que pourraient demander ces décideurs ? Après son intervention, les tris intervenants durent répondre à une séance de questions puis quittèrent l'assemblée sous les applaudissements. En ressortant, elle se sentit extrêmement fatiguée.

— John, Naagak, voulez-vous bien continuer les entretiens sans moi ? J'ai besoin de repos.
— C'est le bébé qui demande de l'énergie, dit Naagak, il sera fort.
— Nous savons ce qu'il faut dire, pars tranquillement, reprit John en l'embrassant, et surtout repose-toi !

L'atmosphère feutrée de la limousine noire la délassa instantanément. La voiture était silencieuse et se déplaçait lascivement dans les rues animées de la ville. La jeune chamane savourait les paysages urbains. De hauts immeubles aux fenêtres lumineuses barraient sa vue habituée à un horizon infini.

La température idéale qui régnait dans la voiture et le léger parfum vanillé finirent par l'apaiser totalement. Elle s'était fermée aux sollicitations extérieures et se sentait délicieusement engourdie.

La voiture passait maintenant dans des rues plus animées. La nuit scintillait de lumières et de néons vibrants. Elle regardait les personnes circuler sur les trottoirs : des familles, un homme discutant avec une femme qui lui souriait, un groupe de jeunes gens qui se chamaillaient. Son esprit dérivait et elle imaginait la vie des individus qui croisaient son regard. La voiture tourna et emprunta une rue bordée d'arbres illuminés par des guirlandes savamment enlacées. Quel spectacle émouvant, une vision épurée des âmes de son peuple. La route était encombrée et la voiture freina. Ses yeux restaient accrochés aux scintillements des lumières et ce n'est que trop tard qu'elle ressentit le danger, trois hommes qui approchaient rapidement et qui étaient déjà là. La vitre explosa dans un bruit effrayant. Une main se glissa et ouvrit la porte brutalement. Elle entendit le bruit sourd d'un silencieux et eut le temps d'apercevoir le chauffeur qui s'effondrait. Puis ce fut la douleur et le noir. Elle se sentit trainée, ballottée, puis poussée sans ménagement dans un autre véhicule. Dans une semi conscience, elle percevait les ondes glaciales et déterminées de ses agresseurs. Ils l'avaient placée sur le siège arrière entre eux et lui attachaient les mains. Ensuite il y eut la pression d'un chiffon et ce fut le vide.

Un bruit sourd et lancinant résonnait dans sa tête. Elle reprenait conscience péniblement. Elle souleva ses paupières mais ne distingua rien de précis. Tout son corps était douloureux, ses mains étaient liées dans son dos par un cordon trop serré, elle ne sentait plus le bout de ses doigts. Elle essaya de se lever, elle cria de douleur quand elle sentit la corde qui entravait ses pieds tirer sur ses poignets. Elle cessa tout mouvement et se mit sur le côté pour soulager la pression qui s'exerçait sur ses mains. Elle reposait sur un matelas poussiéreux. La pièce était sombre. Sa vue s'accoutuma à la pénombre, elle distingua de la lumière qui filtrait à travers des tentures qui pendaient du plafond. Une forme de soupirail se devinait derrière. Elle entendit le bruit feutré de véhicules. Elle sentit une odeur de renfermé avec des relents d'huile et d'essence, peut-être un garage. Où était-elle ? Etait-ce la nuit ou le jour ?

— Plutôt le matin, pensa-t-elle.

Elle se concentra et balaya mentalement les environs mais un violent mal de tête la fit gémir et se tordre de douleur. Que se passait-il ?

Un brusque sentiment d'angoisse la submergea, tout était devenu hors de contrôle. Les idées s'entremêlaient, son corps lui échappait. Elle se mit à trembler, du fond de sa poitrine sortit un râle sinistre. Qui que ce soit, qu'allaient-ils faire d'elle ? Que voulaient-ils ?

Elle sentit remuer dans son ventre, son enfant, il était bien présent et le faisait savoir. Comment le protéger ?

Cette pensée lui permit de se reconnecter à son corps. L'enfant bougeait encore et son mouvement avait un rythme lent, atavique. Elle se força à caler sa respiration sur ce rythme. Lentement ses pensées se restructurèrent, sa respiration s'apaisa. Elle était chaman, son totem était l'ours blanc, elle était l'enfant des deux mondes et elle allait se battre pour sauver la vie qu'elle portait. Les tremblements qui persistaient s'atténuèrent. Elle était prête. Elle attendit puis le sommeil eut raison d'elle. Elle perdit à nouveau conscience de la réalité.

Elle fut réveillée par des pas résonnant sur un sol en béton. Son corps était parcouru de douleurs lancinantes, elle n›essaya pas de bouger. Elle tenta à nouveau d›étendre sa pensée et ne ressentit pas la fulgurante souffrance qu'elle craignait. Mais ses facultés étaient diminuées. Elle identifia deux hommes déterminés. Leurs intentions étaient sombres, mauvaises. Elle entendit une clé tourner le barillet d'une serrure et la porte s'ouvrit. Une lumière jaillit, blanche et violente, qui l'obligea à fermer les yeux. Elle sentit un coup dans les côtes et entrouvrit les paupières.

— Assez dormi, au travail maintenant.

Elle vit d'abord les paires de bottes, pointues en cuir de couleur ocre pour l'une et noire à bout rond et semelles épaisses pour l›autre. Son regard remonta sur les pantalons jeans, veste et blouson en cuir. Ils portaient des masques. Elle connaissait les personnages, un clown sinistre pour l'un et un Hulk verdâtre pour l'autre. Elle poussa un cri de surprise, c'était effrayant.

Très vite elle se reprit. S'ils étaient masqués c'est qu'il y avait un espoir d'en sortir vivante. Ils ne voulaient pas être identifiés. L'homme au masque de Hulk la tira sans ménagement déclenchant une douleur vive à ses poignets. Il sortit son couteau et sectionna la corde qui reliait ses mains à ses chevilles. Elle put enfin se déplier et soulager la pression de ses poignets. Puis il sectionna le lien qui entravait ses chevilles et la mit rudement debout.

— Il parait que tu es extrêmement dangereuse, dit Hulk en faisant glisser sa lame sur sa joue puis sur sa gorge, mais tu ne nous impressionnes pas, la lame descendit sur sa poitrine, et tu es plutôt un joli brin de femme.

— As-tu déjà entendu parler du Joker d'où tu viens ? N'attends aucune pitié ma belle, je suis l'incarnation pernicieuse du mal, ricana l'autre.

Sitchwaan les regardait intensément : ne pas répondre et rester calme. Le Joker avait une silhouette élancée et restait en retrait, main sur son arme. Hulk par contre était de stature massive, ses mains étaient musclées et ses doigts courts et poilus. Il avait l'ascendant sur son acolyte et Sitchwaan perçut que le danger viendrait de lui avant tout. Elle scanna rapidement son esprit, il faisait partie de ces êtres peu influençables qui avaient développé une barrière mentale solide. Elle tenta de pénétrer ses défenses et elle sentit que le couteau qui parcourait maintenant son ventre s'arrêtait. La pression augmentait sur sa peau. Elle stoppa et la pression se relâcha. Le masque de Hulk oscilla :

— Tu as compris, je vois. Nous aurons tout le temps de jouer ensemble. Nous avons lu le fabuleux article du professeur Weber, je connais tes pouvoirs et je sais comment les anéantir, il lui frappa violemment sur la tête, alors ne recommence pas! Nos objectifs ont évolué. Nous sommes maintenant focalisés sur ce breuvage dont il parle. Tu me suis?

— Pas parler bien, pas comprendre, bégaya Sitchwaan

La gifle partit comme l'éclair et Sitchwaan se retrouva déséquilibrée et étourdie. Elle ne put amortir sa chute avec ses mains toujours liées dans le dos. Sa tête heurta le sol et elle perdit conscience. Le sang perlait de sa lèvre déchirée.

Un seau d'eau froide la réveilla. Elle était assise dans un fauteuil tubulaire, ses poignets étaient menottés aux accoudoirs du fauteuil et ses pieds ligotés aux barreaux. Les liens lui avaient laissés des traces violacées. Le masque de Hulk apparut dans son champ de vision:

— Ton discours devant l'assemblée était retransmis à la télévision et tu t'exprimais très correctement dans notre langue alors tu arrêtes tout de suite ce petit jeu, ok?

Elle ne répondit pas, attendant la suite.

— Oublie la mine de diamants, ce que nous voulons c'est la recette de fabrication de ce fameux breuvage, tout simplement.

— Je ne peux pas vous la donner, balbutia Sitchwaan, seuls les vénérables chamans la possèdent. Je ne suis pas encore initiée.

Hulk se retourna vers son compère et lui dit:

— Joker tu y crois à son histoire, à son début d'histoire plutôt?

— Pas vraiment Hulk, je pense qu'il va nous falloir insister un peu.

Hulk s'approcha de Sitchwaan et fit pivoter son fauteuil. Elle remarqua que la pièce avait été aménagée: un seau était présent dans le fond ainsi que de la nourriture. À sa gauche il y avait un plateau incliné et à nouveau des seaux qu'elle devinait remplis d'eau. Elle remarqua aussi une caméra qui les filmait.

— Petite sauvageonne, nous allons passer aux choses sérieuses. Tu pourras crier si tu veux. Mais, tu l'as déjà deviné, ça ne sert à rien ici. Alors comment fabrique-t-on cette potion magique identifiée par le professeur Weber?

— Je ne sais pas exactement, c'est à base de plantes que nous ramassons l'été et puis certains lichens mais je n'ai jamais vu la préparation.

Elle devait gagner du temps, donner des réponses floues tout en se montrant convaincante. Elle avait du mal à se concentrer et réussit péniblement à pénétrer dans l'esprit du Joker, avec douceur pour ne pas éveiller les soupçons. D'horribles sensations surnageaient ainsi qu'un dévouement sans faille à Hulk. Elle identifia un souvenir terrifiant et une reconnaissance envers Hulk. Elle n'eut pas le temps d'approfondir son inspection car Hulk trainait son fauteuil vers le plan incliné. Il le bascula afin qu'elle se retrouve tête en bas. Elle sentit deux courroies l'enserrer, l'une la taille et l'autre la tête, empêchant tout mouvement de sa part. Puis ils placèrent un torchon humide sur son visage et elle entendit Hulk lui parler doucement à l'oreille:

— Beaucoup ont perdu la raison ou la vie pour rien, par orgueil, par fierté, par honneur. Toi tu risques de perdre ton enfant en plus et pourquoi? Quand nous saurons, nous te laisserons tranquilles, nous laisserons tranquilles les tiens. Plus de raison de vous ennuyer alors réfléchis avant qu'il ne soit trop tard!

Hulk se recula et tout de suite elle sentit l'eau ruisseler sur le chiffon humide, pénétrer ses narines, elle tenta de respirer mais l'eau s'engouffrait dans sa bouche, sa gorge. Elle se noyait. Elle suffoqua essayant malgré tout de respirer. C'était impossible, elle paniqua, la peur la submergea. Elle se débattit et ses muscles, tendus à l'extrême, saillaient prêts à craquer. Le temps n'existait plus dans l'univers terrible qui la broyait. Ses tortionnaires continuaient à verser de l'eau, connaissant les seuils de tolérance du corps humain.

Soudain tout cessa, elle prit une profonde goulée d'air et fut terrassée par des éternuements. Elle sentit le plan incliné se relever. Des gifles appuyées l'obligèrent à reprendre conscience et elle vit ses deux bourreaux qui l'observaient.

Le Joker prit la parole :

— C'était donc ta première plongée et il y en aura d'autres si tu ne réponds pas aux questions. Alors comment fabrique-t-on le breuvage dont parle le professeur Weber ?

Sitchwaan était hagarde.

— Pourquoi voulez-vous le savoir ?

— Ordre de la direction ma belle, alors ?

— Il y a des plantes, il y a ces lichens difficiles à trouver d'une couleur gris bleu, je pourrais vous les montrer. Mais je ne connais ni les doses, ni la préparation, cria-elle plus qu'elle ne parla, des larmes de peur, de rage striant son visage.

— Je suis sûr que tu en connais plus, ricana le Joker, une deuxième séance te déliera la langue.

Le fauteuil bascula à nouveau sur le plan incliné. Le Joker plaça le torchon humide sur son visage et la torture recommença. L'eau ruisselait et l'empêchait de respirer, l'impression de noyade était totale. Une panique incontrôlable l'emporta lui faisant perdre toute raison. Une seule idée subsistait : survivre.

Le téléphone d'Hulk sonna, il décrocha :

— Ça ne sert à rien de continuer, dit une voix sourde, elle ne parlera pas et même si elle parle on ne pourra pas aller chercher ces foutues plantes !

— Alors qu'est-ce qu'on fait boss ? demanda Hulk.

— On la garde en bonne santé. Elle nous servira de monnaie d'échange contre un flacon de ce foutu breuvage et des échantillons de plantes. Nos scientifiques pourront analyser, ce sera plus efficace.

— Alors on arrête ?

— Oui et interdit de la toucher, bien compris ?

— Ok boss.
— Et tu gardes la caméra allumée !

La communication fut coupée. Hulk revint dans la pièce :
— C'est fini pour aujourd'hui, sauvageonne, on te laisse tranquille pour l'instant !

Le Joker et Hulk défirent ses liens puis l'attachèrent à une chaine reliée à un anneau scellé au mur. La chaine était assez longue pour passer du matelas à la nourriture et au seau prévu pour ses besoins. Ils quittèrent la pièce sans un mot.

Restée seule, Sitchwaan se remit à trembler et fondit en larmes. Ils allaient revenir et recommencer mais elle ne dirait rien, elle ne pouvait trahir son peuple. Dans ce noir désespoir qui l'étouffait, il restait malgré tout une faible lueur d'espérance. Elle avait senti chez Hulk un changement, comme un léger relâchement. Elle prit encore quelques minutes pour se ressaisir puis se dirigea vers la nourriture. Elle entendit le bruit du moteur et vit la caméra qui se braquait dans sa direction. Un point rouge clignotait régulièrement, quelqu'un la surveillait en continu.

Georges Kasioak, Premier ministre du Nunavut discutait discrètement mais âprement avec John et Naagak des terres qui seraient concédées au peuple de l'ours. Mary se tenait à leur coté appuyée à une arcade du foyer de la Chambre des communes. Georges demandait déjà, en contrepartie des terres, un accès à la mine de diamants et une exploitation commune de cette ressource. Tout cela restait incompréhensible pour Naagak. De mémoire d'homme ils y résidaient, chassaient, se déplaçaient sans rencontrer personne alors de quoi cet homme pouvait-il discuter ? Ces terres étaient à eux !

Bien entendu John comprenait les intentions de Georges, son envie de ressources complémentaires pour le peuple Inuit. Ces terres leur avaient été attribuées sans être jamais utilisées. Elles semblaient inhospitalières mais, maintenant, tout avait changé. Le téléphone de Mary interrompit sa réflexion, elle s'éloigna et il la vit discuter vivement puis elle se retourna vers lui, livide :

— John, Sitchwaan vient d'être enlevée, le chauffeur a été tué !

Dans la pièce tous se figèrent et on vit entrer en trombe le haut fonctionnaire Chuck Johnson. Il s'approcha d'eux et annonça tout bas :

— Sitchwaan a été enlevée, c'est grave. La police est déjà sur place. Allons dans un salon plus discret.

— Comment est-ce possible ? Interrogea John choqué, la résidence, le parcours étaient secrets ?

— On cherche, reprit Chuck, des fuites, encore des fuites. Et une action de pros en pleine rue. Mais… c'est plutôt bon signe dans cette tragédie.

— Pourquoi dites-vous cela? reprit John.
— Les pros ont des plans, un but et on peut négocier, pas d'actions incontrôlées.
— Et une froide détermination, que veulent-ils?
— Pendant que la police fait son travail, on va attendre qu'ils nous contactent. Ce qu'ils veulent, je crois le savoir et je regrette que le professeur Weber ait vanté les vertus de ce breuvage dans son article.
— C'est le Rempart, il n'y a qu'eux qui pouvaient être prêts aussi rapidement. Ils nous ont déjà infiltrés par le passé, il doit rester des taupes, lança Mary.

Il fallait réagir vite. La commissaire de la Gendarmerie Royale du Canada les rejoignit dans la demi-heure qui suivit. C'était une femme au physique volontaire, yeux clairs, cheveux courts châtains encadrant un visage rond. Elle portait l'uniforme d'apparat et avait dû être dérangée durant une cérémonie officielle. Elle les salua chaleureusement:
— Heureux de faire votre connaissance, elle regardait principalement John et Naagak, je suis Martina Gali et je dirige les forces de gendarmerie.
— Nous sommes extrêmement inquiets, dit John, avez-vous des nouvelles?
— Le kidnapping s'est produit en pleine rue, le chauffeur a été tué à bout portant par une arme de poing. Les témoins ont vu deux hommes encadrer une jeune femme et la précipiter dans une berline bleu métallisé de marque peut-être japonaise, les emblèmes avaient été enlevés. Le véhicule a démarré en trombe. Nous regardons les images vidéo, c'est la nuit et les voitures de couleur sombre sont difficilement différentiables.
— Nous devons nous organiser, reprit Georges, je contacte le SCRS pour avoir des informations sur Le Rempart. Nous les avions sollicité suite à votre témoignage, John, et à nouveau suite à l'infiltration de Marvin alias Martin.

— Dans ce genre d'affaire, expliqua Martina, nous prévoyons une cellule de crise chargée de coordonner l'équipe qui enquête sur le terrain, l'équipe en relation avec les ravisseurs, la personne qui se charge des médias. Mais il nous faut une personne pour piloter...

— Il y aura la coordination avec le SCRS, intervint Georges.

— J'aimerais que l'on contacte l'inspecteur Sardier, proposa John, c'est lui qui s'est occupé de l'enquête initiale. Il est intervenu à Iqaluit et c'est lui aussi qui a pris ma déposition à mon retour et continué l'enquête.

— Bien entendu et c'est lui qui va arriver d'une minute à l'autre, informa la commissaire.

— De plus, reprit John, il ne faut pas sous-estimer les pouvoirs du don de l'ours. Sitchwaan est une chamane puissante capable de communiquer ses émotions et même d'influer sur ses ravisseurs. Croyez-moi, je l'ai vue à l›œuvre et c›est impressionnant. Il faudrait faire appel à la population car certaines personnes sont plus réceptives que d'autres...

— Cela veut dire divulguer l'information, songea Georges.

— Oui, enchaina John, et aussi aller chercher un autre chaman, Mogrük, il nous aidera à la localiser.

Martina et Georges se concertèrent discrètement, la commissaire reprit :

— Il ne faut négliger aucune chance. Vous pourriez être de retour avec ce chaman d'ici une bonne demi-journée, elle consulta sa montre, demain vers midi.

— Je pars avec Naagak.

John vit Mary fléchir légèrement la tête, acquiescement ou peine, il n'aurait pu le dire.

— Mary, accompagnez-les s'il vous plait, proposa Georges, votre autorité garantira la rapidité de cette mission.

La partie était serrée. Sur l'échiquier, les pièces se déplaçaient rapidement et avec une grande fébrilité. Il ne contrôlait plus les acteurs, d'ailleurs les avait-il jamais vraiment contrôlés après toutes les déconvenues subies ? Il y avait une part de hasard dans tout ce qui était entrepris. De plus l'imprécision et l'incohérence propres à la nature humaine avaient tendance à faire dévier un plan minutieusement préparé de la trajectoire voulue. Il était lui-même une pièce du jeu et une pièce en péril. À moins que sa stratégie ne se retrouve gagnante. Il se retrouverait alors au centre de la partie. La route serait encore longue et chargée d'embûches avant que leurs idées puissent triompher : Remettre au cœur du jeu international la race à laquelle il appartenait, la race suprême, celle que Dieu avait élue comme dominante. Il se voyait tel un chevalier teutonique ou un templier d'antan et, comme eux, il combattait avec ardeur, sans peur pour que triomphent ses croyances.

Que de gâchis, pensa-t-il, comment tant d'hommes peuvent-ils se fourvoyer ? Le Rempart rétablira l'Ordre et anéantira le chaos vers lequel se dirige ce monde dépravé.

Il retourna à son ordinateur et regarda la Webcam. C'était donc elle, cette jeune fille aux cheveux noirs allongée sur le matelas, elle qui lui avait causé tous ces ennuis, elle qui avait éliminé deux de ses meilleurs éléments, d'abord Le Cobra et plus récemment Martin. Mais il la tenait maintenant et c'est grâce à elle qu'il réussirait à s'approprier le secret du breuvage qui prolonge la vie. Une formidable monnaie d'échange auprès de vieillards aux commandes dans tous les pays, dans toutes les institutions et un accélérateur pour la prise de pouvoir du Rempart.

La jeune fille bougea, Rick vit les larmes séchées sur ses hautes pommettes.

— Dors petite chamane, dors encore et toujours, murmura-t-il devant son écran.

Et il partit dans un rire satisfait. Ça avait été une riche idée de diluer du somnifère dans son eau, des hypnotiques leur avait dit le médecin. Et effectivement les capacités télépathiques qui semblaient si dangereuses restaient maintenant inopérantes.

Il conclut, satisfait :

— Et pas de prince charmant pour te réveiller !

Il coupa l'accès à la webcam.

Sitchwaan dormait d'un sommeil perturbé et traversé de délires insensés. Elle en avait conscience mais ne pouvait revenir à une réalité tangible. Parfois elle se réveillait, ses paupières restaient lourdes et son esprit vagabondait, échappant à sa volonté. Elle mangeait et buvait puis se sentait à nouveau extrêmement fatiguée. Elle ne pouvait identifier la cause de cet état de confusion. Elle pensa au bébé, à la séance de torture, à la longue marche sur la banquise, aux heures passées à fouiller la mer à la recherche de baleines, elle ne pouvait plus fixer ses idées qui défilaient. Elle tenta à nouveau de se concentrer mais elle retomba dans un sommeil épais et poisseux. Elle se trouvait entourée de formes étranges, de fantasmagoriques apparitions. Autour d'elle le monde était mouvant, inconsistant, visqueux. Elle perdait pied, tombait, essayait de s'agripper mais tout cédait et elle continuait sa chute, sans fin. Elle crut entendre un rugissement dans l'atmosphère glauque qui l'entourait et soudain elle se trouva devant la gueule énorme et béante d'un ours polaire. Elle essaya de s'échapper mais elle fut engloutie. Elle vit la dentition jaunie du monstre puis elle glissa dans sa gorge rose, veinée, sanguine. Son corps suivit un long boyau qui ondulait et la poussait plus bas encore. Elle baignait maintenant dans des liquides gastriques, battant les bras et luttant pour respirer mais sa tête s'enfonçait et elle suffoquait. Il fallait qu'elle sorte de ce cauchemar. Elle réussit à s'arracher à son rêve, se redressa hagarde, vidée de toute son énergie. Combien de temps avait duré ce délire ? Elle n'en savait rien. Elle avait faim et soif. Elle s'approcha de la nourriture, mangea et but puis se rendormit à nouveau.

La voiture parcourait lentement les rues d'Ottawa. John regardait par la vitre les enfants jouer sur le trottoir, trottinette, vélo, corde, élastique. Il régnait une insouciance joyeuse qui ne parvenait plus à l'atteindre. Il était fou d'inquiétude. Deux jours à sillonner les rues avec Mogrük qui restait concentré à la moindre sollicitation mentale. Le chaman n'avait quasiment pas dormi depuis son arrivée du grand nord. Naagak était resté là-bas, retournant à son foyer et laissant Mary à sa vie.

À l'arrivée du chaman, John avait expliqué la situation, laborieusement car il n'avait pas encore intégré toutes les finesses de l'Uqatinuk mais Mogrük avait puisé en lui le reste des informations. Et c'est Mogrük qui insistait pour continuer les recherches, malgré la fatigue. Sitchwaan était comme sa fille, ne l'avait-il pas éduquée, guidée pour développer son incroyable potentiel et élevée au rang de chaman du peuple de l'ours ?

Mogrük fit un signe et la voiture se gara. Il regarda avec insistance un jeune garçon qui jouait seul dans la rue et secoua la tête.

— Il a le don de l'ours, dit-il à John en regardant le garçon.

Sur un nouveau signe du chaman, la voiture redémarra doucement et continua à sillonner la ville.

John repensa au débrief de la veille avec l'inspecteur Sardier, madame la commissaire Martina Gali, le chargé de communication et l'inspecteur Minh en contact avec les ravisseurs. Les revendications de ces derniers étaient claires et John rageait contre l'article du professeur Weber qui avait tout déclenché. Les puissants seraient prêts à tout pour gagner quelques années d'existence.

L'annonce du kidnapping avait eu l'effet d'une bombe. L'opinion était bouleversée et une foule importante se réunissait chaque soir devant le parlement, un rassemblement impressionnant réclamant la libération de Sitchwaan. La police avait demandé à la population de rapporter tout fait étrange en lien soit avec l'enlèvement, soit avec des facultés télépathiques. Les moyens de police alloués à l'enquête étaient considérables. Hélas les signalements tombaient en trop grand nombre pour qu'ils puissent être tous analysés. L'inspecteur Sardier était persuadé que Sitchwaan était restée à Ottawa ou dans sa proche banlieue, les renseignements exploités étaient donc réduits à ce périmètre. Néanmoins il indiqua qu'un indice important et plausible serait investigué quelle que soit sa localisation.

John remarqua que Mogrük s'était assoupi. Il demanda au chauffeur de les ramener à leur appartement, c'était inutile de continuer ainsi. S'user à rechercher une aiguille dans une meule de foin ne rimait à rien. Pourtant au début ils y croyaient, connaissant les facultés de Sitchwaan et celles de Mogrük, ils avaient quadrillé la ville en larges passes, ce fut un échec. Alors ils avaient réduit et réduit encore le quadrillage mais toujours rien. John commençait à penser que Sitchwaan était séquestrée ailleurs… afin de ne pas penser au pire.

Ils prirent quelques heures de repos et se rendirent au débrief du soir. L'ambiance était lourde.

— Ça fait maintenant trois jours et demi que Sitchwaan est prisonnière, je crains pour sa santé et pour notre enfant. Nous n'avons rien, dit John mi- désespéré mi- rageant.
— Nous traitons les informations mais il n'y a que des fausses pistes pour l'instant, indiqua la commissaire, John qu'en est-il de la rançon ?
— J'en ai parlé avec Mogrük. Il ne peut rompre le serment des chamans sans leurs consentements. Il ne dévoilera rien en ce qui concerne la formule. C'est un affreux dilemme car il est très proche de Sitchwaan.

— Les ravisseurs nous rappelleront demain, je ne suis pas optimiste si nous ne leur proposons rien de tangible.
— On pourrait donner une recette bidon avec une fiole du vrai produit, proposa l'inspecteur Sardier, ce ne serait pas un grand risque ?
— C'est une idée, dit John, il faut protéger Sitchwaan avant tout.
— Et s'ils demandent une preuve ? demanda l'inspecteur Minh.
— Nous leur demanderons une preuve de vie au préalable, intervint Martina, quant à leur donner la preuve concernant le produit donné, nous en sommes incapables. Ils devront nous faire confiance.
— Ils vont l'administrer sur Sitchwaan, dit Sardier, le professeur Weber a spécifié dans son foutu article, que les chamans le supportaient à dose plus élevée.
— Alors nous leur fournirons une faible dose en promettant une plus grande quantité et le mode de fabrication dans l'échange final.
— Et une preuve de vie tous les deux jours, insista John.
— Concernant les signalements inspecteur Sardier, du nouveau ? s'enquit la commissaire.
— Beaucoup de signalements sur tout le territoire, rien de déterminant. Nous avons retrouvé la voiture qui a servi à l'enlèvement… brûlée et aucune trace. Ils ne sont pas loin, ils auraient eu trop peur d'être arrêtés suite à l'enlèvement, les barrages se sont mis en place très rapidement. Inspecteur Minh nous comptons sur vous et vos services pour les localiser.
— Tout est en place au niveau traçage télécom, on décrypte tout mais peu d'espoir, ce sont des pros.

Un silence se fit. John en profita pour informer Mogrük. Ce dernier parla, scrutant intensément ses interlocuteurs :

J'ai avec moi la potion stimulante et j'en consomme pour rechercher Sitchwaan. Mais il y a trop de monde, trop de brouillage. Je suis désolé, il faudrait d'autres chamans.

Mogrük fit une pause et John traduisit :

— J'appréhende le pire, reprit le chaman, le don de Sitchwaan est puissant et acéré, il porte loin, quelque chose l'occulte ou alors…

John traduit et la commissaire conclut :

— C'est ensemble que nous y arriverons, nous vous avons promis protection et nous tiendrons parole !

Hulk et Le Joker devisaient tranquillement tout en marchant. C'était un paisible matin de juillet et les deux malfaiteurs appréciaient la douceur de la brise. Ils savaient qu'ils jouaient une partie serrée et avaient besoin de ces courts instants de sérénité pour décompresser. La vie de malfaiteur n'était pas une sinécure. Ils avaient garé leur voiture deux rues plus loin, par discrétion. Ils tournèrent sur l'avenue Gladstone. Sans son masque, Hulk avait le visage typique du boxeur, sourcils broussailleux, nez busqué et fracturé, lèvres charnues. Il avait les cheveux bruns et sa carrure en imposait. Son rasage était frais et ses habits propres et relax.

— Tu sais, dit-il, c'est une sacrée mission que nous a confiée le boss. Ils en parlent partout de cet enlèvement, Internet, la télé, les journaux, hallucinant !
— Incroyable, oui, dit Jack alias le Joker, on se demande comment ce joli brin de femme peut déchainer de telles passions. Y'a du lourd en jeu. On pourra pas s'amuser avec elle, c'est bien dommage. Qu'en penses-tu Bruce ?

Il avait décidé de s'appeler chacun par des noms d'emprunt, en lien avec le masque qu'ils portaient devant l'otage.

Bruce observa son comparse, un blondinet, fin et élancé, vif et redoutable avec une lame.

— Avec tout le fric que l'on va se faire, tu pourras en avoir bien d'autres.
— C'est pas pareil !
— Tu sais ce qu'il arrive à ceux qui suivent pas les ordres du boss. C'est pas beau à voir un corps brulé dans une voiture.
— T'en fais pas, je tiens à la vie.

— Et si le boss nous a choisi, c'est qu'il a confiance en nous.
— Oui… Et il est fort le boss, cacher la chamane en plein centre-ville, chapeau!

Ils passèrent devant le soupirail aux barreaux rouillés où se trouvait leur prisonnière. L'immeuble de deux étages était défraichi. Avec ses murs de brique beige, il était particulièrement discret. Un terrain vague bordait son côté ouest. Le boss avait privatisé l'immeuble et particulièrement sécurisé la partie souterraine, souvent utilisée pour leurs différents trafics. Ils ouvrirent la porte du hall et empruntèrent l'escalier qui menait au sous-sol. Une faible lampe éclairait leurs pas. Une tenace odeur de salpêtre régnait, l'atmosphère était humide. Ils stoppèrent face à une porte blindée. Bruce entra la combinaison puis fit tourner la clef. La porte s'ouvrit sans un grincement. Ils allumèrent et… Bruce resta figé. Jack le dépassa et, à son tour il fut frappé de stupeur. Les murs et les portes étaient lacérés, principalement celle où était retenue l'otage. Quelqu'un ou quelque chose s'était déchainé, labourant les parois de plâtre et le bois des portes de profondes entailles. Jack sortit son arme et se plaça dos au mur tandis que Bruce, colt au poing, ouvrait précautionneusement la porte où se tenait la prisonnière. Ils la trouvèrent assise sur le matelas, hagarde et hirsute, tremblant de tout son corps. Bruce s'assura qu'elle était toujours enchainée. Elle le fixa et il sentit une peur terrible s'emparer de lui, il serra les dents, s'approcha de Sitchwaan et la gifla violemment. Elle tomba sur le flanc et la peur disparut. Tout cela était irréel et incompréhensible. Son téléphone vibra dans sa poche: le boss. Il décrocha.
— J'avais dit pas de violence, t'es cinglé ou quoi?
— Boss, c'est dingue ce qu'il se passe, je vais vous montrer!

Il prit la caméra et son support et les emporta dans la pièce d'à côté. Là il filma les lacérations du mur, des portes puis il reprit le téléphone:
— La porte blindée était verrouillée, que s'est-il passé?
—

Il entendit le boss demander des informations à un assistant puis une réponse :

— La porte blindée n'a pas été ouverte depuis votre dernier passage, ça vient de l'intérieur. À vous de fouiller les autres pièces. Braquez la caméra sur la porte de la chamane et faites votre travail.

Bruce s'exécuta. Jack l'observait blanc comme un linge mais déterminé. Sur leurs gardes, ils passèrent en revue les différentes pièces.

— Rien, dit Jack.

— Pareil, répliqua Bruce.

Jack retint Bruce alors qu'il pénétrait dans la pièce qu'occupait Sitchwaan.

— Les masques, souffla-t-il, on les a oubliés tout à l'heure mais je pense pas qu'elle nous ait calculés.

Sitchwaan était toujours allongée sur le lit, inerte. Ils fouillèrent du regard la pièce vide, rien ne pouvait s'y cacher. Ils se dépêchèrent de remettre en place la caméra, remplacèrent l'eau et la nourriture et, après un bref échange avec le boss, quittèrent la résidence.

Ils marchaient maintenant silencieusement, se remettant de leurs émotions et remuant des réflexions sans réponse. Ils décidèrent de s'arrêter au premier café qu'ils croisèrent. Attablés, ils purent vider leur sac. Il n'y avait qu'une seule possibilité, c'était satanique et c'était elle, la sorcière.

— Elle m'a glacé le sang, dit Bruce.

— Avant on les brûlait, renchérit Jack, va falloir se méfier !

Le téléphone de Bruce sonna et il entendit la voix du boss.

— Vous êtes où ?

— Pas loin, patron, on a fait le travail et on s'est tiré.

— Changement de plan, je veux que vous restiez maintenant 24h sur 24 avec elle, et tout de suite !

Il raccrocha. Bruce se tourna vers Jack, la mine sombre :

— On y retourne, et on ne la lâche plus d'un pouce.

Ils quittèrent le café et regagnèrent la planque.

Elle avait entendu des bribes de leur conversation : «lacérations» «un ours qui se serait déchainé» «j'y retourne armé jusqu'aux dents». Elle avait suivi l'actualité, elle y croyait à un monde où l'on pourrait mieux s'entendre, un monde moins agressif, avec plus d'échanges et de bienveillance. Et puis le rapt avait brisé ses espoirs mais là, elle les avait vus et entendus. Et si c'étaient eux ? Elle téléphona au numéro d'urgence de la police et relata la conversation.

Oui elle avait pris une photo, discrètement, des deux individus. Photo qu'elle transmit sur le champ. On lui conseilla d'attendre et c'est ce qu'elle fit.

Peu de temps après une voiture banalisée s'arrêta devant le café, deux policiers en sortirent. Ils demandèrent à la jeune serveuse de bien vouloir les suivre.

L'inspecteur Sardier était sur le pont, enfin du concret !

Sur la photo transmise, la reconnaissance faciale avait identifié Brandon Gass, un casier long comme le bras, une coïncidence comme ça, ce n'était pas possible. L'autre individu, de dos, blond et élancé, restait inconnu mais qu'importe. Les portables avaient parlé aussi. Ils avaient été localisés grâce aux heures d›arrivée et de départ du café. Actuellement ils bornaient à nouveau à quelques rues du troquet. Sardier jubilait, il connaissait approximativement l'endroit de détention de la jeune femme. Il avait lancé l'ordre au commando d'intervention de se préparer et prévenu la commissaire. Il avait aussi demandé à John et à Mogrük de se tenir prêts.

L'inspecteur Sardier s'installa dans la voiture de police et prit le microphone radio dans sa main.

— On démarre, et on se dirige vers la cible en ordre dispersé et en toute discrétion !

Le soir était tombé. Une pluie fine crépitait sur le toit de la voiture. Bon signe, pensa Sardier, ça masquera un peu notre approche.

Ils prirent John et Mogrük au passage et se dirigèrent vers le lieu indiqué : l'avenue Gladstone.

Mogrük restait concentré, yeux mi-clos.

— Nous nous approchons, dit Sardier.

Soudain Mogrük se redressa et ouvrit les yeux. Lorsque la voiture passa devant l'immeuble, il désigna le soupirail, son visage était marqué par l'inquiétude.

— Elle est là… très affaiblie, souffla-t-il à John.

Sardier s'empara du combiné :

— À toutes les unités, sécurisez le périmètre. Dès que c'est OK, on entre dans l'immeuble !

Le groupe tactique d'intervention se tenait prêt. Huit hommes déterminés, vêtus de combinaisons sombres, casqués, équipés d'oreillettes, de lunettes de protection balistique et d'armes d'assaut, ils attendaient les ordres.

— Go, chuchota Sardier.

Ils suivirent le commando qui se divisa dès l'entrée de l'immeuble. Deux se dirigèrent vers le soupirail. Les autres pénétrèrent dans le hall. Ils se déplaçaient rapidement, sans un bruit. Ils descendirent l'escalier et trouvèrent avec surprise la porte blindée qui dépareillait avec l'allure générale de l'immeuble. Le groupe tactique d'intervention n'hésita pas. Ils placèrent rapidement les pains de plastique sur les murs supportant charnières et serrures. L'autre groupe s'apprêtait à dynamiter le soupirail.

Mogrük restait concentré. Il avait réussi à se mettre en contact avec Sitchwaan et la ramenait vers un niveau de conscience plus élevé.

— Ils sont deux, bien armés et ils ne se doutent de rien, transmit-il à John qui relaya.

— Dès que les grenades assourdissantes et aveuglantes sont lancées par le soupirail, nous attaquons, prévint l'agent.

L'agent le plus proche les fit se reculer et leur intima l'ordre de se boucher les oreilles. John passa le message à Mogrük.

Le chaman unit sa puissance mentale à celle de Sitchwaan et, en moins d'une seconde, ils plongèrent férocement dans les esprits des malfaiteurs, tordant, déchirant leurs consciences.

Le chef du commando prononça «Go» à son micro oreillette.

Hulk ressentit comme une pluie d'aiguilles d'acier lui transpercer le cerveau, il comprit d'où venait l'attaque, et se précipita sur Sitchwaan qui était blottie, yeux fermés et mains sur les oreilles. Il leva son poing pour anéantir la source de la douleur qui vrillait son esprit lorsque se déchaina l'enfer. Un bruit assourdissant le figea et un éclair l'aveugla.

La détonation fut effrayante. Quelques secondes plus tard lorsque John se redressa, il vit la porte au sol et le commando qui se précipitait à l'intérieur. Les attaques étaient parfaitement synchronisées.

Il les suivit et vit la deuxième porte voler en éclats. Les forces spéciales pénétrèrent dans la pièce se protégeant derrière un bouclier blindé.

Hulk, complètement aveuglé, sortit son revolver et tira là où il croyait voir des ombres bouger. Le Joker s'était jeté au sol, mains sur les oreilles. Il avait fait le bon choix. Hulk venait de prendre trois balles dans la poitrine et avait été projeté en arrière, mort avant de toucher le sol.

John entendit le bref échange de coups de feu. Il voulut se précipiter mais on lui barra fermement le chemin. Après les quelques minutes nécessaires à sécuriser la pièce, il put enfin y pénétrer. Il se précipita vers Sitchwaan qui était toujours recroquevillée sur le matelas :

— Tout est fini maintenant.

Elle s'accrocha à lui et ne put réprimer des sanglots longs et profonds. Mogrük s'approcha à son tour. Il posa sa main sur la tête de Sitchwaan et entonna un chant grave et lent, une mélopée chamanique rythmée par les battements de son cœur.

Progressivement un grand silence se fit dans la pièce, l'envoûtement les prit un par un, forces spéciales comme malfrat, John comme Sitchwaan. Mogrük déployait sa force apaisante dans cet espace étroit. Sitchwaan se reprenait et chacun comprenait la folie des actes commis qui avaient conduit à ce déchaînement de violence. Puis Mogrük se leva et prononça une phrase en Higdoeen, le langage des chamans. L'enchantement disparut.

John sentit le bien-être qui l'avait progressivement habité s'estomper. Il le regrettait déjà. Sitchwaan le regarda d'un regard un peu plus apaisé :

— Quand le monde devient trop âpre, le don de l'ours apaise les âmes.

— C'est un bel exemple de bonté, dit John en montrant le prisonnier.

Elle dévisagea d'un regard noir le tortionnaire survivant.

— Il ne le méritait pas, mais Mogrük n'est pas juge.

L'inspecteur Sardier s'approcha, il était troublé lui aussi :

— Nous allons devoir prendre votre déposition, c'est important pour l'enquête de le faire maintenant.

Il vit Sitchwaan, il comprit son désarroi et sa fatigue. Il réalisa que demander cet effort était inhumain. Sitchwaan murmura :

— Demain, je n'ai plus de force.

Elle regarda John, des larmes embuaient ses beaux yeux noirs, elle reprit en Uqatinuk.

— Je veux rentrer dans notre village, je veux laisser ce monde.

— Un monde où nous sommes parfois des sauveurs et parfois des proies, conclut Mogrük.

Après les examens médicaux qui permirent de s'assurer de la bonne santé de Sitchwaan et de son enfant, ils s'étaient retirés dans leur chambre. La jeune femme avait la tête appuyée au creux de l'épaule de John. Ils avaient retrouvé le confort accueillant d'un lit.

Sitchwaan avait parlé, beaucoup parlé, de sa terreur devant ces hommes déterminés, de la séance de torture, de son impuissance provoquée par les substances chimiques, du tourbillon de rêves nauséabonds, de ses désillusions. Elle était venue flamboyante et combative, certaine de ses choix, confiante en sa capacité, déterminée dans ses actes. Elle se retrouvait désemparée. Elle se sentait comme les morceaux de bois flottés, ballotés par les flots et rejetés sur une grève. Elle était usée. La tendresse de son compagnon l'apaisa et elle s'endormit paisiblement.

Après sa périlleuse partie de pêche, Madilé avait repris sa place de chaman dans sa communauté. Il accomplissait ses fonctions dans le domaine médical, spirituel et télépathique. Son histoire en mer avait fait le tour des huttes et venait s'ajouter à celles vécues par les autres pêcheurs. L'océan restait dangereux, même si, par sa bienveillance, il les alimentait.

Le soir était tombé, il se tenait face à l'immensité mouvante. Le roulement ininterrompu des vagues le plaçait dans une quasi-transe. Son esprit se libérait et élargissait sa conscience. Il devenait une partie de la terre mère. Il se laissa emporté. Il ressentit à nouveau une sourde vibration, des dangers sournois s'approchaient de son île, de ses habitants. Il n'arrivait pas à discerner leurs natures et leurs effets. Mais il savait déjà : le monde tel qu'il le connaissait ne durerait pas, le changement était enclenché. Marilo était toujours présente dans ses visions. En les quittant, elle avait laissé beaucoup d'interrogations et semé le trouble dans sa conscience et son cœur. Etait-elle à l'origine du malaise qui le traversait ? Il plongea dans ses souvenirs. En réalité il avait discerné un tressaillement dans la structure de son environnement bien avant sa venue. Ce n'était alors qu'une perception infime et incertaine.

La présence de Marilo avec sa légèreté, sa vigueur et son savoir l'avait détourné de ses craintes. Il se rendait compte aujourd'hui qu'elle n'était arrivée ni trop tôt, ni trop tard, au moment où il avait besoin de connaître et de comprendre. Il avait senti que l'instant était unique et il avait décidé de dévoiler le secret le plus cher de son peuple, celui qu'un chaman ne doit jamais révéler à un étranger : le don de transmission des émotions, le don de perception.

Le trouble qu'elle avait laissé dans son cœur s'était maintenant estompé. La peur qu'il venait de traverser en mer déclenchait une prise de conscience profonde. Il avait agi avec sagesse et discernement en confiant à Marilo cette connaissance. Elle portait un message précieux à son monde fascinant et dangereux. Ce monde qu'il n'avait qu'entrevu.

Sardier était rentré directement à son QG. Le témoignage de la jeune femme pouvait attendre le lendemain et il comprenait son besoin de repos. Il ferma les yeux, cherchant un peu de relaxation après cette dernière heure chargée d'adrénaline. Bon dieu que c'était bon de se retrouver sur le terrain. Le groupe d'élite l'avait vraiment impressionné par sa vitesse et sa précision. Il sourit, il ressentit les réminiscences de l'incroyable bien-être qui l'avait traversé. Il y a quelques jours, il n'aurait jamais cru à un tel pouvoir mais l'article du professeur Weber l'avait ébranlé et maintenant il était convaincu. La vie du peuple de l'ours ne serait pas simple à l'avenir, les appétits allaient s'aiguiser de par le monde.

Il ouvrit les yeux et lança les ordres :

— Frank et Muriel, interrogez-moi ce salopard et faites-lui cracher le morceau !
— Steve, le numéro appelé avec leur smartphone, on l'a localisé ?
— Non chef, répondit Steve, numéro prépayé, mais on a localisé la position, un bloc d'immeubles à Dalhousie Street à Ottawa. On attend qu'il bouge !
— Et l'adresse IP de la webcam ?
— C'est en cours d'analyse…
— Trouvez-moi le propriétaire de l'immeuble !

La ruche s'activa. Sardier se dirigea vers la salle vidéo afin d'assister aux interrogatoires.

Ça n'avait rien donné, le criminel avait fini par décliner son identité mais rien d'autre. De plus il exigeait un avocat. Le téléphone prépayé avait cessé d'émettre. Concernant la piste de l'adresse IP de la webcam, il passait par un VPN qui finissait dans le dark web. Cette piste allait être très difficile à remonter, pour cette partie il faudrait demander de l'aide aux experts des agences fédérales.

Sardier rageait intérieurement. Il voulait faire payer tous ces criminels s'attaquant ainsi à des innocents. Il savait qu'il luttait contre une puissante organisation clandestine, bien renseignée, bien rodée. On l'appela sur son fixe.

— Inspecteur Sardier, madame la commissaire au téléphone !
— Passez-la-moi…
— Sardier ? c'est Martina Gali, alors des nouvelles ?

L'inspecteur lui fit un point circonstancié de la situation.

— Intervention remarquable, je tenais à vous féliciter, dit la commissaire, j'envoie des renforts pour boucler le bloc d'immeubles où le téléphone a borné. On va contrôler toutes les identités. Continuez votre enquête !

Sardier se massa les tempes, quelle autorité et quelle énergie dégageait cette femme !

Il réfléchit, qu'avait-il oublié ? Quels indices n'avait-il pas repérés ?

Il fallait retourner dans l'immeuble où Sitchwaan avait été séquestrée et tout fouiller. Il était prêt à repartir avec une équipe lorsque qu'une voix l'interrompit :

— L'immeuble appartient à une société du nom de Sperman Cooperation basée à Dalhousie Street
— Bingo, merci Steve, envoie-nous l'adresse sur notre portable, les gars suivez-moi !

L'inspecteur Sardier sonnait maintenant à la porte de l'appartement indiqué comme lieu du siège social de la Sperman Cooperation. Le nom inscrit sur l'étiquette était Leonardo Capricci. L'instinct de Sardier vibrait d'excitation, il le savait, il touchait au but. Hélas la porte ne s'ouvrait pas. Il insista en criant :

— Police d'Ottawa, ouvrez tout de suite !

Il attendit encore et la porte s'entrouvrit sur un visage d'homme souriant.

- Que puis-je pour vous ? dit l'homme d'une voix grave et suave.

Sardier et ses hommes bousculèrent l'individu et pénétrèrent dans l'appartement. La pièce se révélait être un salon vaste et luxueux. Trois hommes bruns, de type méditerranéen, plutôt catcheurs que ballerines étaient assis dans des fauteuils moelleux. Les hommes de Sardier les mirent en joue.

— Messieurs, veuillez faire passer l'armurerie, ordonna Sardier.

Effectivement il y avait du matériel et de bonne qualité. La fouille se termina par la collecte de sept armes de poing.

— Eh bien, dit Sardier, de quoi avez-vous peur dans une ville aussi sûre qu'Ottawa ?

Il ne les laissa pas répondre et ordonna à deux de ses hommes :

— Fouillez cet appartement !

Leonardo était un homme petit mais trapu. Malgré son embonpoint, on le sentait capable de surprendre ses adversaires par une vivacité bien dissimulée. Aussi Sardier restait il très méfiant.

— Vous êtes ? demanda Sardier.

— Leonardo Capricci, répondit l'homme.

Ses yeux étaient d'un marron foncé presque noir, vifs mais inquiets. Il attendait la suite.

— La Sperman Cooperation vous connaissez ?

— C'est ici, j'en suis le gérant.

— Un kidnapping a eu lieu et la victime était détenue dans un immeuble vous appartenant.

— Ah bon, mais quel immeuble, dites-moi ? J'en possède des dizaines.

— Avenue Gladstone.

Leonardo, en bon joueur de poker, resta de marbre mais dans sa tête les alarmes viraient au rouge.

— Je ne sais pas si la compagnie possède un immeuble dans cette rue et…

— Un immeuble bien aménagé, le coupa l'inspecteur.

— Je ne sais pas !

À ce moment, les hommes chargés de la fouille revinrent.

— Bel appartement, beaucoup de pièces. On a trouvé du matériel informatique et pas mal de téléphones prépayés.

— Ok, dit Sardier, embarquez-moi ce beau monde et dites à la police scientifique de passer l'appartement au peigne fin !

Sitchwaan avait les traits tirés mais son corps avait éliminé les substances soporifiques ingurgitées malgré elle ces derniers jours. Elle se sentait mieux, en pleine conscience.

Mogrük se tenait devant elle. Il venait d'entendre l'horrible séance de torture que sa protégée avait subie. Il la sentait traumatisée.

— Je peux t'aider, avait proposé Mogrük, non pas à oublier mais à digérer ce pénible souvenir.

Sitchwaan avait totalement confiance et acquiesça de la tête. Elle ouvrit son esprit et pensa aux immensités immaculées qui lui manquaient tant.

Mogrük entonna une mélopée monocorde et John vit Sitchwaan se détendre et s'abandonner.

Elle pensa à la banquise, à la mer scintillante et libre, aux icebergs dérivants, au ciel immense.

Mogrük étendit son esprit et, délicatement, se faufila dans les méandres des émotions de la jeune femme. Elles se présentaient comme des structures ondoyantes en forme de bulles et il n'eut aucun mal à identifier une forme sombre et imposante qui oscillait avec énergie. Mogrük puisa dans ses forces et encercla la forme d'une onde apaisante, la compressant progressivement pour réduire son volume et éteindre l'obsédant tremblement. Il s'épuisait à cette tâche délicate quand il sentit un voile discret envelopper le traumatisme et frôler l'armature qu'il maintenait. Le contact était tellement doux et intime qu'il faillit tout lâcher. Il se reprit. Sitchwaan intervenait, elle comprenait et participait. Bientôt la forme s'amenuisa, sa couleur s'éclaircit et la pulsation prit le tempo émotionnel des autres émotions. Mogrük rassembla son esprit et laissa Sitchwaan finir tranquillement l'opération.

John était resté à observer les deux êtres, magnétisé par ce qu'il ressentait. Le temps n'existait plus. Il ne comprenait pas mais il restait fasciné par le ballet de sensations qu'il recevait.

Quand il revint à lui, il vit Mogrük, très pâle. Ses joues s'étaient creusées et ses yeux avaient perdu de leur éclat. Il lui dit :

— Elle guérira mais elle encore fragile, prends soin d'elle !

Et il retourna dans sa chambre. Sitchwaan s'était allongée dans le lit et dormait déjà. John avait prévenu de ne pas les déranger aussi la jeune femme se réveilla vers midi en bien meilleure forme.

Ils marchaient maintenant d'un pas décidé vers les bureaux de la police d'Ottawa. L'escorte avait été renforcée avec deux gardes du corps.

L'inspecteur Sardier prit la déposition de Sitchwaan. Il fut horrifié par la description de la séance de torture.

— Les salauds, gronda-t-il sourdement, et dire qu'on les traite avec respect !

Puis plus clairement :

— Savez-vous que l'on a mis la main sur leur boss à Ottawa, un certain Leonardo Capricci et qu'il refuse de parler ? Il ne mérite pas la mansuétude avec lequel nous le traitons mais la loi est ainsi, souffla-t-il dépité.

John vit une lumière farouche s'allumer dans le regard de Sitchwaan, à voix basse elle échangea quelques mots avec Mogrük qui acquiesça.

— Cet homme fait partie de la même organisation qui a tué des dizaines de nos semblables, laissez-nous l'interroger... Il n'y aura pas de violence physique.

Sardier se raidit, il ne s'attendait pas à cette proposition. S'il acceptait il mettait potentiellement sa carrière en jeu... quoique, madame la commissaire pourrait bien le soutenir.

Sitchwaan continua :

— Cette organisation nous menace, ce n'est pas par vengeance que nous agirons mais pour protéger notre peuple.

Leonardo Capricci se tenait dans une pièce sombre. La chaine qui reliait ses mains menottées passait dans l'armature de la table et limitait ses mouvements. Il était assis sur une chaise inconfortable. Il transpirait d'angoisse. Il n'avait plus revu ses deux hommes de main et se demandait ce qu'ils avaient pu raconter. Non pas qu'il doutât d'eux mais ce n'étaient pas des premiers de la classe et les bévues, ils connaissaient. Il sentit un frôlement derrière la porte et une conversation étouffée. Il se tint prêt.

Entra alors la jeune fille qu'il avait séquestrée suivie d'un homme assez âgé vêtu d'une manière peu commune, aube sombre, amulettes en collier, faisant penser à un religieux.

Ce dernier posa sur lui un regard de braise et il se sentit mis à nu.

— Monsieur Capricci, dit la jeune fille, nous sommes ici pour vous interroger.

— Mais qui êtes-vous ? Vous n'avez pas le droit !

— Vous savez qui je suis, n'est-ce pas ? Nous représentons le peuple de l'ours et vous êtes une menace pour nous.

— Je ne comprends pas un traître mot de ce que vous dites ! se défendit Leonardo.

À ce moment une douleur fulgurante lui transperça le cerveau. Il vit le regard de braise le transpercer. Il prit sa tête entre ses mains et gémit, la douleur s'estompa.

— Ne vous méprenez pas sur nous, ne nous sous-estimez pas. Rappelez-vous ce que vous m'avez fait subir. Je veux juste que vous me fournissiez les noms de vos contacts.

— Je ne connais personne, je…

Il n'eut pas le temps de finir sa phrase. La douleur éclatait dans son cerveau, lui faisant contracter ses muscles. Des centaines d'aiguilles d'acier perçaient ses yeux, ses dents, des lames déchiraient ses entrailles. Il n'était plus rien qu'une boule de souffrance. Paralysé, il ne pouvait hurler. Après un temps interminable, le calvaire s'estompa mais sa rémanence perdura. Il était en sueur et hagard.

— Monsieur Capricci, nous pouvons éviter cette séance, Sitchwaan le regarda droit dans les yeux, si vous ne parlez pas, vous n'en sortirez pas intègre. Je vous le promets sur les morts de mon peuple qui crient vengeance.

Leonardo sut qu'elle ne plaisantait pas, une évidence comme soufflée de l'intérieur. Il sentit le chaman forcer son esprit et la douleur revint, encore plus intense, encore plus violente. Puis, à nouveau, un moment de répit. Ils n'auraient pas de pitié, ils continueraient, sans relâche, il le savait. Il savait aussi qu'il commençait déjà à perdre pied : ne plus subir ces douleurs, vivre encore, avec toute sa raison. D'autres pensées s'insinuèrent masquant fugitivement l'atroce épreuve. Il était au volant de son coupé sport rouge carmin, une balade sous un ciel radieux, le soleil était au zénith, l'air doux balayait son visage, l'asphalte se déroulait en courbes lascives qu'il parcourait dans un confort moelleux. Il entendait le rire cristallin mais bizarrement décalé de son petit garçon assis à ses côtés. Tableau idyllique, moment de vie qu'il voulait revivre. Puis le mur de douleur revint, et tout disparut dans un maelström de souffrance qui l'engloutit.

Il revint à la réalité, anéanti et hanté par ces deux expériences diamétralement opposées.

— Je vais tout vous dire ! haleta-il.

Et il parla. Ébahi, Sardier regardait la scène derrière la vitre sans tain. Par sécurité, il n'avait pas lancé l'enregistrement de cet interrogatoire si particulier. Il se mit à noter ce que Leonardo débitait. Il avait de quoi passer plusieurs vies entre quatre murs. Leonardo fut reconduit dans sa cellule. Sardier rejoignit Sitchwaan et Mogrük qui semblaient harassés.

— Bien évidemment, je ferme les yeux sur ce qu'il s'est passé, annonça l'inspecteur, bien que vous n'ayez pas touché un cheveu de cet individu.

Il se racla la gorge, il y avait dans le ton employé comme une interrogation voilée…

— Ça a été terrible pour lui, c'est certain, dit Sitchwaan, pour nous aussi. Le don de l'ours est puissant mais jamais utilisé ainsi… Nous devions le faire.

L'inspecteur comprit qu'il n'en saurait pas plus. Il avait les éléments pour continuer son enquête, ce qu'il ferait avec sa pugnacité habituelle. Il raccompagna ses hôtes auprès de John.

— Rentrons maintenant, souffla doucement Sitchwaan, rentrons le plus rapidement chez nous !

L'inspecteur Sardier avait flairé la piste et rien ne lui ferait lâcher la trace. Leonardo alias «Le boss» avait parlé. Il avait non seulement confirmé l'existence d'une organisation clandestine qui se faisait appeler le Rempart mais aussi que cette organisation était à l'origine de l'exploitation inhumaine des membres du peuple de l'ours, de l'incursion récente sur le site de la mine de diamants et enfin de l'enlèvement de Sitchwaan.

En revanche chaque section de l'organisation était cloisonnée avec des communications sur messagerie cryptée et via téléphone prépayé, dixit Leonardo. Cela impliquait que seule la géolocalisation permettrait d'avancer, un travail fastidieux... Heureusement le téléphone de Leonardo était en leur possession. Il avait appelé aux USA et d'ici quelques heures ils obtiendraient la localisation du correspondant par leurs collègues américains.

Le téléphone sonna et l'inspecteur répondit:

— Sardier j'écoute.

Une voix timide résonna au bout du fil.

— Ici la cellule Cyber, agent Dival, nous avons une bonne nouvelle.
— Dites-m'en plus!
— Nous avons réussi à identifier les adresses IP qui communiquaient avec la Webcam.
— Et?
— Nous sommes remontés jusqu'à la société Murray Trade Company qui a sa connexion Internet dans son Datacenter de Boston. C'est une société qui délocalise la fabrication industrielle d'articles conçus aux Etats-Unis dans les pays à bas coût: en Asie, en Amérique du sud, en Afrique.

— Une occupation idéale pour tisser un réseau d'influence internationale, compléta l'inspecteur.
— Certainement, je vous envoie toutes les informations.

Sardier raccrocha. Il se connecta sur Internet. Pas de chance, la Murray Trade Company possédait des agences dans les plus grandes villes des USA. Il fallait agir vite, la webcam avait dû transmettre des images de l'assaut avant d'être coupée. De plus, son absence de diffusion était comme une sirène «Police, police, police».

Il regarda le téléphone prépayé confisqué à Léonardo, il y avait un appel en absence. Il fallait jouer le tout pour le tout.

— Allez me chercher Leonardo, ordonna l'inspecteur.
— Quelques minutes plus tard, ce dernier apparut, menotté et encadré par deux fonctionnaires de police.
— Leonardo, vous allez appeler votre contact et lui dire que vous avez la situation en main, vous lui raconterez ce que vous voulez, une attaque de bande rivale, n'importe quoi. Vous devez être doué dans ce genre de sport non ?
— Vous êtes fou, inspecteur, il n'y croira pas, plus maintenant.
— Soyez coopératif ! Dites-lui que vous êtes blessé, inventez ! s'emporta Sardier.

Leonardo s'exécuta :

— Ici Ottawa, vous avez appelé ? dit-il.
— Que se passe-t-il avec la chamane ?
— Les convoitises, le sucre d'orge parait trop succulent. Une autre bande a essayé de nous doubler. J'étais sur place, ça a bardé mais nous avons eu le dessus et la chamane est toujours avec nous. Nous sommes dans un autre local.
— De la casse ?
— Plus d'égratignures chez eux que chez nous. Pour deux d'entre eux, il n'y aura pas de case hôpital. De notre côté, Bruce est parti sans dire au revoir et j'ai un trou dans la cuisse.
—

— Ok. Vous êtes des durs, continuez à veiller sur elle, elle vaut de l'or !

Et il raccrocha.

L'inspecteur renvoya Leonardo dans sa cellule. Il se servit un café, il avait besoin de calme pour réfléchir. Il appela son second qui suivait toute l'enquête avec lui :

— Qu'en penses-tu Paul ?

— Ça ne tient pas debout cet échange au téléphone.

— Mouais, je suis d'accord, grogna Sardier, l'Américain cherche à ne pas éveiller l'attention. Il veut nous faire croire qu'il est serein. Il essaie de se donner du temps. C'est foutu, on ne l'aura pas avec cet appât ! conclut Sardier rageusement.

Les feuilles du frêne frémissaient à la brise rendant vibrante la lumière qui illuminait la pièce. Marylou, pensive, regardait ce phénomène apaisant. Elle était installée à son bureau, dans son appartement de 24 $m^2$ situé dans le quartier du plateau-Mont-Royal, un endroit très cool avec une vie nocturne animée par ses cafés et restaurants. Marylou avait du mal à se concentrer. Elle essaya de se motiver pour la dixième fois :

— C'est vrai que les forêts sont magnifiques ici, que la ville offre des opportunités incroyables, que j'ai une famille aimante et des amis formidables.

Elle chassa une mèche rebelle sur son front. Le retour à Ottawa était difficile. Il y avait sa thèse à rédiger, le rythme à reprendre, la vie sociale aussi. Elle n'était plus habituée à cette densité, cette continuelle connexion avec les autres, à cette légèreté qui aurait pu s'apparenter à de la frivolité. Elle venait de passer une année complète sur une île isolée avec le peuple des Sentinelles, un peuple qui n'avait aucune conscience de l'accélération délirante que vivait le monde. Elle avait pourtant passé des heures à leur expliquer mais elle les amusait avec ses jolis appareils et ses belles histoires. Néanmoins elle avait réussi à convaincre le jeune chaman du village de la réalité du monde qui l'entourait. Serait-t-il plus heureux avec cette connaissance ? Elle ne pouvait y répondre mais elle avait épousé la profession d'universitaire et son rôle n'était-il pas de diffuser le savoir ?

Cette expérience passée à étudier une des ethnies les plus isolées des îles du Pacifique avait modifié sa relation au temps et aux autres. Chaque matin, elle s'astreignait à une discipline rigoureuse pour se réadapter rapidement au rythme occidental. Le réveil, ce matin encore, lui avait planté deux crochets douloureux dans le cerveau pour la sortir de son sommeil. Elle retrouvait les gestes mécaniques : douche, café, tartines, habillage et léger maquillage. Cela lui demandait un effort constant. Son esprit revenait encore et toujours à sa hutte, à l'océan et à Madilé. Là-bas, tout était plus lent, plus physiologique, plus paisible. Il y avait la végétation luxuriante, le village, la plage de sable blanc, la barrière de corail, l'océan infini et le ciel d'un bleu profond. On se levait quand le corps le demandait, généralement tôt car on se couchait tôt aussi… sauf les soirs de fête. La nature était clémente, pas de stress, des habitats ouverts, l'air doux et iodé, un environnement conçu pour une vie agréable. Il ne fallait pas, non plus, trop rêver car cette même nature se déchainait souvent. Il y avait la tempête qui frappait violemment, les pêcheurs qui partaient et que l'on ne revoyait plus, trop téméraires… il fallait pourtant manger. Il y avait les maladies qui prenait leur lot de vies comme partout ailleurs.

— Rien n'est jamais idyllique, pensait Marylou, Dieu reprend d'une main ce qu'il donne de l'autre.

L'image de Madilé s'invita à nouveau, le jeune chaman s'était montré tellement prévenant et attentionné à son égard, curieux de sa vie, de son monde. Quand il la regardait, elle avait l'impression qu'il lisait en elle comme dans un livre ouvert. Elle lui avait demandé d'où venait leur nom, les Sentinelles, mais il ne connaissait pas son origine. Ce que Madilé ne savait pas, c'est que d'autres peuples se prénommaient ainsi dans les îles du golfe du Bengale. Madilé pensait que Dieu leur avait donné un rôle et il sentait que le temps d'agir approchait. Mais tout restait tellement flou. Les échanges étaient passionnants. Elle avait ressenti une attirance affective forte pour lui, ça avait été une expérience troublante pendant tout son séjour. Hélas Madilé était en couple, amoureux et père d'un tout jeune enfant. Et elle était de passage.

Et puis il y avait cette étonnante capacité qu'elle avait découverte et qui les séparait. Les femmes et les hommes étaient capables de télépathie. Elle en avait été témoin et s'était demandé comment retranscrire cela dans sa thèse sans qu'on la prenne pour une folle. Certes le milieu universitaire était réputé ouvert à toutes les nouveautés mais il y avait un conservatisme résiduel, inhérent aux institutions. Les professeurs et les dirigeants n'étaient pas tendres lorsqu'une thèse audacieuse n'était pas assez étayée. C'était là, précisément, le point faible de son mémoire car, malgré les documents sonores et vidéo il était difficile de prouver l'existence d'une telle faculté. Tout serait basé sur sa bonne foi. Elle restait perplexe, très perplexe.

Dès son retour à Ottawa, elle avait lu sur Internet l'article d'un journaliste accusant un scientifique d'être la cause de l'enlèvement d'un chaman du grand nord. Le scientifique c'était le professeur Weber, son maître de thèse. Elle s'était alors précipitée sur Internet et avait pris connaissance du fameux article. Il parlait d'un peuple vivant en Arctique, le peuple de l'ours et surprise, il relatait les étranges facultés télépathiques. Elle s'était précipitée à l'université pour déposer tous les éléments collectés durant son séjour et surtout rencontrer son maitre de thèse pour lui faire part de ses découvertes et réflexions. Il était introuvable et injoignable. De retour à son appartement, elle prit connaissance d'une publication plus détaillée dans la revue «Ethnologies». Et là… stupéfaction. Elle bondit de joie, c'était incroyable, inimaginable, énorme. Il y avait trop de similitudes entre ce qu'elle venait d'observer et ce qu'elle lisait. Pourtant des milliers de kilomètres séparaient les deux peuples, les conditions de vie étaient radicalement différentes. Tout cela était tellement improbable. Surexcitée, elle essaya à nouveau de joindre le professeur, une fois, deux fois… trois fois. Elle laissa des messages sur sa boite mail, sa messagerie vocale et attendit.

Ce n'est que le lendemain matin que son téléphone sonna. C'était lui. Ils discutèrent comme deux chercheurs passionnés peuvent débattre d'un sujet qui les fascine. La découverte était d'une importance capitale. Dans la foulée, ils consultèrent les documents, photos, vidéos, enregistrements sonores. La jeune femme fut surprise par la quantité d'enregistrements audio rassemblée pendant un si court séjour par le professeur.

— À chaque nouvelle visite d'igloo, je plaçais un capteur audio relié à un enregistreur central. C'est une méthode moderne et efficace. Déontologiquement discutable, je l'admets mais diablement efficace. Il y a urgence, lui expliqua le professeur.

Et tout concordait : les facultés intellectuelles, les rites et même le langage ésotérique utilisé par les chamans lors des rituels, évidemment avec des variations. Mais la souche était commune, sans le moindre doute possible. Tout cela était inexplicable et elle ressassait cette question obsédante :

— Quel lien peut-il bien avoir entre ces deux peuples ? Comment est-ce possible ?

— Il y a urgence, avait répété le professeur, rendez-vous demain à l'université. Nous devons garder le secret sur le peuple des Sentinelles, pour les protéger !

Il savait que le monde de l'ethnologie attendait des réponses. D'ailleurs, il n'y avait pas que les ethnologues qui avaient les yeux braqués sur l'université d'Ottawa. Il suffisait d'imaginer l'intérêt généré par les questions de la télépathie, de la télékinésie et surtout du potentiel allongement de la vie pour avoir le tournis. Son équipe compilait les éléments collectés sur le peuple de l'ours jour et nuit.

— Le temps est compté, ajouta-il, vu l'importance du sujet, il est possible que l'on m'arrache cette recherche et toutes les données associées. J'ai conscience d'avoir publié mon article trop rapidement et mis le peuple de l'ours en danger, alors ne divulguez rien sur les Sentinelles, rien vous me comprenez ?

Bien sûr qu'elle le comprenait et elle serait demain matin à l'université.

C'était une de ces journées de pluie morne et décourageante. À travers les baies vitrées où de minces filets d'eau ruisselaient, il contemplait les lourds nuages gris qui s'avançaient et masquaient la Stone Mountain. Rick savait maintenant qu'il avait échoué. Il avait été alerté par l'arrêt de la webcam. Peut-être une vulgaire panne après tout, il se trouvait à des milliers de kilomètres... Mais quand il n'avait pu joindre son contact, Leonardo, une alerte rouge intérieure s'était déclenchée. Le Rempart n'aimait pas les échecs et les sanctionnait sans pitié. Il avait souvent été le commanditaire de cette discipline de fer et il en serait bientôt la victime s'il n'entreprenait rien.

Il avait depuis longtemps envisagé cette éventualité : l'organisation le sacrifierait pour survivre, couperait la branche contaminée. Il s'était préparé à l'évènement sans trop y croire. Mais ce jour était arrivé. L'échange téléphonique qu'il venait d'avoir avec Leonardo était limpide. Ce dernier n'avait pas utilisé les salutations convenues. Il n'était donc pas libre, l'opération était un échec. Sa propre sécurité compromise, il devait disparaitre au plus vite. Rejoindre la cache secrète et confortable qu'il s'était préparée. Il consulta les horaires d'avion et prévint sa compagnie de taxi habituel pour un départ dans l'après-midi.

— Christina, cria-t-il, pouvez-vous venir ?

Il se rendit compte qu'il avait élevé la voix plus qu'à l'accoutumée, sous l'effet du stress. Il alla se placer devant la baie vitrée et contempla, avec nostalgie, sa chère Stone Mountain qui se dévoilait. Il ne la reverrait plus, ne reviendrait plus dans cette ville, trop dangereux. Pourtant, bon dieu, ce qu'il l'aimait cette vue !

Il respira pour reprendre contenance et sentit dans son dos un mouvement. Il frissonna d'angoisse et se retourna. Christina lui faisait face :

— Que puis-je pour vous ? demanda-t-elle.
— Je vais devoir m'absenter… pour une affaire au Bangladesh. Je dois partir aujourd'hui. Je prends le prochain avion à 17 h. Vous prendrez soin de l'agence ?
— Fâcheux imprévu, vous aviez un rendez-vous avec le directeur de la MGA.
— Repoussez-le à la semaine prochaine… avec toutes mes excuses à Isaac bien entendu.
— Bien, M. Van Der Lader.
— Je ne vous retiens pas, nous nous reverrons donc la semaine prochaine.
— Oh, je suis au bureau toute la journée, nous allons certainement nous recroiser. Sinon, je vous souhaite un bon voyage M. Van Der Lader.

Elle repartit à son bureau et Rick apprécia le doux chaloupé de ses hanches. Il sourit intérieurement :

— Ma vie est en jeu et je m'égare malgré tout.

En début d'après-midi Rick attrapa son sac et sortit du bureau. Dès qu'il eut franchi la porte, Christina décrocha son téléphone et murmura :

— Il prend l'ascenseur.

Rick sortit sur la PeachTree Center Avenue, un taxi l'attendait. Il monta prestement :

— À l'aéroport Hartsfield-Jackson, s'il vous plait !
— Bien monsieur, il y a des embouteillages, ne soyez pas surpris si je quitte le parcours habituel.
— Faites pour le mieux, je suis pressé !

Rick savait qu'une fois dans l'aéroport il serait en sécurité. Il s'installa confortablement dans les sièges en cuir de la limousine. Il aurait dû partir tout de suite mais il se devait de faire du ménage dans ses affaires pour brouiller les pistes. Otis Redding chantait «The dock of the bay», l'espérance malgré une vie terne et sans issue. Il n'en était pas là. Il repensa à la frayeur éprouvée quand Christina était arrivée. Il était nerveux, c'était normal, mais à ce point cela le surprenait. Il y avait quelque chose d'étrange, mais quoi ? A la lisière de sa conscience un signal «danger» clignota, un infime détail lui échappait mais lequel ? Soudain le déclic, Christina avait l'habitude de se racler délicatement la gorge pour le prévenir de sa présence et, cette fois, rien. Était-ce une illusion causée par le stress ou un vrai constat ? Cela restait obscur. Il devait se méfier de tout le monde. Il s'aperçut que le taxi s'arrêtait, bloqué par un camion dans une petite rue inconnue. Mais que diable faisait il ici ?

Soudain des hommes surgirent. La portière s'ouvrit violemment. Il vit le silencieux sur sa poitrine. Une balle lui transperça le cœur, la douleur fut fulgurante. Son cri fut étouffé par l'incroyable acoustique de la confortable limousine. Les hommes prirent place de chaque côté de Rick. Le camion dégagea la route et le taxi reprit tranquillement son chemin.

L'intervention avait été rapide et discrète. Rick n'était déjà plus qu'un fantôme.

À Ottawa, la demande de géolocalisation des appels de Leonardo avait abouti.

— Le téléphone appelé se situe à Atlanta, dans la SunTrust tour, l'informa son interlocuteur américain.

— Merci, je vérifie. Effectivement la Murray Trade Company possède des bureaux dans cette tour. Il y a urgence, il s'agit d'une affaire capitale. Pouvez-vous identifier tout le personnel de cette agence et interroger les hommes ?

— Désolé inspecteur, nous avons besoin de plus d'informations. Il n'y a pas eu de délit sur le territoire des USA.

— Ok, je fais le nécessaire pour vous envoyer les demandes officielles et circonstanciées.

L'inspecteur Sardier raccrocha rageusement. Il se leva furieux et envoya valdinguer sa chaise. L'oiseau aurait même le temps de pousser la chansonnette avant de s'envoler et de disparaitre.

Marylou regarda sa montre, 7h45.

— Se dépêcher pour ne pas être en retard, pensa-t-elle, en occident, la ponctualité fait partie des normes à respecter.

Et son métier d'ethnologue lui avait appris l'importance de suivre les usages si l'on voulait être intégrée et écoutée. Elle attacha ses longs cheveux châtains en une queue de cheval, passa jean, chemise, chaussures et un veston de coton, attrapa son cartable et sortit de son appartement. Le temps était doux mais elle frissonna, habituée maintenant à la chaleur qui régnait dans le golfe du Bengale. Elle se dirigea d'un pas rapide vers l'université.

Elle pénétra dans le campus et remarqua les gardes postés à l'entrée qu'elle venait de franchir. Elle fronça les sourcils, pensive… leur présence était inhabituelle. Dans le hall du pavillon d'anthropologie à nouveau des gardes la stoppèrent.

— Bonjour madame, quelle est la raison de votre visite?

— Je viens travailler avec le professeur Weber. Mais pourquoi ce contrôle?

— Ordre du gouvernement, veuillez me donner votre badge et votre pièce d'identité.

Elle obtempéra. Un troisième garde consulta les papiers et passa un appel. Quelques instants plus tard, il lui indiqua:

— Votre contact est averti.

Elle n'eut pas à attendre longtemps. Un jeune homme d'une trentaine d'année, d'allure décontractée, cheveux en bataille, vint l'accueillir.

— Bonjour je suis Edmond Fülher, assistant du Professeur Weber. Incroyable ce que nous vivons, non?

Son enthousiasme était visible et dans son regard vif, elle perçut une excitation électrique. Elle sourit:

— Je suis Marylou Fassey, enchantée de vous rencontrer.
— Oh ici on se tutoie, suis-moi on va rejoindre le reste de l'équipe!
— Bizarre toute cette sécurité, non?
— Depuis l'enlèvement, nous recevons autant de menaces que de sollicitations. Le doyen ne veut prendre aucun risque.

Ils pénétrèrent dans la salle de réunion. Marylou scruta ses nouveaux collègues. Ils étaient tous des chercheurs de premier rang. Il y avait Thierry Lemoine, vice-recteur à la recherche qui n'avait pas hésité à bousculer son agenda pour participer à ce qu'il prévoyait être un sujet passionnant, Martine Ringtone chercheuse reconnue en sociologie, Carolina Soparlo professeur en anthropologie, Edmond Fülher et Gabriel Weber. Ces derniers avaient les traits tirés et le visage fatigué qui traduisaient un manque de sommeil évident.

Gabriel Weber prit en charge le déroulement de la séance:

— Chers collègues nous ouvrons le débat sur ces étonnantes similitudes constatées entre le peuple des Sentinelles étudié par Marylou et le peuple de l'ours que j'ai eu le privilège d'approcher. Je peux vous assurer que nous débutons des recherches, des discussions et polémiques qui vont durer des années. Je vous rappelle les similitudes constatées que je classerais en trois catégories: les croyances et les rites associés, le langage chamanique et les facultés télépathiques. Comment expliquer que de telles analogies se retrouvent partagées par des populations éloignées de milliers de kilomètres? Des populations qui sont restés isolées et n'ont pas encore croisé les évolutions majeures de notre civilisation.
— Nous avons reçu les analyses des échantillons déposés par Marylou, continua Edmond. Je vous informe qu'il n'y a

aucune concordance génétique entre ces deux peuples. Leurs ancêtres communs remontent à plus d'une centaine de milliers d'années.

Carolina Soparlo enchaina :

— Je n'avais pas trop de doute. Nous pouvons d'emblée éliminer la coïncidence. Pas besoin d'argumenter sur la probabilité infinitésimale d'observer de si proches similitudes sans un facteur commun. Mais quel serait alors ce facteur commun ?

— Nous avons eu peu de temps pour étudier ce sujet, reprit le professeur Weber, cependant nous avons construit plusieurs hypothèses, sans aucun préjugé. Elles ne sont pas exhaustives et il restera à évaluer chacune d'entre elles. Je vous les résume :

Première hypothèse : un groupe humain qui aurait développé des facultés télépathiques sans pour autant faire d'avancées dans d'autres domaines. Ils auraient migré sur de vastes étendues, répandant leurs connaissances et leurs croyances. Ils auraient été balayés par d'autres peuples ou auraient survécu en un lieu préservé. Leurs coutumes auraient subsisté en de rares endroits. Mais pourquoi ?

Deuxième hypothèse : une civilisation avancée qui aurait, en un temps reculé, diffusé des savoirs neuropsychologiques. Ces savoirs auraient été préservés, à nouveau, dans des lieux isolés. Avec cette hypothèse, nous pouvons nous demander quelle était l'origine et le dessein de cette entité ? Faire progresser l'humanité ? La préserver d'elle-même ? Un autre but caché ou oublié ?

— Dans la deuxième hypothèse, l'origine pourrait être humaine, continua Edmond, une civilisation disparue ou présente mais non discernable, mais aussi extra-terrestre.

— Ou alors un coup de pouce du divin, renchérit Thierry, puisque l'on doit tout envisager.

— Bien sûr, bien sûr mais cette piste ne sera pas étudiée à l'université. Tu le sais bien Thierry, le taquina Gabriel.

— Il y a une troisième hypothèse, enchaina Edmond, basée sur les théories Gaïa : les êtres vivants ont une influence sur la totalité de la planète sur laquelle ils se trouvent. Certains vont même jusqu'à assimiler la terre à un méta-organisme englobant tout élément et assurant une symbiose entre le végétal, l'animal et le minéral. Beaucoup de religions orientales pensent que l'un est dans tout et le tout est l'un. En d'autres termes que tout est relié et interdépendant. Le peuple de l'ours partage cette croyance si je ne me trompe. Dans cette hypothèse, si le méta-organisme se sent agressé, il cherche à nous alerter via les peuples qui sont restés en contact étroit avec lui.

Martine prit la parole :

— Ces peuples sont plutôt pacifiques et retirés. Ils ont fabriqué des mythes concernant l'origine de leurs facultés télépathiques, en tout cas d'après ce que j'ai lu sur le peuple de l'ours. Dans la deuxième hypothèse il semblerait que le coup de pouce date au moins de plusieurs générations soit probablement de plusieurs centaines d'années… puisque tout est oublié.

— Tout à fait et c'est étrange, enchaîna Carolina, si le coup de pouce existe, l'objectif «protéger l'humanité d'elle-même» a du sens. Nous arrivons à un point où nous pouvons rendre impossible la vie humaine sur notre planète. Des peuples «alertes» en sommeil qui se révèlent lorsque nécessaire. Pourquoi pas si l'on accepte l'existence d'une autre intelligence ? D'autant plus que l'un s'appelle les Sentinelles si j'ai bien compris, et les chamans du peuple de l'ours se nomment «les Veilleurs», c'est troublant non ?

— Concernant la propagation du savoir et du langage, il y a une autre possibilité, reprit Gabriel. Au temps préhistorique les connaissances se propageaient très lentement lors d'échanges ou de rassemblements. Les témoignages recueillis tendent à montrer que les facultés télépathiques existent chez tout humain. Par contre si elles ne sont pas stimulées chimiquement et socialement, elles régressent. Dès lors il est possible que ce savoir soit passé de peuple en peuple avec, à nouveau, effondrement des connaissances et résilience dans certains ilots humains.

— Dans toutes ces hypothèses, intervint timidement Marylou, toujours impressionnée de participer à ce débat de sommités, peut-être devrions nous nous poser la question de l'existence d'autres peuples partageant soit cette culture soit des facultés télépathiques ?
— C'est une question majeure, intervint le vice-recteur, je peux déjà vous annoncer que l'université est prête à vous donner tous les moyens dont vous aurez besoin pour mener à bien vos investigations.
— Merci, dit le professeur Weber, je pense que nous aurons besoin de ton soutien et de ton poids politique, tu comprends ce que je veux dire. Nous avions déjà identifié cette piste et lancé quelques sondes. Il est clair qu'il nous faut intensifier les recherches. Edmond, peux-tu nous donner les premiers résultats?
— Tout à fait, nous avons investigué dans nos propres dossiers et aussi interrogé nos confrères à l'international sur des peuples ayant potentiellement des facultés télépathiques. Nous en pressentons ici et là. Les renforts seront les bienvenus pour avancer plus rapidement. Il est probable, d'une part, que l'assimilation des peuples premiers détruit ces particularités et que, d'autre part, il y a pu avoir autocensure des chercheurs pour parler de tels phénomènes.

En prononçant cette phrase, il regarda Marylou et lui fit un clin d'œil discret. Cette dernière reprit la parole :
— Il y a une autre question : pourquoi maintenant ? La découverte de deux peuples est-elle fortuite ou intentionnelle ? Et si elle est intentionnelle, qui tire les ficelles ?
— Je suis troublée par ce que vous nous permettez d›entrevoir,

réagit Martine, effectivement si ce sont des sentinelles placées çà et là, l'alerte est lancée alors. Notre terre va si mal ?

Un long silence s'ensuivit. Chacun restant perdu dans ses pensées, perdu devant l'immensité de cette découverte et de ses implications. On sentait les neurones s'activer frénétiquement.

Le professeur Weber reprit :

— Pour l'instant, nous sommes les seuls à connaître l'existence d'un second peuple, je ne peux que vous rappeler à notre devoir de confidentialité et d'extrême précaution lors de nos recherches.

— La découverte du peuple de l'ours suscite déjà énormément de réactions. Le gouvernement nous a dépêché des gardes armés et une cellule d'intervention se trouve maintenant sur le campus, informa le vice-recteur. Imaginez si l'on annonce un deuxième peuple, puis un troisième… ça deviendrait ingérable. C'est une bombe que nous avons entre nos mains.

— Parlons maintenant de cette drogue, enchaina Weber, elle est utilisée pour stimuler les facultés télépathiques et améliore l'espérance de vie des chamans d'après ce que nous savons. Quiconque mettra la main sur ce secret détiendra un pouvoir immense.

— Il va falloir se procurer un échantillon et dédier une équipe de spécialistes à l'identification des ingrédients. C'est une priorité pour le gouvernement, annonça Thierry Lemoine.

— À nouveau comment expliquer la présence d'une substance ayant des propriétés similaires chez deux peuples entourés d'une flore radicalement différente ? Interrogea Carolina. Certes les chamans ont de tous temps utilisé des drogues d'une manière empirique soit pour soigner soit pour communiquer avec les esprits. Ils avaient découvert des antidépresseurs, des neuroleptiques, des somnifères, des tranquillisants il y a fort longtemps. Il existe bon nombre de plantes produisant des substances psychoactives. Mais poussant au-delà du cercle polaire, les possibilités sont réduites : lichens, champignons, rares fleurs... De plus, il n'y a rien en ce qui concerne les effets télépathiques et l'allongement de l'espérance de vie dans la littérature. Un mystère !

— Et comment se procurer un échantillon ? demanda Marylou.

— C'est de la responsabilité du gouvernement, dit Thierry Lemoine, n'oubliez pas que nous avons deux chamans présents à Ottawa en ce moment.

L'appartement où résidaient Sitchwaan, Mogrük et John était constamment surveillé par les forces de sécurité. Les sorties étaient limitées à leur strict minimum et tous trois bénéficiaient d'une protection renforcée. Ils avaient fait part de leur désir de partir au plus vite et on leur annonça une dernière visite de Chuck Johnson accompagné d'un représentant du ministère de la Défense nationale.

Ils s'étaient installés dans le salon, et, après les salutations d'usage, Chuck entama la conversation de sa voix posée.

— L'heure est grave. Vous n'êtes pas sans savoir l'émoi qu'a provoqué votre enlèvement - il regardait Sitchwaan - et l'espoir que vous avez suscité. Dans les grandes villes, des manifestations ont lieu réclamant un renouveau que vous incarnez, bien malgré vous je pense.

— Il est vrai que ces mouvements nous dépassent, dit John, et nous étions loin d'imaginer un tel engouement, mais c'est le monde tel que nous l'avons fabriqué. Il construit ses idoles à une vitesse inimaginable. Quant à l'espoir, il fait avancer et le décevoir est dangereux.

— C'est la raison pour laquelle nous sommes ici : vous protéger vous et votre peuple. Vous n'avez pas uniquement généré de l'espoir, vous avez aussi provoqué la convoitise d'organisations puissantes et occultes, comme «Le Rempart» que nous avons affaibli mais pas démantelé.

— Et c'est la raison de ma présence, intervint l'homme resté muet jusqu'alors. Je me nomme David Graham et je reporte directement au ministre de la défense. Nous sommes, en ce moment même, en train de mettre en place une protection aérienne, maritime et terrestre pour protéger les territoires que vous occupez et cela en toute discrétion.

— C'est absolument nécessaire, dit Sitchwaan, nous avons maintenant beaucoup de soutien mais aussi de redoutables ennemis. Notre peuple veut continuer à vivre en toute sérénité, il veut aussi conserver son environnement, et l'ours va mal, vous le savez. Il est temps de parvenir à vivre en harmonie avec la nature.

— Certes, reprit David en se raclant la gorge d'un air gêné mais mon propos porte uniquement sur les aspects sécuritaires. Nous avons pensé à un stratagème qui nous semble indispensable.

— Mais encore ? s'enquit John.

— À la nécessité de compléter le dispositif de sécurité dans vos villages mêmes.

Et David expliqua en quoi cela consistait.

En l'écoutant, Sitchwaan se demanda à nouveau s'ils avaient suivi le bon chemin. Elle se remémora la chaine d'évènements les ayant amenés à ces décisions depuis l'irréparable erreur d'un chaman vieillissant. Les choix leur avaient été quasiment imposés. Ils étaient sur la défensive et le seul moyen de survivre à des individus avides et sans morale était de chercher de l'aide. Ils avaient trouvé des alliés. Il fallait reprendre la main mais comment ? Elle regrettait leur quiétude passée... Mais sans ces chamboulements elle n'aurait pas connu son âme sœur, son amour, John, celui qui les avait épaulés, le père de son enfant. Dans son ventre, elle sentit de délicieux mouvements comme si l'enfant comprenait le conflit intérieur que sa mère ressassait.

Oh Hillak, pria Sitchwaan, éclaire nous de ta sagesse !

— Nous avons deux autres requêtes à formuler, reprit Chuck Johnson.

Il tenait son esprit fermé, néanmoins Sitchwaan perçut clairement une gêne alors que rien ne permettait de signaler un quelconque changement d'attitude chez l'homme politique.

— Tous ces moyens que nous mettons en œuvre vont coûter à l'état un prix important. Et nous nous demandions si nous pourrions envisager, à moyen terme, l'exploitation de la mine de diamants.

Sitchwaan bondit :

— C'est un lieu sacré et maintenant nos morts y résident !

— Tout à fait, mais pensez-y, cela permettrait de maintenir le dispositif et surtout d'apporter des améliorations douces à votre environnement de vie.

— Comme ? demanda John.

— Comme de l'électricité produite par des panneaux solaires ou une éolienne, des médicaments, des soins à distance… il y a tellement de possibilités.

John avait saisi le potentiel intérêt, il regarda Sitchwaan, elle était de marbre.

— Quelle est la deuxième requête ? s'enquit John.

— Eh bien, il y a cette histoire sur la potion que vous prenez Sitchwaan, enfin les chamans, celui qui mettra la main sur sa formulation va détenir un pouvoir terrifiant. Il aura un moyen de pression sur tous les dirigeants âgés de ce monde et ils ne manqueront pas d'être intéressés. Cette préparation vous fait courir un terrible danger, la mine de diamants n'est rien en comparaison. Vous pourriez nous donner un échantillon pour qu'un état, démocratique et social comme le nôtre, ait un temps d'avance sur d'autres puissances moins bienveillantes.

— C'est une raison d'état, ajouta Graham.

Sitchwaan était blême. Elle venait de comprendre qu'à ce niveau de responsabilité, les amitiés n'existaient pas, seules des alliances de circonstances étaient possibles et elles ne tenaient que par la valeur des cartes que l'on avait en main. C'était un apprentissage rapide, trop rapide même. Elle avait eu confiance en cet homme mais la déception était là. Elle prit le temps d›expliquer la conversation à Mogrük.

— Je te vois bien triste Sitchwaan, le monde d'ici ne fonctionne pas comme le nôtre. Tu connais le danger que nous encourons, tu le sens encore dans ta chair.

Sitchwaan frissonna à l'évocation de la séance de torture.

— Certains ont une âme si noire que rien ne les arrête pour assouvir leur insatiable soif de domination, reprit le chaman, je ne sais pas ce qui est juste et bon pour notre peuple. Il nous faut du temps pour réfléchir… en espérant qu'ils nous l'accorderont. Dis à cet homme que nous désirons partir dès demain et que nous continuerons à communiquer avec lui par téléphone.

Il prononça le nom avec difficulté tout en montrant le smartphone que John avait à portée de main. Sitchwaan traduisit. Un silence pesant s'installa, silence que rompit Chuck par un toussotement :

— Je me permets d'insister sur le deuxième point. Comprenez que c'est crucial autant pour vous que pour nous. Nous vous laissons le temps de la réflexion. Nous pensons qu'il serait plus simple, pour échanger, que cette réflexion se passe à Ottawa.

— Cela pourrait s'apparenter à du chantage, monsieur le Secrétaire des affaires autochtones, répondit John d'une voix glaciale où pointait une once de colère. Si demain nous ne sommes pas partis, il y aura une conférence de presse et je suis certain que les journaux de ce beau pays démocratique seront passionnés par ce que nous leur raconterons. Il est temps maintenant de mettre fin à notre entretien !

Les deux représentants gouvernementaux furent raccompagnés à la porte et il n'y eut pas de salutations courtoises.

Quelques heures plus tard, on leur annonça qu'ils prendraient un avion militaire le lendemain, et que leur retour se ferait dans l'anonymat le plus complet.

John alla chercher les papiers qu'il avait trouvés sur le corps du Cobra, les plaça dans une enveloppe et écrivit sur celle-ci, en lettres majuscules: «SARDIER, UNE AIDE POUR L'ENQUETE». Puis il appela Lydie. Elle se montra compréhensive comme toujours, et, avec ses mots d'enfants, le rassura. Quand il raccrocha il sut qu'il n'atteindrait jamais un bonheur parfait. Il resterait tiraillé entre deux univers qu'il ne pourrait jamais réunir. C'était la vie qu'il avait choisie ou c'était la vie qui avait décidé de son destin, il ne savait pas réellement et cela n'avait pas d'importance.

Le marathon continuait, ils dormaient au bureau, rentraient chez eux pour se laver et se changer, parfois pour un bref somme puis retournaient à l'université.

Ils avaient compulsé des dizaines de rapports, de thèses, de témoignages; communiqué avec certains ethnologues pour préciser les comportements ou coutumes relatées, tout cela avec tact et discrétion.

Oui, il y avait des peuples indigènes qui semblaient avoir des similitudes avec les Sentinelles et le peuple de l'ours, des facultés faibles de télépathie, une croyance en l'être unique, une drogue qui stimulait l'esprit. L'homme s'était adapté à tous les climats et à des conditions de vie extrême. Les peuples autochtones se situaient dans les coins les moins explorés de la planète : dans les forêts et déserts d'Afrique, dans les montagnes de l'Himalaya, dans la forêt amazonienne, en Patagonie, en Océanie, dans les îles du Pacifiques, en Sibérie.... Mais combien de ces peuples disposaient des facultés recherchées ? Rien n'était clair ou évident. S'ils en trouvaient, ce serait comme des lumières qui s'allumeraient à la surface du globe, une trace d'espoir.

Marylou repoussa la thèse d'un dénommé Fritz Lagner. Il avait vécu six mois auprès de nomades de l'ethnie Penan dans l'état de Sarawak à Bornéo. Rien de particulier n'en ressortait. Elle était fatiguée et avait une tête horrible : yeux rougis, teint blafard, poches sous les yeux. Elle regarda Edmond, le jeune homme qui l'avait accueillie à son retour à l'université.

C'était un garçon passionnant, pas étonnant qu'il ait la totale confiance du professeur Weber. Lui aussi affichait une mine terrible. Elle lui sourit. Avec cette charge de travail démentielle les poussant au bout d'eux-mêmes, ils n'avaient pas mis longtemps à sympathiser et à trouver des affinités autant sur le plan professionnel que sentimental. Marylou brûlait de rattraper le temps perdu et son désir était ardent et inassouvi. Ils avaient fait l'amour la première fois dans la bibliothèque de l'université, ça avait été intense et rapide. Depuis ils réussissaient à se dégager du temps pour des rendez-vous chez lui à deux pas d'ici. Elle repensa avec délice à l'étreinte partagée au pavillon Lamoureux de l'université. C'était la nuit et ils s'y étaient rendus pour le fun et le symbole... Hum le pavillon portait bien son nom, ça avait été dévastateur.

— Alors Edmond, as-tu trouvé une piste? s'enquit-elle.
— Rien de probant et toi?
— Une thèse prometteuse mais il va falloir pousser les investigations. J'aurais vraiment besoin de me changer les idées, lui dit-elle avec un regard qui aurait ranimé une momie.
— Tu as raison et si nous retournions feuilleter quelques pages à la bibliothèque?
— Bonne idée, il y a un chapitre d'un livre que j'aimerais re-parcourir, rajouta-t-elle de son air le plus grivois.

Ils revinrent rassérénés et joyeux. Le professeur Weber les attendait assis négligemment sur le bureau d'Edmond.
— Mes jeunes collaborateurs, je ne vous demanderai pas d'où vous venez mais vous me semblez bien échevelés, on dirait que vous avez joué à «attrape-moi si tu peux!». C'est un jeu que j'affectionnais aussi étant jeune. Avez-vous avancé dans vos recherches?
— Des pistes, répondit Edmond rosissant de confusion, une ou deux prometteuses.
— Je viens de recevoir un appel, reprit Weber, il y a une piste sérieuse, dans une vallée isolée de l'Himalaya, coté népalais. Le confrère pense qu'il aurait dû creuser cet aspect télépathique. Il est prêt à repartir. Quelqu'un voudrait-il l'accompagner?

Marylou et Edmond se regardèrent, partagés, une étincelle dans le regard.

— Je laisse à Edmond la priorité, dit Marylou, je reviens juste de mission.

— Ok, dit Edmond enthousiaste, un anthropologue doit aimer les voyages et les imprévus, n'est-ce pas ?

— Et même la précarité parfois, ajouta Weber, vous avez quartier libre ce soir. Vous pourrez fêter cet évènement jusqu'au petit matin !

Le clin d'œil qu'il leur adressa en quittant la pièce les ravit. Cela dénotait la belle complicité qui s'était développée au sein de leur équipe durant les jours d'intense collaboration et d'exaltation.

Dans le bureau du premier ministre, l'atmosphère était lourde. David Graham et Chuck Johnson avaient relaté leur dernier entretien avec les représentants du peuple de l'ours.

— On ne peut pas les retenir, la situation est déjà assez tendue. Si nous voulons reprendre la main politiquement, il vaut mieux qu'ils s'éloignent, dit le premier ministre.

— Ils le savent. David, prévenez Mary. Qu'elle prépare un transport pour demain, avion militaire discret, ordonna madame la commissaire. Nous informerons la presse de leur départ dans la journée.

— La situation nous échappe, nous avions la possibilité de mettre la main sur une découverte importante, reprit le premier ministre en froissant, avec rage, une feuille de papier.

— Mais rien n'est encore perdu, il reste cette nuit…, dit David.

— Continuez, demanda le ministre de la défense, intéressé.

— Ce n'est pas très difficile de les endormir profondément puis de s'introduire dans l'appartement. Nous avons les clefs, il suffit de prélever quelques millilitres de cette substance pour l'analyser et savoir de quoi elle est composée.

— Intéressant comme proposition. Et vous avez des hommes pour ce type d'opération ? demanda Chuck.

— Sans aucun problème, affirma David, une opération des plus simples.

— Nous ne pouvons pas laisser s'échapper cette opportunité, déclenchez l'opération. Et pas de bévue ! prévint le premier ministre.

— Tout sera mené avec le plus grand soin, je peux vous l'assurer monsieur le premier ministre, conclut David.

Effectivement tout se déroula parfaitement. L'opération permit de ramener un échantillon de la précieuse substance qui fut immédiatement confiée au laboratoire scientifique de la police montée. Le surlendemain les premiers éléments tombaient. Un expert vint présenter les résultats aux mêmes participants. Il aurait pu ressembler à Groucho des Marx Brother si ce n'était le sérieux qui marquait son visage et sa moustache beaucoup plus fine :

— Au vu des effets décrits par cette substance dans la publication du professeur Weber, nous avons axé notre recherche sur les alcaloïdes ayant des propriétés psychotropes, enthéogènes ou hallucinogènes, en d'autres termes des alcaloïdes qui agissent sur l'état de conscience, sur les processus nerveux, sur la perception, sur la cohérence de la pensée, sur l'humeur, enfin, continua-t-il en hésitant, tout ce qui agit sur le psychisme.

Le scientifique prenait soin d'éviter des termes plus techniques afin de rester compréhensif devant les personnalités les plus influentes du pays.

Il continua :

— La substance est loin d'être pure, elle est à l'évidence de fabrication artisanale. Il est difficile d'identifier, dans un aussi court laps de temps, toutes les molécules présentes. Néanmoins nous avons pu détecter une quantité importante d'alcaloïdes de différentes sources. À l'évidence il y une algue, un champignon et autre chose, peut-être une fleur. Il faudra du temps et l'aide de botanistes spécialisés dans la flore de la toundra pour identifier précisément les plantes.

— Ce n'est pas très précis tout cela, remarqua le premier ministre.

— Nous n'avons pas eu beaucoup de temps, réitéra le scientifique, mais nous continuons les analyses. Il y a deux molécules. Elles ne sont pas référencées et se trouvent en quantité non négligeable. À l'heure actuelle, nous ne connaissons pas leurs effets mais l'une est de la famille des enthéogènes.

— Mais encore, grogna le ministre de la défense.

— C'est une substance utilisée depuis la nuit des temps, par les chamans justement. Elle permet d'entrer en transe, de connaître des états mystiques. Et l'autre serait plutôt un stimulant de l'activité cérébrale - il secoua la tête, un peu gêné - pour l'instant impossible de la reproduire et de la tester sur des êtres vivants…

— Donc en résumé, nous ne connaissons pas l'origine des composants, résuma David, ni les molécules, ni leurs propriétés et il va sans dire que nous ne connaissons pas la posologie, non plus !

— Et nous n'aurons pas de réponse sur la toxicité, ajouta le premier ministre, car si j'ai bien compris, il n'a que certains organismes qui supportent l'absorption régulière de cette potion. Il sourit, tout cela me rappelle une bande dessinée sur deux gaulois !

Cette remarque détendit un peu l'atmosphère.

— Donc certains organismes supportent l'absorption régulière et en tirent des bénéfices en termes de longévité, tandis que d'autres en subissent la toxicité. Nous avons pêché par optimisme, nous ne sommes pas près de percer le secret n'est-ce pas ?

Le scientifique approuva de la tête.

— D'autant plus, ajouta David, qu'il faut une stimulation pour développer le don, il y a une part d'éducation.

— Eh bien, il ne vous reste plus qu'à retourner à votre laboratoire. Nous vous souhaitons bon courage, termina le premier ministre.

L'hélicoptère décolla de l'aéroport d'Iqaluit dans un vrombissement toujours aussi assourdissant. John avait retrouvé Thomas avec plaisir, il devenait leur pilote attitré. Ils étaient cinq dans l'appareil car un homme d'une trentaine d'année les avait rejoints.

— Je m'appelle Shawn, avait-il dit en s'installant, je suis ici pour la mission dont on vous a parlé.

À l'évidence, c'était un militaire, il avait les cheveux rasés, des traits fins, un visage vigoureux, un port altier. Une fine cicatrice lui zébrait la joue droite.

— Je suppose que vous nous connaissez, répondit John en désignant les chamans.

— Affirmatif, vous êtes devenus célèbres.

— Et vous travaillerez avec Thomas je suppose, continua John.

— Oui, nous avons déjà fait équipe, dans d'autres pays à vrai dire. C'est un pilote extraordinaire vous savez.

Nous avons toute confiance en lui, acquiesça John.

Thomas leva le pouce en signe de satisfaction. L'atmosphère se détendait, on commençait à se connaître. Shawn reprit :

— Nous aurons besoin de votre aide pour que tout se passe bien.

— Nous vous aiderons, n'ayez aucun doute. Mais j'aurais tant aimé ne pas en arriver là !

Le vol se poursuivit et John sentit la tête de Sitchwaan peser plus lourdement sur son épaule. Elle s'était endormie. Il lui caressa tendrement la joue. Sitchwaan était harassée. L'inactivité de ces derniers jours avait fait ressortir toute la fatigue physique et émotionnelle accumulée pendant son séjour mouvementé à Ottawa. De plus, le bébé puisait dans ses réserves. Elle dormit jusqu'au changement de régimes des turbines lorsque le Bel 206 JetRanger amorça la phase finale de l'atterrissage. Thomas avait intégré les recommandations de John et n'avait pas survolé le village. Il atterrit sur la proéminence habituelle qui, en cette saison, était recouverte d'une herbe rase parsemée d'affleurements de rochers calcaire.

Ils commencèrent leur marche vers le village. Mogrük et Sitchwaan reprenaient le contact mental avec les leurs. Ces derniers se précipitèrent à leur rencontre et la jonction se fit au milieu de la descente. Ce fut une joie débordante qui déferla sur les esprits. Privés de leurs chamans, leurs facultés télépathiques s'étaient réduites à de simples échanges unilatéraux. Il n'y avait personne pour relayer leurs émotions et intentions. Les chamans apprirent que les chasseurs étaient partis en expédition et avait rejoint des colonies de phoques vers le sud.

Les jours qui suivirent, Sitchwaan et John reprirent une vie rythmée par leurs seules envies. John ne pouvait rejoindre les chasseurs en raison de leur éloignement et Sitchwaan avait besoin de se replonger dans la vie simple et chaleureuse de sa communauté. C'était une étape de reconstruction nécessaire pour digérer totalement les douloureuses épreuves traversées. Ce fut une période sereine et bénéfique. Cependant au sixième jour un évènement vint troubler leur quiétude. La santé de Mogrük soudainement se dégrada, une fièvre violente accompagnée de quintes de toux incessantes se manifesta. Sitchwaan lui administra les remèdes que lui avait appris le chaman. Il n'y eut pas d'amélioration dans la journée qui suivit, une grande fatigue s'était emparée de lui.

Sitchwaan visitait le malade plusieurs fois par jour. Le chaman ressentait maintenant une intense douleur thoracique. Il était faible et lui dit :

— Un jour viendra Sitchwaan où tu seras seule pour t'occuper des âmes de ce village. Montre-toi patiente et attentive, accompagne et oriente-les. N'utilise pas ton pouvoir pour des futilités mais uniquement lorsque nécessaire.

— Pourquoi ces paroles ? Le temps n'est pas arrivé, répondit la jeune femme, tu as encore beaucoup à vivre et j'ai besoin de tes conseils. J'ai conscience de mes faiblesses, je suis impulsive et je me montre directe et autoritaire, je m'en veux après coup…

— C'est le sang de ton père qui parle, il était téméraire et plein de promesses.

Sitchwaan comprit qu'il faisait des efforts pour parler, elle enchaina, tristement :

— Et sa témérité l'a perdu.

— Mais tu es différente, tu sais mieux contrôler tes émotions et tu as sa force.

Une violente quinte de toux l'interrompit. Sitchwaan vit son visage blêmir. Il essaya de reprendre son souffle, son regard s'affola et il s'effondra dans une semi-conscience. Elle lui fit boire le breuvage qui restait à une température tiède, chauffé par la lampe. Il contenait de la mûre arctique et une variété de lichen aux vertus apaisantes pour la gorge. Elle attendit quelques minutes et Mogrük souffla :

— C'est une maladie inconnue. Empêche quiconque de venir et… laisse-moi me reposer petite étoile !

Sitchwaan prit la main bouillante de fièvre. Elle la pressa contre son cœur puis la reposa le long du corps du chaman. Elle était folle d'inquiétude. Mogrük ne pouvait pas la quitter maintenant, elle avait tant besoin de lui, de sa sagesse, de sa bienveillance, de sa force et aussi de son amour. Malgré sa maîtrise, le grand chaman ne pouvait empêcher des ondes d'affection de s'échapper, et aussi ténues qu'elles soient, Sitchwaan les ressentait et conservait leurs tendres empreintes au creux de son cœur. Il était son mentor et tellement plus. Il avait fait partie des proches qui avaient comblé le vide laissé par la disparition de ses parents. Sakukak son grand-père en faisait partie aussi et son âme avait rejoint l'Unique. Comme à chaque fois qu'elle était triste, elle sentit son enfant bouger agréablement dans son ventre. La vie continuait, coûte que coûte. Son enfant captait-il la détresse de sa mère ? Un lien se créait, le don de l'ours passait par son sang, par son cœur et par sa conscience.

Elle entendit au loin les tirs d'armes à feu. Elle alla rejoindre John, il y avait urgence.

Les évènements d'Ottawa avaient des répercussions inattendues par leur ampleur. La foule aime les romans simples. L'image de la jeune chamane défendant son peuple, enlevée et torturée mais toujours combative était assimilée à une héroïne des temps modernes. Les esprits s'enflammaient. Dans les grandes villes du pays et dans plusieurs capitales étrangères, des rassemblements immenses et bigarrées défilaient. Certains cherchaient à s'identifier à l'esprit du peuple de l'ours, esprit qu'ils sublimaient et Sitchwaan devenait un symbole, porteuse d'espérance de fraternité, de naturalité. D'autres bâtissaient de nouvelles croyances. Un amalgame de pensées religieuses, politiques, philosophiques, culturelles parcourait le monde. Les réseaux sociaux concouraient à la frénésie générale. Si ces mouvements s'amplifiaient, des bouleversements politiques étaient à prévoir, les classes dirigeantes en avaient conscience.

Dans ce chaos montant, loin de la lumière, des appétits s'aiguisaient déjà, des plans se tramaient pour aller chercher le secret du peuple de l'ours, quel que soit le prix à payer.

Danny était resté à Ottawa. En quelques jours son blog s'était enrichi de dizaines de milliers de lecteurs. Il faut dire qu'il se donnait beaucoup de peine à décrire l'actualité et cela se résumait à narrer ce qu'il se passait dans les rassemblements. Avant son départ, la chamane du peuple de l'ours était devenue incroyablement discrète et avait accordé une unique interview suite à sa libération. Elle avait indiqué son envie de rentrer au plus vite chez elle. Elle avait laissé entendre, néanmoins, qu'elle reviendrait mais sans plus de précisions.

La lutte était engagée. L'aura de la jeune femme et son histoire déclenchaient des émotions et généraient une prise de conscience générale. Pour Dany c'était rapide et anarchique. Combien avaient une conscience politique et combien se perdaient dans d'inutiles chimères ? Comment fédérer cette foule bigarrée ? L'enjeu était de taille. Alors il tissait son réseau et son influence grandissait. Mais pour parvenir à faire appliquer ses idées, il restait un long chemin à parcourir. Un chemin qui passait par une mesure radicale : la prise du pouvoir. Le débat était : fallait-il suivre une voie démocratique ou renverser par la force l'oligarchie en place ? La discussion faisait rage dans son groupe mais lui avait une position bien tranchée : il fallait faire sauter le gouvernement.

En avait-il les moyens ? Malgré ses vingt-six ans et son enthousiasme, il restait lucide. Il se rendait compte qu'il poursuivait une utopie. Entouré d'une poignée de fidèles amis, sans aucune arme et avec l'intime conviction d'être incapable d'en utiliser, il était la souris voulant s'attaquer au lion. Alors il lui fallait grandir. Il réfléchit, peut-être s'allier à un groupe existant, plus puissant, mieux structuré et prendre le leadership…

Qu'importe ce qu'il se passerait, l'important était de vivre l'instant présent et d'exploiter les opportunités qui ne manqueraient pas de se présenter. Les lignes bougeaient, il fallait rester sur la barricade et réagir vite.

Le lieu où ils s'exerçaient était situé à une bonne demi-heure de marche du village. Depuis le plateau où ils se trouvaient, ils pouvaient contempler l'océan majestueux. L'herbe rase était parsemée de fleurs qui menaient une course effrénée pour éclore pendant le bref été arctique et assurer ainsi la survie de l'espèce. Une falaise en arc de cercle se dressait devant eux. C'était un stand de tir naturel et idéal. Avec un ciel aussi bleu et une température de 10°C John avait l'impression d'être sur une île paradisiaque tellement le contraste était marqué avec le glacial hiver qu'il avait traversé. Il appréciait la compagnie de Shawn et Thomas et bavardait tranquillement avec eux quand il vit apparaître Sitchwaan. Il comprit que quelque chose d'insolite se passait. Il se précipita à sa rencontre. Quand elle ne fut plus qu'à quelques pas, John remarqua son air anxieux.

— Que se passe-t-il, mon amour ? demanda-t-il.

Elle lui raconta sa visite auprès du malade, son état qui s'aggravait, ses malaises et l'absence mentale qu'elle avait détectée.

— Et mes remèdes ne le guérissent pas, ajoute-t-elle dépitée.

— Tu ne peux pas tout guérir, Sitchwaan.

— Il pense que c'est une maladie inconnue…

À ces mots, John comprit. Il revit les ravages des maladies importées par les européens chez les peuples autochtones, des centaines de milliers de morts. Si c'était le cas, il fallait agir au plus vite pour éviter la propagation d'une épidémie.

— Retournons auprès de Mogrük, décida John, je vais appeler Ottawa pour avoir un médecin.

Ils entrèrent dans l'igloo que Mogrük habitait. Ce dernier ne les avait pas pressentis.

— Ce n'était jamais arrivé, pensa Sitchwaan.

Le chaman s'essoufflait dans une toux rauque qui semblait ne jamais vouloir se calmer. Il s'essuya avec une peau de lièvre. John comprit instinctivement que les voies respiratoires étaient encombrées. Un médecin informé de la situation était en communication.

— Mogrük, dit calmement Sitchwaan en émettant des ondes d'apaisement, nous pouvons t'aider.

Le chaman était brulant de fièvre. Ses yeux roulaient sous ses paupières. Il fit un effort pour répondre :

— Comment ?

— Si cette maladie vient de l'autre monde alors seuls leurs guérisseurs la connaissent et peuvent la soigner, expliqua Sitchwaan.

Elle vit la main du chaman balayer l'air de gauche à droite et elle comprit que plus rien n'avait d'importance pour lui. Elle chercha à examiner son esprit mais, malgré sa faiblesse, il restait verrouillé et impénétrable. Sitchwaan fit un signe d'approbation à John.

— Nous vous écoutons, Dr Caloum.

Le diagnostic n'était pas aisé à distance mais des signes particulièrement distinctifs permirent d'identifier une probable pneumonie : forte fièvre, respiration rauque, toux productive et surtout douleur au poumon droit et pouls accéléré.

— Une pneumonie d'origine bactérienne, précisa le médecin, nous avons de nombreux cas à Ottawa en ce moment. C'est une chance car les antibiotiques se montreront efficaces. Rappelez-moi l'âge du patient ?

— Certainement plus de 80 ans, répondit Sitchwaan.

— Alors il faut agir très vite, reprit le Dr Caloum, il faut venir à Iqaluit pour vous procurer les médicaments mais commencez par administrer les antibiotiques à large spectre qui se trouvent dans la trousse de secours.

— Je pars les chercher, dit John.
— Les médicaments vous attendront à l'aéroport d'Iqaluit d'ici une heure, je fais le nécessaire. Je vais vous donner quelques conseils pour éviter la propagation au sein du village, enchaina le médecin.

Sitchwaan avait administré les premiers antibiotiques et du paracétamol. Elle s'était désinfectée les mains avec les lingettes présentes dans la trousse. John avait rejoint Thomas et ils étaient maintenaient en route vers l'hélicoptère pour une rotation express.

Fatiguée, la jeune femme était retournée dans son igloo. Allongée dans son lit, elle réfléchissait :
— Si Mogrük est sauvé par cette médecine, alors la coopération est possible. Pas désintéressée mais bénéfique pour chacune des parties. Il faudra convaincre le village de Vaalit gardien de la grotte aux pierres de lumière puis les autres villages.

Elle laissa ses pensées filer, il y aurait l'enfant et John. Elle les voyait jouer ensemble dans la lumière du matin, elle entendait les rires et babillements. La vie pourrait s'écouler sereinement à nouveau. Elle s'endormit sur ces agréables visions.

Mogrük délirait, il était en nage. Ses hallucinations le ramenaient dans la grande ville. Il dormait dans une immense habitation. Son sommeil était profond, tellement profond qu'il était incapable de bouger. Et pourtant il percevait autour de lui des ombres s'agiter, de sombres esprits malfaisants rôder. Il essayait de les repousser, en vain. Les esprits ricanaient, leurs démarches étaient chaotiques. Ils cherchaient, ils fouinaient, ils fouillaient maintenant ses habits. Impuissant, il les sentit accomplir leurs obscures besognes puis s'enfuir comme des animaux malfaisants.

Il se réveilla brusquement. Il reconnut la pièce éclairée par une simple lampe à huile. Il était chez lui, dans son igloo de tourbe. La lumière filtrait par le hublot translucide. Rien d'inhabituel, pourtant les oscillations des ombres sur les peaux de phoque qui tapissaient la pièce rendaient l'atmosphère lugubre. Ses yeux se posèrent sur la flamme tremblotante, si ténue. Il se sentait comme elle, faible, vidé, inutile. Comme elle, il pouvait s'éteindre au moindre courant d'air. Il ne pouvait mesurer le temps passé. Les heures lui paraissaient des jours et il prit conscience que sa vie pourrait s'arrêter là.

Il repartit dans des divagations fiévreuses. Il se souvint de la puissance de son don, de l'acuité de ses jugements que l'on écoutait. Il se souvint des aventures vécues, de la solidarité de son peuple, de la beauté sauvage des contrées du grand nord. Sa mission prenait fin. Le cycle de la vie qu'il maitrisait en tout être, ce cycle se refermait sur lui avec d'autant plus de cruauté qu'il avait la connaissance intime de son fonctionnement.

— Toute vie se vide comme un sac de sable percé, murmura-t-il.

Il fallait accepter d'être rappelé par Hillak, source de lumière pour renaitre à nouveau. Le passage n'était que douleur. Douleur de décliner, douleur de quitter les âmes aimées, douleur dans sa chair, douleur actuelle qui le déchirait comme les griffes d'un ours cherchant à lui arracher les poumons. L'image de Sitchwaan se présenta, une âme chérie. Elle avait embelli sa vie. Il l'avait aidée, jeune enfant fragile, orpheline. Puis il l'avait guidée sur le chemin des mystères chamaniques. Elle lui avait donné ses plus belles joies. Il était resté aussi distant qu›un guide spirituel devait l'être mais son cœur fondait à chacune de leurs rencontres. Elle était devenue sa descendance spirituelle. Sa succession était assurée. Le don de l'ours avait resurgi avec force et il l'avait sublimé.

Il ouvrit les yeux, la flamme frémit à nouveau. Il chercha à se lever. Il devait quitter le village, marcher vers la mer et s'abandonner aux eaux. À travers les brumes denses qui brouillaient sa raison, il avait entendu : il mettait en danger son village, sa communauté. Il devait disparaitre pour les protéger. La mort viendrait et son âme irait rejoindre l'Unique et se réchauffer en son sein.

C'est alors qu'il sentit la puissance irradiante du don de l'ours l'envelopper et l'apaiser. La tenture s'ouvrit, Sitchwaan s'avança silencieusement et posa sa main sur son épaule. Leurs regards se croisèrent puis ils se fixèrent. Elle comprit le désarroi du vieil homme affaibli et ressentit tout l'amour qu'il avait pour elle. Les émotions déferlèrent. Sitchwaan se ressaisit et profita de cet instant de lucidité pour insuffler de l'énergie au chaman. Mogrük sentit une vitalité nouvelle couler dans ses veines et éclairer son esprit.

— Merci Petite étoile, dit-il d'une voix faible, il ne faut pas te vider de ton énergie, c'est inutile, il est trop tard. Tu as une vie à donner. Demain je partirai et j'irai rejoindre l'unique.
— Pas encore Mogrük, j'ai besoin de ta présence.
— Non Sitchwaan, le temps est venu, tu peux avancer seule maintenant. Il n'y a plus de joie pour moi à rester, il faut me laisser partir.

Il ne voulait pas enfreindre les règles du peuple de l'ours, règle de survie de la communauté dans un environnement rude.

Sitchwaan s'agenouilla, appuya sa tête sur la joue du chaman pour la première fois de sa vie. Elle devait lui faire comprendre qu'il y avait encore de l'espoir.

— Attends encore, quelques jours, je t'en prie. Tu as vu la connaissance du peuple de John. Laisse-leur une chance de te guérir, laisse-toi une chance et laisse-moi un espoir.

Elle comprenait le conflit que traversait le chaman, choisir entre le cœur et la raison.

Mogrük leva une main tremblante et lui caressa les cheveux affectueusement :

— Tu es maintenant la chamane de cette communauté. Je m'en remets à ton jugement.

Mogrük avait suivi les conseils de Sitchwaan. Il avait pris méticuleusement les médicaments que John lui administrait. Jamais il n'avait rechigné, trop faible qu'il était pour combattre, trop confus pour réfléchir. Après quelques jours, il émergeait de l'antichambre de la mort. Mogrük le sage, Mogrük le puissant était de retour. La douleur thoracique, la faiblesse générale, les quintes incessantes, tout cela s'était estompé. Il observait le vol léger et virevoltant d'un papillon avec l'ébahissement d'un nouveau-né. Ses ailes étaient translucides à la lumière qui filtrait de la fenêtre de l'igloo.

— Si fragile, pensait le vieil homme, mais si vivant.

Il s'était cru éternel et solide comme un roc, lui qui côtoyait la maladie et la mort depuis longtemps et il se découvrait tout simplement humain et mortel comme ses semblables. Il ressentit l'approche de Sitchwaan comme la caresse d'un rayon de soleil un après-midi de printemps.

Elle le découvrit éveillé et sourit gracieusement :

— Cela faisait longtemps que ton esprit restait muet, sans brillance.

— Je t'ai senti arriver, petite étoile.

— Alors c'est que tu vas mieux. Nous avons eu très peur. Veux-tu manger ?

— Oui, quelques morceaux de phoque me feront le plus grand bien.

Sitchwaan lui montra une boite de médicaments :

— C'est ce remède qui t'a sauvé... accompagné de quelques décoctions de notre préparation.

— Leur médecine est aussi puissante que leur maladie, répondit le chaman faiblement, je les remercierai pour l'ensemble.

— Je vois que l'humour est de retour, c'est bon signe. La guérison est pour bientôt. On continue le traitement et surtout beaucoup de repos.

— Je ne me sens pas d'aller chasser le morse aujourd'hui !

Il mangea les morceaux de phoque bouillis que Sitchwaan lui présentait, prit un cachet avec l'infusion et s'allongea à nouveau, exténué.

— J'ai besoin de dormir, dit-il dans un souffle.

Et ses yeux se fermèrent.

Comme à son habitude depuis cinq longs jours, Sitchwaan se lava soigneusement les mains et sortit de l'igloo. Elle émit un message rassurant et de joie et tous les habitants surent que la mort, funeste, s'était définitivement éloignée. Ils restaient pourtant surpris de ne pas sentir l'irradiante âme de Mogrük. Sitchwaan leur expliqua qu'il était encore trop faible. Bientôt l'isolement serait levé et l'esprit du chaman rayonnerait comme avant.

Deux semaines furent nécessaires pour que Mogrük puisse à nouveau marcher et prendre l'air. La convalescence était longue. Shawn et Thomas, leur mission achevée, s'en étaient retournés à Iqaluit. Les chasseurs étaient rentrés d'expédition, mais la nourriture rapportée n'était pas suffisante. Il y avait l'intersaison qui approchait, lorsque le froid revient et que la mer se transforme en une soupe glacée impraticable avant de former la nouvelle banquise. Alors, toute chasse en mer est impossible et il faut tenir sur les réserves. Naagak décida de convoquer le Conseil. Il y fut décidé qu'une chasse à la baleine serait nécessaire.

— Nous aurons à réunir le Conseil des chefs, proposa Naagak, les autres villages ont besoin de connaître les derniers évènements.

Tous l'approuvèrent. Aussi, le lendemain, deux chasseurs les quittèrent pour un long périple à travers les villages du clan.

Sitchwaan sondait maintenant régulièrement l'océan à la recherche d'un cétacé à attirer sur la côte mais pour l'instant elle n'en ressentait aucun. Les baleines croisaient bien trop au large. Quelques chasseurs décidèrent d'aller traquer le bœuf musqué ou le caribou à l'intérieur des terres. Ce n'était pas leur chasse favorite, ils se tournaient plus naturellement vers la mer. Toutefois cela amenait de la diversité dans leur nourriture.

John était serein, en août, la température restait douce pour le grand nord. La nuit commençait à s'allonger. En septembre elle reprendrait l'avantage sur le jour et le froid deviendrait mordant. Il regardait Sitchwaan rayonnante, allant et venant dans le village, dispensant ses remèdes et racontant, pour la énième fois, la grande ville d'Ottawa. Il avait la sensation que la vie se déroulait au ralenti dans un bien-être absolu. Le ventre de sa bien-aimée s'arrondissait de jour en jour. Elle avait commencé à préparer les habits du bébé, guidée en cela par Calulik. Armées d'aiguilles en ivoire, elles cousaient des peaux de phoque fourrées de pelages de lapins, soyeuses et isolantes. Sitchwaan s'était attaquée à la confection du manteau traditionnel. Il permettait de porter son enfant à même le corps. Pour cela le vêtement restait large aux épaules, ainsi la mère pouvait faire passer son enfant, face à elle, pour l'allaiter sans l'exposer au froid, puis le replacer sur son dos.

John sentit son téléphone satellite vibrer, il décrocha :

— Bonjour John, c'est Mary.

— Bonjour Mary, tu ne nous as pas oubliés.

— Non, je pense à vous chaque jour. Je coordonne tout ce qui a trait à votre peuple. La surveillance du territoire prend particulièrement du temps. Il y a toujours autant de candidats pour votre village et toujours autant de bateaux arraisonnés.

John se raidit :

— Et ils sont dangereux ?

— Non, des nouveaux croyants qui pensent que la vie au grand air froid est bien meilleure !

— Sinon quoi de nouveau à Ottawa ?

— L'enquête se poursuit sur l'organisation «Le Rempart». Nous avons utilisé les documents que vous nous avez laissés dans l'appartement avant votre départ.
— Bien et alors ?
— Une piste ténue qui mène à Atlanta, cela n'a fait que confirmer ce que nous savions déjà. Le temps que nous arrivions l'oiseau avait quitté son nid ! Mais grâce aux informations nous avons pu identifier des fonds que nous avons préemptés. Nous avons réussi à couper un tentacule de la pieuvre.
— Très bien.
— Puis-je connaître l'origine de ces papiers ?
— Je les avais ramassés sur le corps du Cobra, le chef de la bande qui opérait à la mine. Il n'y avait rien d'autre, je peux te l'assurer.
— Il faudra être plus transparent à l'avenir. Cela peut nous faire gagner du temps et nous permettre de mieux vous protéger. J'ai toujours la pression concernant ce fameux breuvage. Toujours pas décidé à nous en dire plus ?
— Ce n'est pas à l'ordre du jour des chamans, répondit John évasif.
— Dommage, soupira Mary. Ça s'agite dans le vaste monde. Prenez garde tout de même.

Lorsque John raccrocha, il resta perplexe. Ça s'agite, ça s'agite, qu'est-ce que cela voulait dire ? Que feraient-ils si un groupe de journalistes, de curieux ou d'illuminés parvenait à franchir les barrages ?

Naagak interrompit ses pensées :
— Des nouvelles d'Ottawa ?
— Oui, rien de très nouveau. On parle de vous !
— C'était Mary ?
— Oui et elle te salue, dit-il avec un sourire complice.
— D'ici une demi-lune les chefs vont arriver, tiens-moi informé.
— Oui, il faudra préparer les autres villages aux évolutions à venir.

John se leva et rejoignit Sitchwaan qui s'était avancée vers la plage. Il l'enserra tendrement.

— Toujours rien ? demanda-t-il.
— Je les sens à peine mais elles sont trop loin pour pouvoir les attirer.
— Mogrük ne peut pas t'aider ?
— Il doit se reposer. J'apprends ce que c'est d'être la seule chamane d'un village.
— Mary vient d'appeler, il y a toujours de l'agitation et des personnes prêtes à forcer les interdits pour venir nous voir. La surveillance est encore et toujours nécessaire.

Sitchwaan resta silencieuse, en sauvant les villages du peuple de l'ours, c'était son village qui devenait la cible des dangers. Le poids de la responsabilité pesait sur ses épaules. Elle se serra plus fort contre John pour profiter de ce tendre moment à ses côtés.

Le lendemain, elle rendit visite à Mogrük qui avait retrouvé toute sa lucidité mais pas encore la pleine possession du Tunixananooq. Elle lui fit part de ses préoccupations. Le chaman répondit :

— Il n'y avait pas de bonne solution face à l'agression subie. Je sens que la popularité et notre singularité jouent aussi contre nous. Mais qui aurait pu le prédire ? Il ne faut pas oublier ce que nous voulons : vivre en paix dans notre environnement. Hélas nous avons compris que ce n'était plus possible, le réchauffement va continuer, le Nord va s'ouvrir, les ours vont souffrir et nous avec.
— Mais que faire alors ?
— Réfléchir et s'adapter. C'est ce dont nous devons discuter au prochain rassemblement.

La journée passa, Sitchwaan restait préoccupée. À vrai dire John, Mogrük, Naagak et même Calulik l'étaient tout autant. Nul n'aurait pu en trouver la raison. Peut-être la sensation de vivre maintenant dans une cage immense protégée par un allié invisible et le sentiment d'avoir laissé s'échapper une partie de leur liberté.

Le soir venu, Sitchwaan retourna sur la plage et scruta l'horizon. Elles allaient venir comme chaque année, elle le savait, elles leur apporteraient leur subsistance, ces reines des océans. Elle étendit son esprit, englobant l'immensité du ciel et de la mer, elle attendit patiemment et elle perçut, enfin, des vibrations sous l'eau. Elle se concentra et patienta. Cela s'approchait mais ne ressemblait à rien d'un animal connu. Les ondes émises, les résonances bien que ténues, lui rappelaient quelque chose dans leur régularité mais tout cela était encore trop faible. Préoccupée, elle émit un message mental vers Mogrük.

Peu de temps après, le chaman accompagné de John la rejoignirent. Sitchwaan sentit l'esprit de Mogrük se joindre au sien. Même plus faible qu'habituellement l'apport d'énergie lui permit de distinguer clairement l'origine des vibrations. Pas de doute des humains voyageaient sous l'eau et s'approchaient.

Elle expliqua sa vision à John qui blêmit :

— Un sous-marin. La nuit tombe, ils vont faire débarquer un commando. Il faut faire vite !

John saisit son téléphone portable et appela Ottawa tandis que Sitchwaan diffusait l'alerte mentalement. Dans tous les igloos on s'agita.

Le sous-marin émergeait lentement et sa coque luisait sous la pâle lueur de la lune. Des filets d'eau finirent de s'écouler lorsque la manœuvre se termina, sans un bruit. Les hommes sortirent et mirent à l'eau une embarcation qui se gonfla rapidement. Puis ils montèrent à bord. Leurs gestes étaient précis et rapides. Leur mission était claire : enlever la fille et le vieux chaman et s'emparer des flacons de la mixture tant convoitée. Leur stratégie : visiter toutes les habitations jusqu'à ce que les cibles soient localisées, éliminer les gêneurs, ne laisser aucun indice qui puisse permettre de les identifier. Leurs équipements : fusils AK-47, pistolets Glock, couteaux Storm.

Silencieusement ils ramèrent jusqu'à la plage. Ils ancrèrent leur embarcation puis se dirigèrent vers le village. Ils progressaient avec célérité. Ils se déployèrent en trois groupes de trois. Ils étaient confiants de leur supériorité en armement. Ils ne rencontreraient que harpons et couteaux d'ivoire. Ils avançaient néanmoins concentrés et attentifs au moindre mouvement, au moindre bruit. Les chiens se mirent à aboyer. L›un des agresseurs surprit une ombre passant entre les igloos, il fit signe de la main… trop tard un déluge de feu s'abattit. Les tirs venaient autant des habitations que de leurs flancs. La surprise fut totale, six d'entre eux tombèrent, fauchés par plusieurs balles. Trois eurent juste le temps de se jeter au sol. Pris de panique ils rebroussèrent chemin aussi vite que possible. Malgré leur art consommé de la dissimulation, ils n'avaient aucune chance face à des femmes et des hommes qui les localisaient aisément grâce au Tunixa-nanooq. Ils se sentaient agressés dans leur esprit et leurs idées en étaient brouillées. Malgré cela leur volonté était totalement mobilisée sur le canot et le retour au sous-marin. Croyant être déjà hors d'atteinte de leurs adversaires, ils se redressèrent pour se ruer vers l'embarcation. Le premier reçut une balle qui lui explosa le sommet de la tête, le deuxième et le troisième furent atteints en pleine poitrine. Sitchwaan comprit immédiatement qu'il n'y avait plus aucun attaquant valide, elle émit un ordre mental d'arrêt, l'ordre qu'utilisaient les chasseurs lorsque la bête était prise. Mais une rage incontrôlable s'était emparée de plusieurs combattants qui s'approchèrent des dépouilles et vidèrent leurs chargeurs sur les corps agonisants. Il fallut toute la puissance mentale de Mogrük et Sitchwaan réunis pour calmer leur démence. John était dévasté. Certes il avait accepté le plan du conseiller David, plan qui leur permettait de se défendre d'une attaque éventuelle. Il avait été hors de question, autant pour le village que pour le gouvernement fédéral de laisser des troupes sur place. Pour John cette stratégie relevait de la pure imagination paranoïaque d'un conseiller militaire. Il n'aurait jamais cru possible d'avoir à le déclencher. Il tremblait. Il sentit la main de Sitchwaan lui caresser les cheveux :

— Nous pouvons remercier Shawn et Thomas, murmura-t-elle tristement.

— Ils nous ont entraînés au pire et le pire est là, devant nous.

Ils s'approchèrent d'un des mercenaires, ils regardèrent son visage. Il était jeune, 25 ans environ, cheveux ras, les yeux ouverts fixant le firmament. John blêmit. C'était sur cet homme qu'il avait tiré à plusieurs reprises. Quel affreux destin l'avait poussé à devenir un mercenaire ? Il avait toute une vie devant lui… John lui ferma les yeux et resta prostré.

Au loin le sous-marin s'immergea et disparut dans un remous.

Ils s'étaient réunis dans l'igloo communautaire, traumatisés. Il n'y avait pas de joie à cette victoire. Dans le cœur de cette communauté de chasseurs, on ne pouvait tirer de gloire que d'un combat, contre soi ou contre une proie. Il n'y avait pas eu de combat et ils avaient tué des hommes. Pire une folie sanguinaire s'était emparée d'eux, ils n'avaient pu la contenir tant le sentiment de fragilité de leur existence était criant. En cet instant grave, c'est Mogrük le sage qui prit la parole :

— La vie telle que nos parents, nos grands-parents et d'autres avant eux l'ont connue s'achève. Des bouleversements s'annoncent et nous devons nous y préparer comme nous nous sommes préparés à cette attaque. Des hommes de l'autre monde nous aident, ils partagent un intérêt commun avec nous mais leur aide n'est pas gratuite et ne sera pas suffisante. Vous devrez témoigner auprès des autres villages de ce que vous avez vu ici, vous devez faire comprendre aux femmes et aux hommes du peuple de l'ours qu'une ère nouvelle s'ouvre qui nous demandera du courage, de l'adaptation et des concessions auprès de ceux qui nous assistent et nous protègent. Il faudra témoigner qu'ils nous ont instruits et équipés. Il faudra témoigner que leurs guérisseurs m'ont sauvé d'une mort certaine. Leur savoir est différent du nôtre, il est puissant. C'est aussi ce que je dirai au rassemblement des chefs.

Sitchwaan sentait la tristesse qui pesait sur les âmes unies à celles de Mogrük. Il n'y avait rien qu'elle puisse ajouter pour l'instant. Aussi chacun rentra dans son igloo. Le jour commençait seulement à poindre.

— Demain se dit-elle, demain je serai capable de redonner de l'enthousiasme. Nous devons nous laisser le temps de digérer cette horrible expérience.

Dans la matinée, deux hélicoptères CH-148 Cyclone de la marine royale canadienne atterrissaient. La funeste besogne commença. Ils transportèrent les corps et les placèrent dans l'appareil. Les experts scientifiques quadrillaient minutieusement le terrain. Accompagnés de John, les enquêteurs commençaient leur collecte d'informations. Sitchwaan resta en retrait.

Marylou appréciait d'avoir pu rentrer dans son appartement. Elle avait pris une douche très chaude et dormi dans son lit, rien de mieux pour récupérer. Elle marchait tranquillement sur les trottoirs humides en retournant à l'université. L'épisode de pluie était passé et le soleil restait timide derrière des nuages qui s'attardaient. Submergée par le travail de recherches, elle ne s'était plus occupée de ce qui se passait à l'extérieur depuis plusieurs semaines. Elle se remémora avec nostalgie son séjour auprès de Madilé, elle sentit une brise douce balayer son visage. Elle sourit au pouvoir de la suggestion. Edmond, dont elle avait apprécié la complicité, était parti pour le Népal. Derrière elle, elle entendait les pas de son garde du corps. La sécurité avait été considérablement renforcée depuis l'intervention armée qu'avait subie le village de Naagak. Le département d'anthropologie de l'université d'Ottawa s'était transformé en un vrai bunker. Les étudiants et le personnel supportaient malgré tout les contraintes, conscients de côtoyer une équipe dont les recherches avaient une résonance internationale.

Après avoir franchi les contrôles et salué ses collègues, Marylou s'installa à son bureau. Elle regarda les trois piles de dossiers qui lui faisaient face. L'une, la plus haute, les études qui lui restaient à lire, la deuxième, les études n'ayant pas d'intérêt pour leur recherche et la troisième, la plus petite, les études demandant des investigations. Mais les dossiers papier n'étaient que la partie émergée de l'iceberg. Sur son ordinateur, il y en avait dix fois plus. Elle inspira profondément, il y en avait encore pour plus d'un mois de travail acharné, juste pour la première phase de tri. Pourtant elle se sentait débordante d'énergie, elle était au cœur d'une découverte majeure dans une équipe soudée et enjouée. Elle ouvrit le premier dossier et se plongea sur le témoignage concernant les Kogis. Ce peuple vivait sur les versants de la Sierra Nevada, en Colombie. À nouveau, beaucoup de similitudes, le rôle important des chamans réglant l'ordre spirituel et social, soignant les malades, assurant la diffusion de la connaissance, veillant à l'équilibre et à l'harmonie avec la nature. Le récit était passionnant, étayé de photographies. Elle s'imaginait déjà vivant une expérience fascinante au milieu de cette tribu lorsqu'elle fut interrompue par une tête qui s'encadra dans la porte :

— On se réunit tout de suite dans mon bureau, indiqua Gabriel.

Marylou posa le dossier. Lorsque le professeur Weber vous invitait à une réunion, c'était pour quelque chose d'important !

Il annonça :

— Premièrement, nous avons des informations concernant l'agression qu'a subie le peuple de l'ours. Certains membres du commando ont été identifiés : tous des hommes d'Europe de l'Est, deux Serbes, un Russe et un Moldave. Au vu des moyens employés, il y a la certitude de l'appui d'une puissance étrangère. Nous devons rester vigilants et garder confidentielles nos recherches... Autant que cela se peut !

Il avait pris un air désolé mais résolu en prononçant ces derniers mots. Mais comment rester confidentiel après avoir attiré les projecteurs sur soi ?

Il reprit :

— Deuxièmement nous avons la conviction d'avoir identifié un troisième peuple ayant les mêmes capacités télépathiques que le peuple de l'ours et que les Sentinelles, avec toujours une troublante similitude au niveau de la langue chamanique. Nous sommes en contact avec Felipe La Cedos, anthropologue bolivien. Il nous parle d'un peuple vivant à la frontière de son pays et du Pérou. Après quelques échanges avec lui, j'ai senti qu'il dissimulait des informations.

Il se tourna vers Marylou.

— Il avait, lui aussi, l'appréhension de parler de ce dont il avait été témoin, les dons télépathiques. J'ai contacté le ministère, nous disposons des fonds pour envoyer une personne de l'équipe sur place. Marylou, tu es celle qui a la meilleure expérience terrain de ce don et donc la plus compétente… et disponible, il me semble. Serais-tu partante ?

Marylou fut prise de court par la proposition. La forêt amazonienne, elle venait juste d'en rêver. Partir à nouveau c'était l'aventure, la vie intense mais épuisante. Elle avait souhaité une longue période de calme. Oh et puis au diable la vie rangée !

— Oui, laissez-moi deux jours pour me préparer ! répondit-elle.

Au village de Naagak, les chefs étaient arrivés. Ils ne voyageaient pas seuls car le chemin était long pour parvenir à leur destination, entre trois et cinq jours de marche. Ils se déplaçaient à plusieurs et avec quelques chiens pour chasser et par sécurité. Ils avaient compris l'urgence de la situation et suivi les recommandations des messagers. Les chamans étaient restés sur place pour parer à de mauvaises surprises.

En prévision de ce rassemblement, cinq tentes avaient été montées. Les armatures faites en os de baleine soutenaient des couvertures de peaux de phoque et de caribou, lestées par des roches. Les chasseurs avaient œuvré et ramené suffisamment de victuailles pour les jours du Conseil et les fêtes associées car cela faisait beaucoup de bouches supplémentaires à nourrir. Chaque famille du village avait reçu son lot de nourriture et s'était préparée afin d'offrir le meilleur aux invités : viandes, boisson à base de sang et de graisse, décoctions de plantes. Malgré le sérieux des sujets à traiter, les habitants chercheraient à attirer les visiteurs dans leurs igloos. Ils pourraient à loisir échanger les nouvelles, bonnes comme tristes et connaître les dernières anecdotes. Ils avaient tant à raconter avec ce qu'ils venaient de traverser, ils étaient certains de surprendre.

Ce matin-là, Naagak avait demandé aux chefs de se réunir dans l'igloo communautaire. Lorsqu'ils furent installés, Naagak, Sitchwaan et Mogrük témoignèrent de leur séjour à la ville d'Ottawa. Ils racontèrent les multitudes d'âmes qui y habitaient. Ils parlèrent des merveilles qu'ils avaient découvertes. Ils avertirent aussi du grave danger de se retrouver avec des voisins aussi puissants que versatiles. Puis ils relatèrent les évènements les plus tragiques : l'enlèvement de Sitchwaan, l'attaque de leur village et leur combat. Les conversations allaient bon train et il n'était pas aisé de suivre un fil conducteur à travers cette assemblée dissipée. Ils avaient tous déjà rencontré John. Ce dernier leur montra des photos d'Ottawa, d'avions, un film avec un hélicoptère en décollage, la mine de diamants prise depuis l'hélicoptère. Tous furent consternés. Puis ils sortirent de l'igloo et Palak fit une démonstration de l'utilisation du fusil. Ces hommes d'habitude si loquaces furent médusés et fascinés à la fois.

À leur retour dans l'igloo communautaire, les visages étaient graves. Alors Naagak annonça d'une voix sentencieuse :
— Nous sommes en réel danger et ce qui est arrivé dans ce village peut se passer dans n'importe quel autre. L'avidité de certains hommes n'a d'égal que leur cruauté. Nous aurons besoin d'aide et nous devons apprendre à nous défendre nous-même avec les mêmes armes que les étrangers.
— Ce que vous avez décrit est grave et ce que vous nous avez montré est ahurissant, dit le chef Ozrak, en nous dévoilant au monde nous cherchions la sécurité et la paix et ce que nous obtenons est la peur et la guerre. Maintenant que nous sommes à découvert, il est impossible de revenir en arrière. Que proposez-vous ?

Un brouhaha monta, les idées fusaient çà et là. Des groupes se formaient et les hommes commençaient à s'invectiver.

Aparak prit la parole :
— Je propose de déplacer nos villages. Nous disparaitrons à nouveau et pourrons vivre comme avant !
— Ils nous observent du ciel, leur rappela Sitchwaan, ils ont les yeux braqués sur nous sans qu'on les voie. Nous ne pouvons plus disparaitre.
— Alors que proposez-vous ? reprit Ozrak.
— Les personnes que nous avons rencontrées sont prêtes à aller

dans chacun de vos villages, dit Naagak, pour vous fournir ces armes - il indiqua un fusil - et pour vous apprendre à vous en servir et à vous défendre. Nous savons que cette aide ne sera pas gratuite...

Il marqua une pause, regarda les visages attentifs et tendus puis reprit :

— Nos alliés demandent en retour de pouvoir extraire les pierres de lumière de la mine.

— Jamais ! s'écria une voix.

— Pas d'étrangers chez nous, dit une autre voix.

Et un tumulte de protestations s'éleva. Mogrük sentit la passion monter et les tensions s'exacerber. Il était temps d'agir. Mentalement il calma les chefs les plus énervés.

— Vous connaissez le proverbe «Si l'appât attire l'ours, détruis l'appât», dit Naagak, les pierres de lumière attirent trop. Si la mine est aux mains de nos puissants alliés, les prédateurs n'oseront plus venir car elle sera protégée par des hommes qui savent se battre avec ces fusils et qui pourront nous défendre. Ils nous donneront des appareils pour les prévenir en cas d'attaque et grâce à leurs engins volants ils seront rapidement à nos côtés. La mine reste un lieu sacré de notre peuple, ils nous laisseront un accès libre et un sanctuaire sera construit dans le cirque pour tous les morts de cette tragédie.

Les débats passionnés reprirent et le bruit des conversations s'amplifia. Il y avait les pour et les contre. Rien n'était acquis. Sitchwaan et Mogrük modéraient les ardeurs.

Une voix s'imposa au-dessus du tumulte. C'était celle du chef Vaalit :

— C'est dans notre village que la faute a été commise et nous en avons payé le prix du sang. Nos enfants, nos femmes et nos hommes ont vécu un calvaire. Ils ont souffert du froid, de la faim, des coups avant de mourir d'épuisement. J'ai perdu ma femme et ma fille…

Ils sentirent la peine de cet homme vaillant qui avait tué le pire ennemi du peuple de l'ours.

— Nous ne sommes ni seuls au monde, ni invincibles. Je ne veux pas que ça se reproduise. Voulez-vous subir le même sort ?

Ses arguments portèrent et ébranlèrent les plus réticents.

— Nous devons rester unis, continua Vaalit, c'est notre seul espoir.

Alors ils cédèrent, ils cédèrent sur tout et même sur la mine de diamants. Après tout ils vivraient des évolutions qu'aucun de leurs vénérés ancêtres n'aurait même pu imaginer.

C'est alors que Mogrük prit la parole :

— « Si l'appât attire l'ours, détruis l'appât » a dit justement Naagak, il y a un deuxième appât. Le Tunixananooq attise les curiosités. Le breuvage qui décuple ses pouvoirs est maintenant devenu source de convoitise. Nous devrons décider lors du prochain rassemblement des chamans de la manière de résoudre cela.

Mogrük en resta là. Il ne voulait pas déclencher à nouveau des réactions hostiles. D'autant plus que ce point dépendait du pouvoir spirituel et par conséquence de l'assemblée des chamans. Les chefs n'insistèrent pas, ils avaient eu leur lot d'émotions pour les jours à venir.

Et c'est ainsi que se termina la séance épuisante de ce conseil exceptionnel des chefs. Le soir l'atmosphère se détendit car autant ces hommes pouvaient être tenaces dans la tourmente, autant ils redevenaient joviaux et bons vivants une fois le calme revenu.

Le lendemain, ils repartirent avec leurs compagnons de route dans leurs villages respectifs.

John avait appelé Mary pour lui relater les faits : tous les villages allaient bénéficier d'un armement, d'un entrainement et de stratégies de défense en cas d'agression. Les armes resteraient sous la responsabilité du chef, à usage uniquement défensif.

Mary transmit ces informations au gouvernement fédéral qui en prit acte. Il attribua la licence d'exploitation de la mine à Capcross Diamond Mines Inc. En quelques semaines et malgré le retour du froid, la grotte se mit à grouiller d'hommes, principalement des géologues, des architectes et des techniciens. Une rotation d'hélicoptères permit à John de voir les générateurs redémarrer, les hangars se rénover et être de nouveau habités. On l'informa que l'exploitation de la mine ne reprendrait réellement que dans quelques mois, à la belle saison. John eut accès aux futurs plans du site d'exploitation. Le cirque naturel était conservé et le sanctuaire serait isolé par un mur en roche naturelle. Ils tenaient promesse.

John était soulagé.

Elle revenait de la forêt amazonienne. Grâce au professeur Felipe La Cedos, elle avait pu approcher la tribu des Pacurayo. Leur territoire situé sur les contreforts de la Cordillère des Andes était très difficile d›accès et il avait fallu plusieurs jours de marche pour les atteindre. Ces indiens vivaient en symbiose avec leur environnement luxuriant. Leur nourriture provenait de la chasse, de la pêche, des cueillettes mais aussi de cultures de subsistances. Bien que leur séjour parmi eux n'ait duré que quatre semaines, Marylou avait ressenti la même difficulté à se détacher de ces femmes et de ces hommes simples et accueillants. Son esprit s'était certainement habitué à s'immerger totalement dans la culture qu'elle étudiait. Elle développait des adhérences affectives qu'il fallait arracher à chaque départ. Les Pacurayo avaient évité, jusque-là, tout contact avec des étrangers et pourtant ils avaient accepté la venue du professeur lors de sa première mission. Plus récemment, lors de cette deuxième mission, ils avaient autorisé sa présence. Une chronologie troublante... Elle se souvint que le peuple des Sentinelles n'avait jamais montré son vrai visage aux explorateurs précédents. Alors pourquoi elle? Et pourquoi maintenant?

De retour à Bogota, ces questions la taraudaient encore et toujours. Elle n'avait pas eu le temps de tisser le même lien de confiance qu'avec Madilé pour pouvoir enregistrer des témoignages en toute transparence. Alors elle avait usé du même subterfuge que le professeur Weber. Elle n'en n'était pas fière mais l'enjeu était de taille. Elle avait donc placé, à leur insu, des micros dans la maison du chef, dans celle du chaman et dans la maison communautaire. Ces instances de pouvoir étaient communes aux peuples primitifs : le temporel, le spirituel et le collectif. Ce n'était donc pas une similitude pertinente. De même leur adoration du soleil, comme dieu principal, était partagée par un grand nombre de peuples allant de l'Égypte aux Incas, des Grecs à la Chine et l'Inde, de l'Afrique à l'Europe préchrétienne. Seulement, à l›écoute des enregistrements des rites chamaniques, elle s›était figée. Elle avait reconnu, quoique déformées, des phrases répétées en boucle autant par les Sentinelles que par le peuple de l'ours.

De plus Felipe avait eu la chance d'assister, lors de son précédent séjour, à un rassemblement important. D'étranges scènes s'étaient déroulées. Les Pacurayo dansaient avec une coordination incroyable, mimant les activités de leur vie. Quand il avait montré son étonnement et posé la question au chef, celui-ci lui avait fait comprendre que c'était le chaman qui guidait la cérémonie. Pourtant le chaman ne bougeait pas et semblait concentré. Alors le chef voyant son incompréhension avait posé ses mains sur son crâne et les avaient écartées en direction de la foule, un geste significatif. Il en avait déduit une possible transmission télépathique.

Depuis Bogota, Marylou et Felipe avaient transmis toutes les informations à l'équipe d'Ottawa. Puis Marylou avait pris le vol de retour. Ce matin elle revenait à l'université après un voyage éreintant. Gabriel Weber l'accueillit avec joie et la serra dans ses bras :

— Marylou, tu as fait un travail remarquable et en un temps record.
— Il faut remercier le professeur La Cedos aussi.
— C'est déjà fait, bien sûr. Super travail oui. Cela confirme notre hypothèse d'une série de peuples télépathiques, dit-il en s'asseyant à son bureau.
— Mais ça ne répond pas aux questions, comment est-ce possible ? Et pourquoi nous les découvrons maintenant ?

— C'est vrai, dit-il en observant Marylou, il nous reste du pain sur la planche pour y répondre. Au fait, Edmond sera de retour dans quelques jours. Il n'a rien découvert de probant mais a pu travailler son endurance physique, conclut-il d'un sourire taquin.

Marylou saisit l'allusion et préféra dévier la conversation sur un sujet moins personnel :

— J'ai été surprise par un article parlant de nos recherches, je pensais que c'était top secret !

— Il y a eu des fuites. Avec les centaines de messages échangés entre universitaires du monde entier, les informations transmises au gouvernement et la sécurité renforcée à l'université, la presse s'est interrogée et a enquêté. Elle sait maintenant, et tout le monde le saura aussi bientôt : le cas du peuple de l'ours n'est pas unique.

— Et avec quelles conséquences ?

— Au niveau national, des remous, au niveau international des tensions et au niveau des peuples concernés, un risque majeur.

Un long silence s'ensuivit.

— Nous devons impérativement garder les informations secrètes sur les Sentinelles et les Pacurayo, balbutia Marylou blême.

— Les services secrets canadiens ont effacé toute trace de ton voyage, Felipe sera une tombe, je peux te l'assurer. Quant à ta thèse, elle est devenue introuvable ! Elle est classée confidentielle. Nous allons travailler maintenant avec la plus grande discrétion. J'espère que ce sera suffisant.

Marylou retourna à son bureau. Mais elle ne put reprendre les dossiers qu'elle avait laissés. Elle se sentait décalée, tout lui semblait dérisoire. Elle était pourtant au cœur du dispositif. Ils avaient maintenant la preuve qu'une intelligence supérieure était intervenue à un moment ou à un autre dans l›évolution de l'espèce humaine. L'homme n'était plus au centre de l'univers, une révolution copernicienne qui bouleversait les connaissances. Elle se leva et s'approcha du tableau. Elle avait besoin de poser ses idées.

Pour elle, il n'y avait plus que trois hypothèses plausibles, toutes aussi déstabilisantes les unes que les autres.

Elle nota au paperboard la première hypothèse :

- Aide d'origine extra-terrestres permettant à certains groupes humains de développer des facultés télépathiques + prévenir l'humanité des risques d'extinction.
- Analyse : plausible. Extra-terrestres encore présents ? plutôt négatif. Sinon ils emploieraient des moyens plus efficaces.
- Conclusion : ils sont partis.

Cette première hypothèse ne la satisfaisait pas totalement.

Elle nota la deuxième hypothèse :

- Aide d'une civilisation terrestre, évoluée et avancée.
- Analyse : idem hypothèse précédente. Question : Cette civilisation serait-elle encore présente ? Elle aurait dû laisser des traces sauf si composée de peu d'individus ou si un cataclysme la détruit.
- Conclusion : la civilisation a disparu.

À la réflexion, ces deux premières hypothèses « Extra-terrestre » et « Atlantide » se ressemblaient beaucoup.

Les flèches couraient sur le tableau reliant les idées entre elles.

- Il est possible que ce soit des extraterrestres qui n'aurait visité la terre qu'une seule fois. Connaissant les affres du développement des civilisations, ils auraient placé des alerteurs pour permettre à l'humanité d'éviter les écueils. Cela pourrait expliquer le langage chamanique qui serait tout simplement leur langage…

Elle passa à la troisième hypothèse :

- Un super organisme dont toute entité terrestre ferait partie : Gaïa.

Analyse :

Trois peuples dotés d'une faculté télépathie identique et qui partagent la même croyance de l'unique.

Des scientifiques de renom qui avancent une thèse similaire pour expliquer une évolution du monde vivant moins chaotique qu'attendue.

Un super organisme qui développe des mécanismes de défense. Les peuples premiers ayant conservé des liens étroits avec leur environnement, et donc avec le super organisme, pourraient être sensibles aux dérèglements et agir comme porteurs d'alertes.

Conclusion : ce scénario coche beaucoup de cases. Bémol, le langage chamanique commun. Gaïa serait-t-elle capable d'une telle prouesse ? Influencer des peuples jusqu'à leur faire parler une langue commune ?

Elle n'avait pas la réponse mais cela lui semblait peu vraisemblable. Elle se rendit compte que, dans cette hypothèse, elle faisait partie intégrante de Gaïa.

— Mais comment se reconnecter, pensa-t-elle.

Elle ferma les yeux et se concentra, imagina un arbre immense, ses feuilles dansant au vent, ses branches ployant doucement, son tronc épais et rugueux, le réseau de ses racines s'enfonçant dans la terre et se terminant en radicelles. Elle les suivit et attendit, calmant sa respiration, faisant le vide. Son rythme cardiaque ralentit… Rien ne se produisit. Elle ouvrit les yeux et rit nerveusement.

Elle reprit son sérieux.

En faveur des hypothèses «Extra-terrestre» et «Atlantide», il y avait l'explication d'une langue ésotérique commune. En faveur de l'hypothèse «Gaïa», il y avait la connexion des peuples au méta organisme et la raison fondamentale de leur sortie de l'anonymat.

Question : Pourquoi ces facultés télépathiques n'ont survécu qu'à de rares endroits isolés ?

Analyse : Le développement de l'humanité ressemble à celui des planètes. Au début les hommes ont peuplé la terre par vagues successives, ils se sont dispersés. Puis l'humanité s'est concentrée par groupes humains de plus en plus importants intégrant les civilisations plus faibles et imposant des modes de pensées, des religions et des idées. Il y a eu une éradication de certains savoirs des minorités et une uniformisation des pensées. Il est tout à fait concevable que ce modèle explique le constat actuel.

Elle avait rassemblé ses idées et elle ressentait le besoin de présenter ses réflexions à l'équipe. Nul doute que ses collègues échafaudaient aussi des hypothèses. Face à cet immense mystère, elle voulait partager, échanger pour ne pas se sentir seule devant un espace inconnu qui s'ouvrait. Et puis, la synergie des réflexions communes pourrait déboucher sur de nouvelles pistes de recherche.

C'est avec un sentiment confus qu'elle rentra chez elle. Et si c'était vrai ? Que le monde vivant ne soit qu'un organisme? Il y avait-il d'ailleurs un seul super organisme ou plusieurs ? Quelle était son origine ?

Chaque avancée, chaque nouvelle connaissance amenait son lot de questions. Elle était toujours aussi déstabilisée. Elle avait l'impression de se tenir au-dessus d'un vide immense.

La neige tombait en abondance. Portée par un vent violent, elle balayait le village comme une furie, déchainée. La température avoisinait les -15°C. La banquise s'était complètement reformée. L'hiver était revenu et les habitants restaient dans leurs igloos attendant sereinement que passe la tempête. À la fin de la belle saison, ils avaient rempli leur réserve de viande et d'huile. Sitchwaan avait guidé la baleine boréale vers leur territoire. Il avait remercié Hillak pour le sacrifice du cétacé et avait redonné à la mer un morceau du cœur de l'animal.

Décembre était arrivé, dans l'igloo de Calulik et de Naagak, baigné par la douce lumière des lampes à huile, un enfant dormait, blotti dans les bras de sa mère. Le nouveau-né restait indifférent aux hurlements du vent. Il venait de terminer sa tétée et il était bien, juste bien. Les yeux de John étaient posés sur lui. Il était père pour la deuxième fois et pour la deuxième fois c'était une fille. Il embrassa tendrement Sitchwaan. Elle était fatiguée, l'accouchement avait été long. Calulik l'avait accompagnée pendant la fin de sa grossesse répondant à ses questions, la réconfortant et la rassurant. Lorsque l'heure était venue, elle s'était montrée indispensable. Maintenant encore elle l'assistait et la conseillait avec tact, présente mais toujours discrète. John goutait avec délectation cette période de pur bonheur.

John avait prévenu Lydie de la naissance de sa demi-sœur.

— Et comment s'appelle-t-elle ? avait demandé la fillette de quatre ans.
— Ce n'est pas encore décidé, répondit John, le peuple de l'ours est différent de nous, il attend pour choisir un nom, mais ce

sera pour bientôt, je te rappellerai pour te le dire.

— Et je la verrai quand ?

— Après l'hiver, je te le promets.

Les enfants sont ainsi, tout leur parait étrangement naturel. Lydie n'avait pas réagi à l'absence de prénom du bébé bien que ce point tourmentât John. Il se remémora la conversation avec Sitchwaan.

— Il faut attendre que l'âme s'exprime, lui avait-elle expliqué, le nom est l'un des multiples reflets de l'esprit. Le nom nous fait entrer pleinement dans la communauté.

— Combien de temps alors ?

— Une lune environ! C'est Hillak qui décide quand allumer l'étincelle de l'âme d'un nourrisson. À nous par la suite de l'entretenir.

— Elle aura un nom pour le peuple de l'ours et un nom pour ma famille alors.

Sitchwaan réfléchit.

— Je n'ai eu qu'un seul nom, pourtant je suis des deux mondes aussi. Je ne sais pas comment mes parents l'ont choisi. J'étais encore trop jeune pour m'y intéresser et maintenant il est trop tard pour le savoir.

La naissance de son enfant la renvoyait à sa propre enfance et à des questions qu'elle ne s'était jamais posées. Une ombre passa sur elle au souvenir douloureux de cette période. Elle se reprit :

— Deux mondes, deux noms oui ce serait bien.

— Ou un prénom qui a du sens pour les deux mondes, ce serait encore mieux, proposa John.

— Oui, tu as raison, il ne faut pas qu'elle soit partagée, conclut Sitchwaan.

Quatre semaines s'étaient écoulées depuis la naissance. Sitchwaan avait retrouvé sa vigueur. Le bébé gazouillait divinement, chaudement emmitouflé dans l'amautiq de sa mère. Tout allait pour le mieux. Mais John rongeait son frein et attendait toujours que l'on nomme son enfant.

Et ce matin, penchée sur sa fille, Sitchwaan eut un cri de surprise puis elle laissa éclater sa joie.

— Mon bébé est en train de naitre au Tunixananooq, je perçois son aura, s'écria-t-elle.

Les habitants de l'igloo accoururent. Ils scrutèrent délicatement l'esprit de l'enfant mais ne perçurent rien. Un silence gêné se fit.

— Ton don de l'ours est bien trop acéré, lui dit doucement Calulik, c'est encore trop tôt pour nous.

— Mais le don de l'ours est là, bien présent ! reprit Sitchwaan surexcitée.

Elle se tut soudain. John la regardait, interrogatif.

— Si nous allions voir Mogrük, suggéra-t-il.

— Mais oui bien sûr, répondit-elle, lui saura me dire.

Elle plaça le bébé dans son amautiq. Ils se couvrirent et sortirent. Des flocons de neige givrés leur cinglèrent le visage tandis que le vent rugissait à leurs oreilles. Ils se précipitèrent vers l'igloo du chaman, marchant tête courbée. À l'intérieur de l'habitation le calme revint. Mogrük se leva tranquillement pour les accueillir.

— Que me vaut cette venue précipitée ? demanda-t-il.

Sitchwaan, surexcitée, lâcha :

— Notre fille, j'ai discerné la présence du don.

Le chaman comprit dans quel état se trouvait la jeune femme. Il sourit, c'était une étape importante :

— Tu es une puissante chamane maintenant Sitchwaan, je ne suis pas certain de pouvoir détecter aussi finement que toi la manifestation du Tunixananooq.

Il se pencha sur l'enfant, ferma les yeux et se concentra. Il s'insinua avec douceur dans l'esprit du nourrisson. Il était si jeune et tout était encore brumeux, en devenir. Il y avait la présence de Sitchwaan qui emplissait sa pensée. Il scruta encore et il perçut un scintillement, si faible mais d'un bleu pur comme celui de sa mère quand il l'avait examinée nourrisson. Il fut ému. Il empoigna la main de Sitchwaan :

— Elle a ta lumière bleue. Tu le sais c'est le signe d'un grand potentiel.
— Oui, je l'ai vue aussi.
— Si le miracle du métissage se reproduit, dit-il en regardant John, cette enfant sera encore plus puissante.

John avait saisi l'allusion et la portée de cette supposition : un espoir pour l'avenir. Il revint à sa préoccupation première et demanda :

— Et comment l'appellerons-nous ?
— As-tu une idée ? lui demanda Sitchwaan.
— Un prénom de lumière, dit John, j'ai pensé à Nahara.
— Nahara, répéta doucement Sitchwaan.

Les yeux de l'enfant s'ouvrirent et elle sourit.

— Nahara, répéta encore Sitchwaan en fermant les yeux. Elle était en connexion totale avec son enfant et elle sentait les trois syllabes entrer en résonance avec l'esprit de sa fille.
— C'est un nom qui est fait pour elle, dit Mogrük qui ressentait aussi les sensations positives du nourrisson.
— Oui, c'est un nom qui lui va à merveille, poursuivit Sitchwaan à la fois ravie et surprise.
— C'est un nom de lumière, explique John. Tu vois scintiller les âmes de ton peuple. Nahara veut dire lumière dans une langue disparue, l'araméen, une langue qui était parlée par un homme qui a changé le cours de l'histoire, Jésus. Il se disait le fils de Dieu, indiqua John.
— Oh cela est-il possible ? s'étonna Sitchwaan, elle portera ce nom avec fierté. Et notre peuple survivra, sois en certain !

Mogrük assistait avec intérêt à cet échange. Cette enfant était prédisposée à un grand avenir, il le sentait. Le changement était en cours, porteur d'autant d'espoir que de peur. Les grands destins se forgeaient dans des périodes de bouleversement. Nahara, puisque tel était son nom maintenant, y tiendrait un rôle primordial.

Quand ils furent de retour dans leur igloo, Sitchwaan précisa :

— Il est vrai que je vois scintiller les âmes de mon peuple mais pas seulement. Ton âme émet un éclat rougeoyant, brulant et délicieux, dit-elle en l'embrassant et en l'attirant à elle, et je ne peux y résister.

Comme à chaque nouvelle lune, le Conseil s'était réuni. Les discussions à voix basse allaient bon train. Sitchwaan conversait avec Mogrük. Ce dernier restait marqué par la maladie. Pourtant il avait retrouvé une partie de sa vitalité mais son visage, encadré par de longs cheveux noirs, restait émacié. Sur ses épaules, plus frêles qu'à l'habitude, reposait sa longue fourrure de bœuf musqué habituelle, elle-même recouverte d'une pelure d'ours. Il faisait un froid glacial dans le vaste igloo communautaire. De son regard sombre et profond, il scrutait chacun des membres présents sondant subtilement leurs états d'âmes. Chaque famille était représentée. Ses yeux s'arrêtèrent sur John qui siégeait comme représentant du monde externe. Il savait qu'il pouvait compter entièrement sur lui.

Naagak s'éclaircit la voix :

— Comme vous le savez déjà, le rassemblement d'hiver est décalé de deux lunes. Les villages s'entrainent avec les nouvelles armes. Il y a urgence à assurer la protection de chaque communauté. Dans deux lunes, ce sera encore le temps des chasses d'hiver.

— Et qui partira ? demanda Argok.

— Comme d'habitude, répondit Naagak, il n'y pas de raison de changer.

— Peut-être que si, intervint Mogrük, nous savons combien nos villageois sont perdus sans leur chaman, et avec la menace qui rôde je conseillerais que les chamans restent dans leur communauté et ne fassent pas partie du voyage. Nous nous sommes réunis il y a peu de temps.

— Sauf ici, ajouta Qivalu, où nous avons deux chamans !

— L'un de nous pourra s'y rendre, acquiesça Mogrük en regardant Sitchwaan.

— Nous aurons à le décider, dit Sitchwaan. Nous avons toujours ce danger qui rôde autour de nous. Ils en ont maintenant après le secret du Tunixananooq. Les armes des hommes d'Ottawa nous ont sauvés une fois. Nous les en remercions mais la peur est entrée dans nos cœurs. Je la sens en moi, je la sens en vous. Nous ne sommes plus libres.

Le silence se fit. Après un temps assez long pour que chacun intègre bien sa pensée, la jeune chamane reprit :

— Le pouvoir que nous avons est lié à la potion, à ses effets, elle regarda Mogrük, et à la vie qu'elle allonge.

— Je vois où tu veux en venir, continua Mogrük, nous n'aurons de paix tant que le secret perdure.

— Un secret chamanique inviolable, intervint Naagak, nul ne peut le révéler.

— Sauf s'il est décidé, au cours d'une assemblée de chamans, de le dévoiler, corrigea Mogrük, rien n'est impossible pour sauver des vies.

Les membres du conseil se regardaient, interloqués. Pendant des générations, rien n'avait vraiment évolué. Et en moins d'une année, tout était bouleversé. Même les dogmes sacrés pouvaient donc être balayés comme cela ?

— Nous aimerions que tous y réfléchissent, continua Mogrük, nous nous reverrons la semaine prochaine et écouterons vos réflexions.

Après le conseil, Naagak retrouva Mogrük dans son igloo. Sitchwaan et John les rejoignirent. Ils prirent place autour de la lampe à huile qui éclairait faiblement l'habitation d'une lumière dorée vacillante.

— Nous avons bien masqué nos émotions, dit le chaman, la nouvelle va se répandre et avec le prochain rassemblement elle atteindra tous les villages de notre peuple.

— Ainsi chacun pourra envisager cette prochaine étape et y

réfléchir, continua Sitchwaan.

— Je ne sais pas si c'est une bonne idée, s'interrogea Naagak, certes des hommes sont prêts à tuer pour ce secret. Mais si nous révélons le secret qu'Hillak nous a confié, nous perdrons notre âme.

— L'astre solaire règne sur le monde et pas uniquement sur notre peuple, peut-être que le temps est venu de répandre ses bienfaits, prédit Mogrük.

— Ce qui est certain c'est que l'attraction qu'exerce votre potion est trop forte, un jour n'importe lequel de vos villages subira une attaque plus lourde et dévastatrice, prévint John, je suis certain que les localisations sont déjà repérées et connues. Tous les satellites maintenant nous observent.

Il montra du doigt le ciel. Naagak et Mogrük comprenaient.

— Quand la mer sera libre, le danger sera encore plus grand, continua John. La notoriété que nous avons acquise ne sera d'aucune utilité face à des fusils.

— Il nous reste un pouvoir plus grand, indiqua Sitchwaan. La potion sans la stimulation, sans l'apprentissage est comme une peau de phoque sans tannage, elle est inutile. Si nous dévoilons la recette au peuple d'Ottawa, alors ils auront besoin de notre aide et ce sera l'occasion de recruter et de former des dizaines d'âmes au don de l'ours. En grandissant ils seront acquis à notre cause, expliqua la jeune femme.

— Des plus doués, je ferai des chamans, reprit Mogrük, cela prendra du temps mais nous créerons une large communauté, influente, pour laquelle vivre en harmonie avec son environnement sera naturel.

— Ainsi nous redeviendrons libres sur nos terres et assurerons un avenir à notre totem, l'ours blanc, conclut Naagak.

John ne participait pas pleinement à l'excitation du groupe, restant perplexe. Il voyait déjà les obstacles se dresser. L'autre monde, Sitchwaan, Mogrük et Naagak ne l'appréhendaient pas encore avec toute sa diversité, sa complexité et sa rudesse. Un court séjour à Ottawa était loin d'être suffisant. Ils raisonnaient avec leurs expériences et la cohésion sociale avancée que le Tunixananooq avait permis de bâtir. Hélas dans les grandes métropoles, les liens entre humains s'étaient distendus, l'individualisme installé. La tâche était immense. Il sentit la main de Sitchwaan frôler sa joue, il frissonna.

— Oui, lui murmura-t-elle, ce sera difficile mais nous sommes capables d'influencer et de persuader. Nous avons cette seule arme pour faire face à la menace.

Il ressentit alors un brin d'optimisme le traverser puis l'enthousiasme s'emparer de lui et il vit Sitchwaan lui sourire. Il comprit.

— Tu avais promis, lui dit-il.

— C'était pour que tu te souviennes de la force du don. Crois en nous et… pardonne-moi.

— Je me souviens mais tout est si incertain.

— Et le monde est sans pitié, j'en ai fait l'expérience. Pourtant je suis toujours là. Nous allons avoir besoin encore plus de toi, j'ai besoin de toi, Nahara aussi, il lui faut un monde sûr !

John ferma les yeux, il laissa le charme s'évanouir. L'enthousiasme qui l'avait traversé retomba mais la démonstration l'avait fait réfléchir. À son tour il caressa affectueusement la joue de Sitchwaan et dit :

— Tu as raison, nous devons prendre en main notre destin et il y a le don.

Brusquement Mogrük et Sitchwaan se levèrent, aux aguets. Ils sortirent précipitamment. John et Naagak leur emboitèrent leurs pas. Ils se dirigeaient vers l'igloo où se trouvait Nahara. Quand ils le virent dans la nuit polaire irradiant une blancheur luminescente, irréel et terrifiant, ils se figèrent. L'énorme ours blanc flairait l'entrée de l'habitation. Il sentit leur présence et se retourna. Sitchwaan vit ses yeux noirs la fixer. Le fauve se dressa sur ses pattes arrière. Il émit un long grognement rauque en direction du ciel. Jamais ils n'avaient vu un ours de cette taille. Il retomba et s'approcha des chamans pour les observer. Sitchwaan sentit son souffle sur son visage mais ne bougea pas. Les énormes babines qui recouvraient des dents jaunes passaient devant ses yeux. Mogrük, doucement, entonna une mélopée. L'ours parut étonné, il dressa ses petites oreilles et écouta puis il balança sa tête au rythme de la litanie. Sitchwaan, dans un chuchotement, se joignit au chant. Derrière eux les hommes, femmes et enfants s'approchaient dans un mélange de curiosité et de crainte. Mogrük leur envoya l'ordre «silence». Sans un bruit, ils se regroupèrent, fascinés. Après avoir flairé les chamans, l'ours se dirigea vers le groupe compact de villageois. Celui-ci s'ouvrit pour le laisser passer. Il en fit le tour, d'un pas tranquille tel un monarque jaugeant son peuple. Il s'approcha à nouveau de Sitchwaan qui continuait à psalmodier la mélopée, vénérant Hillak l'astre solaire et lui demandant protection. Elle baissait le regard devant l'animal, emplie de crainte. Mais du tréfonds de sa mémoire, elle se rappela. Oui elle avait déjà senti sa présence, lors de son combat contre Jarus, lorsque son esprit avait sombré. Il était là et il l'avait sauvé. C'était le même ours. Alors, pleine d'une confiance retrouvée, elle étendit son esprit vers l'animal. La connexion fut immédiate et totale. La puissance télépathique était telle que tous les esprits présents fusionnèrent et tous les membres de la communauté partagèrent la totalité de leurs âmes. Même John fut embarqué dans ce tourbillon d'émotions. Ils n'étaient qu'un et l'ours blanc était le fédérateur. Ils comprirent le monde et ses changements, les désastres et la souffrance. Ils entrevirent le chemin. L'ours impulsait, décuplait, sublimait le Tunixananooq. Dans ce maelström magnifique et étourdissant, Sitchwaan entrevit un rayonnement d'un bleu pur qui l'attirait irrésistiblement. Elle s'en approcha, entrainant vers elle l'âme rougeoyante de John. Et puis le contact se fit, Sitchwaan, Nahara et John, éblouissants comme une supernova, déclenchant un bouleversement dans le réseau des esprits enchevêtrés. Les secondes que durèrent cette fusion éclatante parurent des minutes. Sitchwaan reprit le contrôle et brisa la liaison avec l'enfant craignant intuitivement de la blesser.

La magie continua encore quelques instants et puis s'atténua. Pas un mot, pas un mouvement ne se fit. Alors Sitchwaan alla chercher Nahara dans l'igloo et la présenta devant le fabuleux animal. Dans son esprit apparut sa blessure causée par les griffes d'un ours blanc : trois sillons rouges à l'épaule. La même blessure que sa mère... la marque de l'ours. Sitchwaan ouvrit les fourrures de l'enfant et le présenta à l'ours. Sans hésitation ce dernier griffa avec délicatesse et précision l'épaule de l'enfant de ses trois griffes les plus longues. Trois sillons apparurent laissant perler chacun une goutte de sang. L'ours se dressa à nouveau sur ses pattes arrière, rugit comme pour braver les astres. Ce fut comme un tonnerre assourdissant. Puis il s'enfonça dans la nuit, sa blancheur étonnante s'évanouissant à une vitesse féerique.

Les regards s'étaient attardés sur la lueur évanescente. Tous sentirent une grande fatigue les saisir et ils comprirent confusément qu'ils avaient été autant témoins qu'acteurs de cet étrange et fabuleux phénomène. Ils avaient fourni, à leur insu, l'énergie nécessaire à cette apparition. Mogrük rompit l'envoûtement d'une voix solennelle :

- Hillak nous montre le chemin à travers l'esprit de l'ours. Ainsi la puissance du Tunixananooq se répandra sur les hommes et avec lui la sagesse de notre peuple.

À la télévision, les images de manifestations fleuves défilaient. Des lieux de culte se créaient, renouant avec les religions anciennes de divinités proches et palpables et instaurant le soleil, source de vie, comme dieu protecteur. L'instabilité politique se propageait. La vague humaine enflait, formée principalement par une jeunesse en quête de sens. Marylou se sentait emportée. Elle n'était qu'une goutte d'eau dans la déferlante qui s'avançait, mais une goutte d'eau qui voulait peser car elle savait. Elle savait qu'à l'origine se trouvait une autre intelligence. Elle savait la sérénité qu'apporte une vie plus proche de la nature. Elle savait qu'il fallait protéger les peuples oubliés qui se levaient et leur montraient une autre voie. Ils étaient encore des flammèches tremblantes et vulnérables mais capables d'initier un incendie régénérateur.